Ute Mank

Wildtriebe

Lisbeth ist die Hüterin der Tradition auf ihrem Hof und hält eisern am Althergebrachten fest. Als ihr Sohn eine Frau ins Haus bringt, noch dazu eine, die keine Bäuerin ist, ist Lisbeth fest entschlossen, ihre Schwiegertochter Marlies zu einer zu machen. Doch Marlies will mehr. Sie kann dem Leben auf dem Hof zwar viele gute Seiten abgewinnen, vermisst aber ihre Arbeit im Kaufhaus, will sich nicht unterordnen, sondern selbst gestalten. Sie will Traktor fahren, den Jagdschein machen und vor allem erst dann ein Kind bekommen, wenn sie es für richtig hält.
Lisbeth und Marlies kämpfen: um Selbstverwirklichung, Tradition, Freiheit und schließlich um die nächste Generation: Marlies' Tochter Joanna. Doch Joanna wählt einen ganz eigenen Weg.

Ute Mank, geboren in Marburg, hat vor über 30 Jahren in ein Dorf in Hessen eingeheiratet, wo sie bis heute »die aus der Stadt« ist. Sie ist Mutter von zwei erwachsenen Töchtern, lernte einen Gesundheitsberuf und studierte später Erziehungswissenschaften. Ute Mank hat als Reporterin für eine Lokalzeitung, Dozentin in der Erwachsenenbildung sowie als Betreuerin behinderter Jugendlicher gearbeitet und nebenbei promoviert. ›Wildtriebe‹ ist ihr erster Roman.

Ute Mank

WILD TRIEBE

Roman

dtv

Für meine Töchter

MIX
Papier | Fördert gute Waldnutzung
FSC® C019821

Ungekürzte Ausgabe 2022
2. Auflage 2025

Tumblingerstraße 21, 80337 München
produktsicherheit@dtv.de
Umschlaggestaltung: zero-media.net, München
Umschlagmotiv: mauritius images/United Archives; FinePic®, München
Satz: C.H.Beck.Media.Solutions, Nördlingen
Gesetzt aus der DTL Documenta
Druck und Bindung: Druckerei C.H.Beck, Nördlingen
Printed in Germany · ISBN 978-3-423-22037-8

Alle alten Höfe hatten einen Namen. Er ging auf die Vorfahren zurück, auf deren Namen, Berufe oder Eigenschaften. Der Hausname war wichtiger als der amtliche Nachname. Denn er gab allen Auskunft darüber, wer man war. Aber viel mehr noch sagte er einem, wie man zu sein hatte. Der Bethches-Hof verdankte seinen Namen den Frauen. Seit Generationen hießen sie hier Elisabeth, wurden aber Lisbeth genannt, weil Namen in der Gegend nie so ausgesprochen wurden, wie sie im Taufregister standen. Aus Katharina wurde Katrine, aus Dorothea Dorth. Und aus Elisabeth eben Lisbeth.

Der Bethches-Hof war einer der größten in Hausen, diesem typischen Fachwerkdorf mitten in Hessen. Wie ein Hufeisen war er angelegt. Links das große zweistöckige Wohngebäude. Der Kellersockel aus den schwarzen Basaltbrocken der Gegend, darüber das Fachwerk. Dunkelgraue Balken mit weiß ausgeputzten Gefachen. Geradeaus die Scheune mit dem riesigen Tor. Auch sie aus Basalt und Fachwerk. So wie auch die Ställe auf der rechten Seite. Alles war miteinander verbunden, ein Rahmen für den riesigen Misthaufen, der die Größe des Hofs bekräftigte. Doch nein. Den gab es ja nicht mehr. Bloß noch die Kuhle.

Nur Joannas lange Beine waren zu sehen, als sie über den Hof ging. Rechts und links ein Arm. Alles andere, selbst der Kopf, war vom Rucksack verdeckt. Ein riesiges Ding. Und doch klein dafür, dass er das Gepäck für ein ganzes Jahr enthielt. Sie wollte nicht zum Flughafen gefahren werden. Nicht einmal zum Bahnhof, wo sie in den Zug nach Frankfurt steigen würde.

Marlies stand am Küchenfenster, hatte es trotz der Kälte geöffnet. Am frühen Morgen hatte das Pflaster auf dem Hof verdächtig geglitzert. Einen Moment hatte sie gedacht, es hätte gefroren. Obwohl es Juni war. So etwas hatte es schon gegeben bei der Schafskälte. Aber bloß regennass waren die huckeligen Basaltsteine gewesen. Marlies beugte sich hinaus. Sie hätte ihr gern wenigstens gewinkt, aber Joanna drehte sich nicht um. Mit entschlossenen Schritten lief sie durchs Hoftor. Noch für einen Moment konnte Marlies ihr hinterhersehen, wie sie die Brunnenstraße hinaufging, dann würde sie rechts abbiegen und aus ihrem Blickfeld verschwinden.

Marlies hatte das schmerzhafte Empfinden, Joanna verschwände nicht bloß aus ihren Augen. Ihr war, als hätte ihre Tochter sie ihrer Zukunft beraubt, indem sie die eigene in die Hand nahm. Indem sie nichts als auf und davon und weit weg wollte.

Geredet und geredet hatten sie. Das heißt, Marlies hatte geredet. Auf Joannas Bettkante. Joanna mit angezogenen Beinen in der äußersten Ecke. Mit verschlossenem Gesicht. Nachdem Marlies an Joannas Zimmertür geklopft und deren genervten Gesichtsausdruck einfach übersehen hatte. Willst du das wirklich machen? Was bringt dir das? Du verlierst ein ganzes Jahr.

Joanna wollte. Was war ein Jahr, wenn man neunzehn war. Das ganze Leben vor sich.

Und Marlies spürte, es ging ihr in Wahrheit gar nicht um dieses eine Jahr. Trotzdem hackte sie immer weiter darauf herum. Weil sie nicht sagen konnte, ich ertrage es nicht, wenn du so weit weg gehst. In ein solch fremdes Land. Was ist, wenn du einen Unfall hast, beraubt wirst, dir eine seltsame Krankheit holst? Marlies spürte auch, es ging ihr in Wahrheit nicht um die Entfernung und das fremde Land. Aber sie konnte auch nicht sagen, ich ertrage es nicht, hier ohne dich zu sein. Kaum bist du groß, soll ich dich hergeben. Wo ich dachte, jetzt könnte unsere beste Zeit beginnen. Ich könnte dir ein bisschen beim Studentenleben zugucken. So etwas hatte ich nämlich nie. Aber vor allem dachte ich, wir könnten wie zwei erwachsene Frauen miteinander umgehen. Miteinander sprechen. Der ganze Kinderkram, die Pubertät endlich hinter uns.

Afrika, hatte Joanna eines Mittags gesagt. Uganda, um genau zu sein. Was anderes machen als lernen. Was Sinnvolles. Alle Köpfe waren zu ihr herumgefahren. Vier Paar große Augen hatten sie angesehen und »Afrika?« geechot.

Die Küchentischdebatten über ein aussichtsreiches Studium waren da schon eine ganze Weile eingeschlafen. Auch die hatte Marlies so eifrig geführt, als ginge es um ihre Zukunft, nicht um Joannas. Gedanken über ihre eigene Zukunft wich sie sowieso lieber aus.

»Es gibt Tausende Studiengänge«, hatte Joanna gesagt. »Ethnologie, Linguistik, Prähistorische Archäologie, Klassische Philologie.« Sie leierte Fächer herunter, von denen sie wohl glaubte, sie müssten in den Ohren ihrer Eltern besonders fremd oder exotisch klingen.

»Und was macht man später damit?«, hatte Konrad gefragt, Joanna die Schultern gezuckt.

Lisbeth und Alfred hatten stumm dabeigesessen und von einem zum anderen geguckt. Karl konnte nichts mehr sagen. Lisbeth trug die Witwentracht, die Röcke, das Leibchen, die Schürze ganz in Schwarz und die Borten ohne Verzierungen.

»Vielleicht muss man das ja nicht unbedingt gleich wissen«, sagte Marlies, für die die aufgezählten Fächer verlockend klangen. Als hätte Joanna von faszinierenden Ländern erzählt, fern von der Lebenswelt des Hofs. Länder, für die man in keinen Zug und in kein Flugzeug steigen musste. Die man mit dem Kopf bereisen konnte.

Als Joanna nicht mehr zu sehen war, blickte Marlies zu Konrad. Mit verschränkten Armen lehnte er an einer der Stalltüren und hatte seiner Tochter ebenfalls hinterhergesehen.

Was er wohl fühlte? Mit dem Rücken an der Stalltür, hinter der sich keine Kühe mehr befanden? Wo er doch Landwirt mit Leib und Seele war, aber nun in eine seelenlose Fabrik arbeiten gehen musste. Bloß abends noch ein paar Felder bestellte, noch ein paar Schafe hielt, weil die nicht viel Arbeit machten. Nebenerwerbslandwirt. Mondscheinbauer. Tat es ihm weh, seine Tochter ziehen zu lassen? Was hatte er sich für Joanna gewünscht? Hatte er sich überhaupt etwas gewünscht? Oder konnte er sie leicht freigeben? Auf dem Hof gab es ohnehin keine Zukunft für sie. Für niemanden gab es hier eine Zukunft.

Er tat Marlies leid. Aber sie tat sich auch leid. Im Augenblick waren sie beide bemitleidenswert. Ach, eigentlich waren sie alle zu bemitleiden.

»Mach das Fenster zu«, sagte Lisbeth. »Mich friert.« Marlies gehorchte und wandte sich dem Küchentisch zu, auf dem noch das Frühstück stand. Sie fing an, das Geschirr abzuräumen. Lisbeth zog ihr Schultertuch enger um sich, schob ihren Stuhl zurück und verließ mit geradem Rücken und erhobenem Kopf die Küche.

Marlies blickte ihr mit einem Stapel Teller in der Hand hinterher, bis sich die Küchentür hinter ihr schloss. Wolltest du auch mal weg von hier, hätte sie ihr am liebsten hinterhergerufen? Sie stellte die Teller wieder auf den Tisch und ließ sich auf einen Stuhl fallen.

Wie Joanna das Abiturzeugnis gebracht hatte. Achtlos aus der Schultasche gezogen, so wie sie auch Informationsblätter herausgeholt hatte, die die Eltern unterschreiben mussten.

Marlies meinte, sie hätte berauscht sein müssen. Sie hatte ein Leuchten im Gesicht ihrer Tochter erwartet, doch nicht einmal ein Lächeln darin gefunden. Dieser Abschluss schien ihr nicht viel zu bedeuten. Oder hatte sie bloß so getan? Cool wirken? Unbeeindruckt? Nicht auf den eigenen Stolz und schon gar nicht auf den der Eltern angewiesen erscheinen?

Marlies war stolz. Und berührt. Ihre Tochter hatte das Abitur. Andächtig hatte sie das Zeugnis in die Hand genommen. Unterschreiben musste sie es nicht mehr. Joanna war volljährig.

Aufs Gymnasium gewollt hatte sie damals nicht. Weil ihre besten Freundinnen nicht mitkommen würden. Wie Zehnjährige eben sind. Marlies hatte dafür gekämpft. Auch weil es außer ihr sonst niemand für wichtig gehalten hatte. Lisbeth nicht. Und Konrad auch nicht. Ob Joanna ihr heute dankbar dafür war? Marlies hätte es plötzlich gern gewusst.

Für sie als Handwerkertochter war das Gymnasium nicht vorgesehen gewesen. Nicht, weil man eine wie Marlies nicht aufs Gymnasium gelassen hätte.

Ihre Tochter ist sehr gut in der Schule, hatte der Lehrer damals gesagt. Sie hätte das Zeug zu mehr. Das Wort Abitur hatte er gar nicht ausgesprochen. Die Eltern hatten die Köpfe geschüttelt. Wozu? Eine Ausbildung war doch was. Für ein Mädchen sowieso.

Eine Lehre im Kaufhaus in Lahnfels. Vom Dorf in die Stadt. In die kleine Universitätsstadt, die alle meinten, wenn sie sagten, heute gehe ich in die Stadt. Das war doch was. Nach der Lehre von Haushaltswaren zu Damenmoden. Das war doch was. Ein Aufstieg, so war es Marlies vorgekommen. Nur wenig jünger als Joanna war sie da gewesen.

Ein Arbeitsvertrag. Hundertzwanzig Mark im Monat. Ein Konto eröffnen. Marlies erinnerte sich an den stolzen Gang zur Sparkasse. An ihre erste Abhebung. Dreißig Mark bitte, hatte sie zu dem Mann hinter der Glasscheibe gesagt. Ihre

Hände hatten vor Aufregung gezittert, als sie die Scheine, die er ihr unter der Scheibe durchgeschoben hatte, in ihr Portemonnaie steckte. Sandalen hatte sie sich gekauft. Weiße Riemchensandalen. Nichts für die Aussteuer, keine Jacke, überhaupt nichts Nützliches. Riemchensandalen mit Absätzen, so hoch, dass sie erst das Laufen mit ihnen üben musste. Beinahe sündig war es ihr vorgekommen. Konrad und sie kannten sich da schon, waren verliebt, ein Paar.

»Erinnerst du dich an meine Riemchensandalen?«, fragte sie Konrad, der in diesem Augenblick in die Küche kam. Er guckte verständnislos.

»Sommer '69«, sagte Marlies und sah Konrad an, dass er die Frage schon wieder vergessen hatte. Sie ließ einen wehmütigen Blick über sein Gesicht gleiten. Warum sprachen sie nie über ihre Anfangszeit? Als sie noch jung gewesen waren. Das Leben leicht. Voller Hoffnungen, von denen man gar nicht gewusst hatte, auf was genau. Vielleicht würde es helfen.

»Hast du den Traktorschlüssel gesehen?« Suchend fasste Konrad in seine Hosentaschen, als hätte er darin bisher noch nicht nachgesehen.

Die Sandalen hatte sie zur Kirmes angezogen, sich dabei an Konrad geklammert, der ihr den Arm fest um die Schultern gelegt hatte.

»Hast du schon in der Jacke nachgeguckt, die du gestern anhattest?« Konrad verschwand wieder.

»Oder am Schlüsselbrett?«, rief Marlies. So wie sie ihm diese beiden Sätze schon oft hinterhergerufen hatte. Gewohnheit. Seit über zwanzig Jahren. Wenn Konrad Schlüssel suchte.

Den, in den man mit neunzehn verliebt war, heiratete man auch. Bloß nicht schwanger werden bis dahin. Sowieso nicht so schnell, aber auf keinen Fall vor der Hochzeit. Marlies' Freundin Bärbel hatte heiraten müssen, wie man damals sagte. Eine verschämte Feier. Das Kleid trotzdem weiß, aber nur, weil der Bauch sich noch nicht allzu sehr wölbte. Marlies hatte sich gefragt, ob Bärbel wohl auch heiraten würde, wenn sie nicht schwanger geworden wäre.

Obwohl das Heiraten an sich ja damals gar nicht infrage gestanden hatte. Schwanger oder nicht. Ein Zusammenleben ohne Trauschein wurde wilde Ehe genannt. Wild hatte dabei keinen verlockenden Klang, sondern stand für Verdorbenheit. Und kam selten vor, jedenfalls bei den rechtschaffenen Leuten.

Bärbels Ehe hielt bis heute.

Marlies sah auf die Uhr. Ob Joannas Bus schon am Bahnhof angekommen war? Joanna nahm seit vier Jahren die Pille.

Durch das Fenster sah sie Alfred über den Hof schlurfen, der alte Hund ihm auf den Fersen. Der Traktor tuckerte. Ein selten gewordenes Geräusch auf dem Bethches-Hof. Konrad hatte den Schlüssel wohl gefunden.

Endlich erhob Marlies sich, nahm den Tellerstapel wieder auf und räumte ihn in die Spülmaschine. So lange hatte sie getrödelt, dass sie direkt mit den Vorbereitungen für das Mittagessen anfangen musste, wenn es rechtzeitig auf dem Tisch stehen sollte. Pünktliche Mahlzeiten bestimmten seit je den Tagesablauf. Und die Milchkühe. Aber die gab es nicht mehr.

Marlies schnippelte Zwiebeln und schon rollten die Tränen. Nicht alle waren den Zwiebeln geschuldet. Sie schniefte und wischte sich mit dem Unterarm über die Nase. Dann schob sie die Würfel vom Brett in das zischende Öl und holte das Gemüse aus dem Einkaufskorb. Obwohl es in Lisbeths Garten schon reichlich Gemüse und auch Salat gab, hatte sie Zucchini gekauft. Lisbeth würde es bemäkeln. Doch manchmal brauchte Marlies solch winzige Genugtuungen. Nicht immer genau das tun, was von einem erwartet wurde.

Hatte sie das nicht sowieso viel zu lange getan? Doch wäre jetzt irgendetwas anders, wenn sie öfter Nein oder ich bin der und der Meinung oder wir müssen das so und so machen gesagt hätte?

Als Marlies das Wasser für den Reis aufsetzte, sah sie wieder nach der Uhr. In drei Stunden würde Joanna in Frankfurt das Flugzeug besteigen. Schon hundert Kilometer entfernt. Irgendwann in der Nacht, eher am Morgen schon, würden es mehr als sechstausend sein.

Entfernt hatte sie sich schon eine ganze Weile. Innerlich.

Drei Jahre nach Bärbel hatten Konrad und sie geheiratet.

Ihr hättet Joanna nicht gehen lassen dürfen!« Lisbeth stach in das Gemüse, das sie an Gurken erinnerte. Vorsichtig kaute sie. Keine Gurke. Aber nicht schlecht. Doch das würde sie niemals zugeben. Gekauftes Gemüse, wo es im Garten gerade so viel Kohlrabi gab. Und Möhren.

Auffordernd sah Lisbeth zu Konrad. Wie ähnlich er Karl sah. Ganz der Karl, hatten auch die Leute oft gesagt, als er ein kleiner Junge gewesen war. Lisbeth erinnerte sich noch gut an ihre Freude darüber.

Konrad sah nicht von seinem Teller auf. Marlies sagte bloß: »Ach ja?«

Lisbeth war enttäuscht. Sie tippte Alfreds Arm an. Alfred war auf dem Hof, seit sie denken konnte. »Was meinst du denn?« Doch auch er wusste nichts zu sagen, sah sie bloß ratlos an.

Als Lisbeth in Joannas Alter gewesen war, war der Krieg fast zu Ende. Von den Bomben und Zerstörungen hatte man in Hausen nicht viel mitbekommen. Doch die jungen Männer hatten das Dorf verlassen müssen. Sie wurden woanders gebraucht. Die deutschen Grenzen sollten immer weiter ausgedehnt werden. Feldpostbriefe aus Orten mit eigenartigen Namen waren in Hausen angekommen.

Die Arbeitskraft der Männer war zu ersetzen gewesen. Zuerst kamen Polen, wenig später Franzosen, dann Russen.

Fünfundvierzig, im späten Frühjahr, waren die fremden Männer wieder weg. Aber die Hausener Männer kamen nicht wieder. Lisbeths Bruder Heiner war gefallen, und Hans, der nächstjüngere, auch. Doch zum Trauern ließ man Lisbeth keine Zeit. Der Tod ihrer Brüder hatte sie zur Hoferbin gemacht. Niemand sprach das aus. Oder fragte sie, ob ihr das recht sei, ob sie vielleicht andere Pläne habe. Aber man sprach ja überhaupt nicht viel. Der Hof, die Arbeit sagte einem, wie man zu leben hatte.

Bloß Lisbeths Mutter verfiel in dauerhaften lähmenden Kummer über den Tod ihrer Söhne. Umso fester musste Lisbeth anpacken. Das heißt, angepackt hatte sie, seit sie denken konnte. Als die Schule mit vierzehn zu Ende war, arbeitete sie den ganzen Tag mit. Die Frauen waren fürs Haus zuständig. Für die Stuben, die Wäsche, für das Nähen und Flicken, das Kochen und Backen. Für den Garten. Und wenn bei der Feldarbeit besonders viele Hände gebraucht wurden, gingen sie auch mit auf die Äcker.

Doch jetzt, wo die Mutter nachts wie ein Gespenst durchs Haus schlich und tagsüber müde war, überall einschlief, hatte Lisbeth plötzlich auch das Sagen. Ich verlass mich auf dich, sagte der Vater jeden Morgen und legte seine Hände auf ihre Schultern. Schwer ließ er sie für einen kleinen Moment dort liegen. Lisbeth kam es jedes Mal vor, als lege er ihr ein Kummetgeschirr um, wie den Pferden oder den Ochsen, wenn sie den Wagen ziehen mussten. Sie sah zum Vater auf und nickte. Bloß nicht merken lassen, wie schwer gerade alles war.

Die Mägde waren nervös, wollten eingeteilt werden. Dabei war es Lisbeth immer so vorgekommen, als ob jede genau wüsste, was sie zu tun hat. Nun liefen sie morgens durcheinander wie Hühner. Wer von uns geht mit in den Stall melken? Wer fegt die Stuben aus? Von wie viel Pfund Mehl soll Brot gebacken werden? Wie viel gute Butter an die Streusel für den Sonntagskuchen? Die Bohnen sind reif, müssen gepflückt werden, aber ich soll mit auf den Acker, die Rüben hacken. Eine der Mägde war neu. Vierzehn. Gerade aus der Schule gekommen. An ihr ließen die älteren ihre Kopflosigkeit aus. Sie bekam viel Schelte und weinte oft. Und Lisbeth schwirrte der Kopf.

Alfred war es, der irgendwie die Zeit fand, sie mit Kleinigkeiten zu unterstützen, der ihr das Holz in die Küche trug und auch gleich ein Stück nachlegte, damit das Feuer im Herd nicht ausging, während Lisbeth mit der kleinen Magd Berge von Kartoffeln schälte.

Wie hatte sie noch geheißen? Diesen Namen kannst du nicht vergessen haben, dachte Lisbeth erschrocken. Ein dünnes, kleines Mädchen. Mit braunen Locken, die sich immer aus den Zöpfen lösten. Aus Hausen war sie. Das Gesinde kam fast immer aus Hausen oder den direkten Nachbardörfern. Man kannte die Familien. Wusste, wen man sich ins Haus holte.

Lina! Hirtes Lina! Jetzt fiel es ihr wieder ein. Sieben Geschwister, ein kleiner Hof, die Eltern froh, einen Esser weniger am Tisch zu haben.

»Meine Mutter ist auch nicht gesund«, sagte Lina eines Tages, als sie zusammen Äpfel einweckten. Da war schon der Herbst gekommen. Lina hatte sich eingearbeitet und Lisbeth war viel sicherer geworden.

Lina schälte die Äpfel, Lisbeth schnitt die Kerngehäuse heraus. Einen Teil der geernteten Äpfel hatten sie schon im Herd getrocknet und bewahrten sie in einem sauberen Kissenbezug auf. Es gab auch einen mit Birnenstücken, den sogenannten Hutzeln.

»Wer macht denn dann bei euch das Haus?«, fragte Lisbeth.

»Die große Schwester. Und ich helfe abends.« Nach dem Abendessen verließen die Mägde und Knechte das Wohnhaus und gingen in ihre Kammern, die über den Ställen lagen. Dass Lina dann nach Hause ging, hatte Lisbeth nicht gewusst.

Lina sah sie erschrocken an.

Lisbeth sagte nichts. Sollte sie ihr verbieten, zu Hause zu helfen? Sie gar entlassen? Das brachte sie nicht fertig. Sie mochte das Mädchen. Wie ein kleiner Geist schien sie immer genau dort zu sein, wo man sie brauchte. Und hatten sie sich nicht beide zugleich in eine neue Lage hineinfinden müssen? Lina in einen unbekannten Haushalt? Und Lisbeth, die völlig unerwartet das ganze Hauswesen übernehmen musste?

Lisbeth sah auf Linas dünne Arme. Jemand musste darauf achten, dass die kleine Magd wenigstens genug aß. Vielleicht ein bisschen mehr Butter aufs Brot? Aber die anderen durften nicht denken, dass jemand vorgezogen wurde. Sie würde Alfred fragen. Er saß beim Gesinde. Am anderen Ende des Tischs. Sicher wusste er Rat.

Lisbeth füllte die Apfelstücke in die bereitgestellten Einmachgläser. Lina gab Zucker dazu und füllte Wasser ein. Mit einem pieksauberen Tuch wischte Lisbeth die Glasränder und die Deckel ab. Dann die Gummiringe, Deckel und Klammer drauf und in den großen Einkochtopf.

Beim Einkochen war Sauberkeit alles, das hatte die Mutter Lisbeth immer eingeschärft. Sonst stand man irgendwann im Keller vor Reihen von verschimmelten Vorräten, weil die Gläser sich geöffnet hatten. Den ganzen Winter wurden die Einmachgläser regelmäßig überprüft. Wenn man tatsächlich eins erwischte, bei dem sich der Deckel abheben ließ, und das kam immer vor, dann wurde das Obst oder das Gemüse sogleich verwendet.

Zusammen hoben Lisbeth und Lina den schweren Topf auf den Herd. Lina schürte das Feuer noch einmal kräftig, bevor sie die Apfelschalen in einem Korb zu den Schweinen trug. Als sie wiederkam, wischte sie den Tisch fürs Abendessen sauber. Lisbeth stemmte sich bereits einen großen runden Laib Brot mit dem Rand gegen den Bauch und führte das scharfe Messer Scheibe für Scheibe schräg zum Körper hin. Auch einen zweiten Laib würde sie so aufschneiden. »Nächste Woche müssen wir wieder backen«, sagte sie. Lina nickte und legte jedem ein Messer an seinen Platz. Das Abendbrot wurde auf dem bloßen Tisch gegessen. Die Küche füllte sich.

Der Vater sprach das Tischgebet. Segne, Gott, was du uns gegeben hast. Amen. Alle waren müde und sprachen nicht viel. Nur Lisbeths kleine Geschwister plapperten, das Tagwerk war auch heute wieder erfüllt.

Scharrend schob Alfred seinen Stuhl nach hinten und stand steifbeinig auf. Erstaunt sah Lisbeth auf ihren Teller. Ohne es zu merken, hatte sie ihn leer gegessen.

Auch die Zeit verging fast unmerklich. Man konnte sie nicht festhalten. Die Menschen genauso wenig. Lisbeth hätte Joanna gern festgehalten.

Es konnte doch nicht sein, dass nun auch noch die Menschen den Hof verließen. Dass alles keinen Sinn mehr hatte, außer von der Vergangenheit zu zeugen.

»Nimmst du mal eben die Hände weg?« Marlies wischte über den Tisch. Den Herd mit dieser blinkenden Glasplatte hatte sie bereits gesäubert. Einmal mit einem Tuch drüber. Fertig. Wenn Lisbeth da an früher dachte. Mit der Asche aus der Feuerstelle wurde die Eisenplatte bearbeitet. Feines Schleifpapier für die verkrusteten Stellen. Und einmal in der Woche wurde die Platte frisch geschwärzt.

Missmutig blickte Lisbeth auf das moderne Ding. Auf diese Knöpfe, mit denen sie sich immer noch schwertat. Der alte Herd war zwar geblieben. Aber wenn Lisbeth den jetzt ansah, wie er nutzlos herumstand, ohne Ofenrohr, ohne Verbindung zum Kamin, dann wäre es ihr lieber, er wäre fortgekommen. Zum Alteisenhändler. Doch er war an die Wand links neben der Tür gerückt worden, da, wo es gar keinen Kamin gab. Zur Zierde. Ist doch hübsch, hatte Marlies gesagt und fein gelächelt. Lisbeth war sich nicht sicher, ob ihre Schwiegertochter sie nicht ein bisschen verhöhnen wollte.

Aber es war ja nicht nur der Herd. So vieles war nur noch Zierrat, stand zwecklos herum. Für Lisbeth waren all die Dinge Zeugen eines für immer verlorenen Nutzens. Auch die Tonkrüge, die nun auf dem alten Herd standen und manchmal mit Blumen gefüllt wurden. Früher war das Zwetschenmus in ihnen aufbewahrt worden.

Die Zwetschen waren vor den Äpfeln gekommen. Zusammen mit den Zuckerrüben. Die Rüben wurden in der Waschküche im großen Kessel zu Sirup gekocht. Der Kessel wurde danach nicht ausgewaschen, sondern die Zwetschen, von vielen Händen entsteint, kamen direkt hinein und wurden zu Mus gekocht. Der Siruprest im Kessel gab dem Mus etwas Süße.

So war alles durchdacht gewesen, nichts wurde verschwendet, nichts war bloß zum Vergnügen. Ein immerwährender Kreislauf, ein Werden und Vergehen. Das Getreide wurde geerntet. Die Körner wurden zu Mehl. Das Stroh wurde dem Vieh eingestreut. Es wurde zu Mist, der wieder den Acker düngte, auf dem neues Getreide wachsen würde.

Lisbeth war damals schnell hineingewachsen in ihre Aufgaben als Hofbesitzerin. Immer stolzer war sie geworden. Sie war nicht einfach nur das Mädchen von Bethches, das darauf wartete, geheiratet zu werden. Das vom Elternhof gehen und sich in einen fremden Haushalt hineinfinden, sich einer Schwiegermutter und vielleicht sogar Schwägerinnen unterordnen musste. So wie alle ihre Freundinnen. So wie Käthe, die von Schreiners zu Michels Käthe geworden und unglücklich gewesen war. Die sich oft bei Lisbeth ausgeweint hatte, weil sie in ihrem neuen Zuhause nichts recht zu machen schien.

Sie, Lisbeth, das wusste sie damals, würde für immer auf

diesem, ihrem eigenen Hof bleiben. Nie würde sie die Schultern hoch- und den Kopf einziehen müssen. Wie Käthe. Wie fast alle Frauen zu dieser Zeit. Erst als Käthes Schwiegermutter gestorben war, hatte die ihren Kopf wieder hoch getragen, Lisbeth ihren immer schon.

Sie erhob sich vom Tisch. Marlies war längst verschwunden, ohne dass Lisbeth es bemerkt hatte. Ich gehe in den Garten, beschloss sie. Da funkt mir immer noch niemand dazwischen. Und bestimmt brauchen die Endivien Wasser.

Ein langes Kleid hatte Marlies bei der Hochzeit getragen. Lieber hätte sie ein kurzes gehabt. Mit weiten Ärmeln.

Unbedingt kurz, wenn du mit der Mode gehen willst, hatten auch Marlies' Kolleginnen gesagt. In den Mittagspausen hatten sie Zeitschriften gewälzt. Mit einem Eifer, als stünden sie selbst kurz vor ihrer Hochzeit. Guck doch mal hier. Das ist toll. Und das. Das hier erst.

Als Marlies dann vor dem dreiteiligen Spiegel der Frisierkommode im Schlafzimmer ihrer Eltern gestanden hatte, dem einzigen großen Spiegel im ganzen Haus, hatte sie gemeint, in einem kurzen Kleid würde sie sich nicht so fremd fühlen wie in dem langen. Mit schmalen Ärmeln und Spitze am Oberteil. Spitze hatte sie auch nicht gewollt. Aber der Mutter zuliebe. Die hatte es sich so vorgestellt. Und Marlies hatte sie nicht enttäuschen wollen.

Immer hatte sie es der Mutter recht machen wollen. Machte das nicht eine gute Tochter aus? Ihre Mutter hatte doch nur sie. Für die beiden Brüder galten andere Regeln. Für Marlies galt die Mutter.

Marlies wusste, worauf es ankam. Schon als Kind hatte sie es gewusst. Und auch später. Die feinen Sonntagskleider nicht gleich schmutzig machen. Bei den Schularbeiten ordentlich auf die Linien schreiben, die Zahlen sauber in die Kästchen. Nicht vorlaut sein. Als Jugendliche sich schick machen, damit einen die Jungs wahrnahmen und die Alten zu den Eltern sagten, was habt ihr nur für eine hübsche Tochter. Doch auf keinen Fall über die Stränge schlagen. Ruhig ein bisschen mehr vom Leben wollen als die Mutter, die hatte ja ihre Träume für Marlies, aber bloß nicht zu viel.

Oft musste Marlies die Mutter nicht einmal ansehen, um zu wissen, was sie zu tun hatte. Auf der Haut konnte sie es spüren. Als hätte die Messfühler, um die Blicke der Mutter zu deuten. Deren kleinste Missstimmung wahrzunehmen. Auch in dem Brautmodenladen hatte es funktioniert.

Marlies beugte sich vor und fasste nach den beiden beweglichen Teilen des Spiegels, schwenkte sie so, dass sie sich von den Seiten sehen konnte. Sie musterte sich im linken Flügel und drehte den Kopf zum rechten. Sie stellte sich seitlich zum Spiegel und bog den Rücken, bis sie sich auch ein wenig von hinten betrachten konnte. Die Beine, die von dem weiß glänzenden Stoff umflossen wurden, konnte sie aber nicht sehen.

Als sie noch klein gewesen war, war sie einfach auf die Frisierkommode geklettert, wenn sie heimlich eins der Kleider aus dem Schlafzimmerschrank der Mutter geholt und angezogen hatte. Dazu ein Paar ihrer Stöckelschuhe. Sie war hinaufgeklettert, hatte Schimpfe und einen Sturz riskiert. Nur damit sie es ganz betrachten konnte, dieses Mädchen in den wunderbaren Sachen der Mutter. Dieses kleine Mädchen, das das Großsein nur spielen wollte.

Für einen Moment stellte sie sich vor, auch das Brautsein nur zu spielen. Ein Kleid anhaben, wie man es sonst nie trug, auch nie wieder tragen würde. Es würde sie den ganzen Tag behindern mit seiner Feierlichkeit, mit dem vielen unnützen Stoff. Sie würde anders stehen, anders gehen und sich anders setzen. Anders tanzen auch. Konrad und sie hatten ein paar Stunden in einer Lahnfelser Tanzschule genommen. Walzer. Um abends den Tanz zu eröffnen. Den Schnee-, Schnee-, Schnee-, Schneewalzer tanzen wir.

Doch wenn sie dieses Kleid ausziehen würde, irgendwann nachts, wäre es nicht wie bei dem kleinen Mädchen, das einfach wieder in seine Kindersachen geschlüpft war und sich zurückverwandelt hatte in die Sieben- oder Acht- oder Zehnjährige. Nie wieder würde sie die junge Frau sein, die sie gewesen war, bevor sie dieses Kleid angezogen hatte. Marlies richtete die Flügel wieder genau aus. Im sachten Winkel zum mittleren, feststehenden Spiegel.

Die Mutter half ihr ins Auto. Auf der Beifahrerseite, die sonst ihr vorbehalten war. Zuerst hinsetzen, dann die Beine vorsichtig nachziehen. In einem kurzen Kleid hätte sie auch viel besser einsteigen können.

»Pass doch auf, Kind. Du machst es ja gleich schmutzig!«, rief die Mutter, als Marlies am Türschweller hängen blieb.

Vorsichtig drückte die Mutter die Tür zu und klemmte dabei fast den Schleier ein. Nun rief Marlies, pass doch auf. Mehrere Schichten Tüll saßen hoch auf ihren Haaren und gingen bis zu den Schultern.

Der Schleier breitete sich aus, reichte dem Vater bis vors

Gesicht, als Marlies sich auf dem Beifahrersitz zurechtrückte. Unwirsch schob er ihn zur Seite. »Was machst du denn!«, schrie die Mutter von draußen. Sie riss die Tür wieder auf und ihre Hände flatterten um Marlies Kopf herum wie aufgeregte Vögel.

Ich muss schließlich was sehen, sagte der Vater. Ihr wollt ja wohl heil in Hausen ankommen. Die Mutter reichte Marlies den Strauß. Blassrosa Rosen mit viel Schleierkraut.

Endlich saßen sie alle. Die Mutter hinter dem Vater, weil Marlies ja auf ihrem Platz saß.

Die Brüder fuhren mit ihren eigenen Autos. In Hausen nicht gleich zur Kirche, sondern auf den Hof.

Eine Menge Leute standen schon dort und sahen Marlies zu, wie sie umständlich wieder aus dem Auto herauskletterte. Sie entdeckte Konrad nicht gleich und ein Gefühl von Verzagtheit stieg in ihr auf. Aber er lehnte am Geländer der Treppe und machte offenbar Witzchen mit einem seiner vielen Cousins. Die beiden lachten.

Marlies stöckelte zu ihm und hakte sich unter. Er kam ihr fremd vor in seinem feierlichen Anzug. Und wegen der Haare. Offenbar war auch er beim Friseur gewesen. Die Koteletten waren sauber rasiert, die Locken mit irgendeinem glänzenden Zeugs glatt gestriegelt, wodurch sie noch dunkler, fast schwarz aussahen. Er sah aus wie Roy Black mit zwanzig, bloß der Scheitel etwas strenger. Ein paar Mal fuhr er sich mit dem Finger unter den Hemdkragen, während sie standen und warteten, dass die Hochzeitsgäste sich hinter ihnen formierten. Er fühlt sich auch unbehaglich, dachte Marlies und drückte seinen Arm. Mit einem schiefen Lächeln sah er sie an und sein Blick sagte, wir werden das hier schon anständig hinter uns bringen, oder?

Die Glocken fingen an zu läuten. »Wir müssen!«, rief Lisbeth und stupste Konrad in den Rücken. Marlies drehte sich zu ihr um. Sie ist mindestens so aufgeregt wie Konrad und ich, dachte sie. Hochzeit ihres einzigen Kinds.

Unaufhörlich zupfte Lisbeth an den breiten Bändern, die von dem Käppchen auf ihrem Dutt bis weit auf ihren Rücken herunterhingen. Dunkelgrün glänzend und prächtig bestickt, wie auch der Rock und die Schürze ihrer Tracht.

Als sie aus der alten Dorfkirche wieder herauskamen, hatten ein paar Hausener Kinder ein Band über dem Weg gespannt. Jemand reichte Marlies und Konrad einen Beutel mit Bonbons und einen mit Pfennigen und Groschen. Marlies warf die Bonbons, Konrad die Münzen. Die Kinder sprangen danach, was auf den Boden fiel, sammelten sie auf. Dann zerschnitten sie das Band und machten dem Brautpaar den Weg wieder frei.

Auch eine Menge Erwachsener hatten sich vor der Kirche versammelt und guckten neugierig. Viele Frauen und ältere Hausener. Die Frauen, um das Aussehen der Braut zu bereden. Hübsch, die Spitze. Langer Schleier ist aber doch schöner. Oder? Die Älteren, um zu sehen, wer alles unter den Gästen war. Den da, den mit den längeren Haaren, den kenne ich gar nicht. Hainmüllers Marie und der Franz sind anscheinend gar nicht eingeladen.

Von der Kirche ging es zu Fuß ins neue Bürgerhaus. Gerade wurde in jedem Dorf so eins gebaut. Für Vereinsfeiern, Leichenschmäuse und Hochzeiten. Es roch noch nach dem Klebstoff des grauen Fußbodens und nach Farbe.

Tische in langen Reihen. Papiertischdecken. Torte an Torte.

Marlies' Mutter und Lisbeth hatten gebacken und gebacken. Und die Nachbarsfrauen, bei denen man sich revanchieren würde, wenn eins von deren Kindern heiratete.

Bethches' Nachbarinnen hatten alles hergerichtet und spülten das Geschirr.

Gleich nach dem Kaffeetrinken wurde Marlies von ihren Brüdern und drei von Konrads Cousins entführt. Weil Konrad Klostermuths Kneipe für ein zu naheliegendes Versteck hielt, suchte er sie überall, nur nicht dort. Zuerst bei sich zu Hause, kletterte sogar bis auf den Heuboden der Scheune, dann suchte er bei seinen Cousins zu Hause und fuhr schließlich sogar in die Lahnfelser Eisdiele, in der sie nach ihrem allerersten Kinobesuch gewesen waren. Währenddessen saß Marlies mit den Männern zweieinhalb Stunden in der Gastwirtschaft.

Klostermuths Martha hatte einen Lappen geholt und einen Stuhl für sie abgewischt. Nicht, dass was an dein Kleid kommt. Dann gab's eine Runde Schnaps aufs Haus. Die Skatrunde gesellte sich zu ihnen und stieß mit an. Auf die Braut. Die Männer tranken noch ein paar Bier. Zahlt ja der Bräutigam, grinsten sie, wenn sie ihre Gläser zur Theke hin hoben. Noch eins. Nach einer Stunde zogen sie die Krawatten herunter und öffneten den obersten Kragenknopf. Marlies trank Limonade. Sie konnte sich ja schlecht betrinken. Wie eine exotische Blume saß sie zwischen den immer aufgekratzteren Männern. Nach anderthalb Stunden wurde sie wütend. »Hast du mich überhaupt gesucht?«, rief sie, als Konrad endlich auftauchte. »Prima Versteck«, spotteten die Entführer und bestellten eine letzte Runde. »Hätten wir gar nicht gedacht.«

Zum kalten Büffett waren sie gerade so im Bürgerhaus zurück. »Wo bleibt ihr denn?«, rief Lisbeth.

Darauf, dass irgendwann jemand unter den Tisch kroch und ihr einen Schuh vom Fuß zog, war Marlies besser vorbereitet. Sie hatte ihre Brautschuhe gegen Bärbels ausgetauscht. »Aber dann hast du ja nur noch einen«, hatte sie gesagt, als Bärbel ihr die Schuhe anbot. »Macht doch nichts«, hatte Bärbel gesagt und grinsend hinzugefügt: »Wenn ich noch mal heirate, kauf ich mir einfach neue.« Als Bärbels Schuh unter Gejohle versteigert worden war, zog Marlies ihre eigenen wieder an.

Dann spielte eine Zweimannband. Mit Konrad tanzte sie den Schneewalzer und mit ihrem Vater und Karl Foxtrott. So wanderte sie von Arm zu Arm. Alle wollten wenigstens einmal mit der Braut tanzen.

Weit nach Mitternacht saß sie todmüde da. Das Kleid war zerdrückt. Den Schleier hatte sie um zwölf abgenommen. Sie fühlte den Wörtern Ehefrau und Schwiegertochter nach.

Jetzt war sie Bethches Marlies.

Die Apfelblüten hatten die kalte Nacht schadlos überstanden. Dankbare Pflänzchen. Lisbeth zupfte hier und da ein welkes Blatt ab und goss eine Kanne Wasser darüber.

Oft ging sie zum Friedhof. Besuchte Karl. Seit zwei Jahren lag er hier. Im Herbst pflanzte sie ihm Stiefmütterchen aufs Grab, die sie in ihrem Garten selbst gezogen hatte. Wenn der Spätwinter mild war, blühten sie schon Anfang März. Mitte Mai, gleich nach den Eisheiligen, rupfte Lisbeth sie aus und pflanzte rote und weiße Apfelblüten. Ein paar Tagetes dazwischen, für die Schnecken, damit die nicht an die Apfelblüten gingen. Apfelblüten, die gar keine waren, sondern nur so hießen. Bevor Lisbeth wieder ging, strich sie über den Stein und sprach ein bisschen mit Karl.

Joanna ist am Morgen weg. Nach Afrika. Aber das weißt du ja schon, dass sie da hin will. Mit dem Flugzeug.

Lisbeth sah nach oben zum Himmel, als würde es gerade über sie hinwegfliegen, als könne sie es genau in diesem Moment sehen. Auch sonst sah sie öfter nach diesen glitzernden Dingern, die wie ferne Vögel über den Himmel glitten und so hübsche Streifen hinter sich herzogen. Dort drin zu sitzen konnte sie sich nicht einmal im Traum vorstellen. Aber sie träumte auch gar nicht davon, hatte keine Sehnsucht nach solcherlei Abenteuern. Doch nun trug so ein Ding ihre einzige Enkelin davon.

Afrika! Kannst du dir das vorstellen, Karl? Auf einer Farm will sie dort arbeiten. Also, auf einem großen Bauernhof eigentlich. Wo wir doch selbst einen haben. Sie ist doch die, die jetzt Verantwortung übernehmen müsste. So wie ich damals. Damit sich alles doch noch zum Guten wendet. Das muss es doch. Oder, Karl?

Joanna hatte ihren Schulatlas geholt, um Lisbeth zu zeigen, wo ihre Reise hinging. Lass ihn mir da, hatte Lisbeth gesagt. Das Buch lag nun aufgeschlagen auf ihrem Nachttisch.

Den ersten schwarzen Menschen hatte Lisbeth am Kriegsende gesehen. In Uniform. Sie erinnerte sich gut an ihren Schrecken und die Angst. Heute trug nur noch der Fernseher Bilder aus Afrika zu ihr. Häuser, die in Lisbeths Augen diese Bezeichnung nicht verdienten. Hungernde Kinder, die ihr Mitleidstränen in die Augen trieben. Erwachsene, die ihrer Meinung nach nicht fleißig genug waren. Sonst könnten sie ihre Kinder doch ernähren, oder? Na ja, ein bisschen war sicher auch der Krieg schuld, der dort immerzu herrschte.

Der hatte auch damals hungernde Menschen durch Hausen getrieben. Für den Krieg konnte niemand etwas.

Muss das Kind in solch ein Land, Karl? Unser Leben hat sich in Hausen abgespielt. Haben wir was vermisst? Hat uns was gefehlt?

Nie hatte Lisbeth Sehnsucht verspürt, irgendwo anders zu sein. Nicht einmal im Urlaub. Freizeit, gar mehrere Wochen, hatten sie und Karl sowieso nicht gekannt. Im Sommer konnte man vom Hof nicht weg. Der Sommer war voller Arbeit. Und im Winter war man zu müde zum Verreisen. Und außerdem brauchte das Vieh die Menschen das ganze Jahr.

Jeden Morgen um fünf Kühe melken. Und Kühe kannten ihre Zeit. Sie riefen, wenn man sich verspätete. Sie riefen so laut, dass die Nachbarn es hörten. Und wenn die Nachbarn die brüllenden Kühe hörten, fragten die sich, was denn heute bei Bethches los sei. Ist da jemand krank? Oder sind die etwa nicht aus den Betten gekommen?

Lisbeth winkte Schreinerleus Lene zu, die das Grab ihrer Eltern gegossen hatte. Die winkte mit der leeren Kanne zurück und rief: »Wie geht's so?«

»Muss ja!«, rief Lisbeth. Lene nickte.

Lisbeth machte sich auf den Rückweg. Sie ging an Höfen vorbei, auf denen es, außer vielleicht einer Katze, kein einziges Tier mehr gab, und verbot sich den Gedanken, dass es bei ihnen kaum besser war.

Höfe, wo aus den Ställen Garagen für die Autos geworden waren. In manchen standen auch Pferde. Aber nicht, um Wagen oder Pflüge zu ziehen, sondern bloß zum Reiten. Zum Spaß.

Hier und da wurde Lisbeth gegrüßt. Von den Alten immer

noch ein wenig ehrerbietig. Die hatten, genau wie sie, immer noch das alte Hausen im Kopf. Mit seiner Rangordnung, auf der der Bethches-Hof ganz oben gestanden hatte.

Knechte und Mägde hatten sein Ansehen ausgemacht. Wer viel Gesinde hatte, der hatte viel Arbeit. Und viel Arbeit hieß, es gab viel Vieh und viel Land. Zeichen des Wohlstands waren auch Bethches Pferde gewesen. Sie hatten den Pflug und die Egge gezogen. Die ärmeren Bauern spannten ihre Kühe ein, die ihnen auch die Milch gaben. Tiere, die bloß gefüttert werden mussten, konnten sie sich nicht leisten. Und sie schickten ihre Kinder, kaum dass sie aus der Schule waren, zum Arbeiten auf den Bethches-Hof.

Lange vorbei, dachte Lisbeth schmerzerfüllt. Und nahm die Grüße der alten Hausener Kleinbauern doch immer noch beinahe hoheitsvoll entgegen. Wie es sich für eine vom Bethches-Hof gehörte.

Zwei Zimmer im zweiten Stock auf der linken Seite hatten Marlies und Konrad nach der Hochzeit bezogen. Mehr Eigenes hatte es nicht gegeben. Das eine Zimmer war mit nagelneuen Schlafzimmermöbeln eingerichtet worden, gekauft im Lahnfelser Möbelgeschäft, wo alle ihre Möbel kauften. Marlies hatte sie mit ihrer Mutter ausgesucht. Macht ihr das nur, hatte Konrad gesagt. Die Möbel bezahlten Marlies' Eltern. Helles Holz, hochglänzend. Und Teppichboden. Auf bloßen Füßen durchs ganze Zimmer gehen. Nur saugen, nicht wischen. Luxus.

Aus dem anderen Zimmer sollte ihr Wohnzimmer werden. Bis sie sich für eine Einrichtung entscheiden würden, stellten sie ein Sammelsurium aus Marlies' Mädchenzimmer und Konrads Zimmer hinein. Marlies' Kinderschreibtisch, ihr mit bunten Aufklebern verzierter Schrank, Konrads Jugendbett, ein niedriges Bücherregal, ein orangefarbener plüschiger Sessel. Daneben ein Glastischchen. Und die Kisten mit Marlies' Aussteuer. Bettwäsche, Tischwäsche, Töpfe, Besteck, Essservice.

Doch zu ihrem eigenen Wohnzimmer brachten sie es nie. Das Leben fand draußen und in der Küche statt. An den Sonntagen im großen Wohnzimmer, das eigentlich Lisbeths und Karls war. Sonntags kam immer Besuch. Tanten und Onkel, Cousins und Cousinen von Konrad. Wenn gelacht wurde und durcheinandergeredet, verlor das Zimmer mit seinen ehrfurchtgebietenden dunklen Möbeln seine Steifheit.

In diesem Zimmer hatte Marlies zum ersten Mal ihrer Schwiegermutter gegenübergestanden. Konrad und sie kannten sich da schon fast zwei Jahre. Sein Mädchen mit nach Hause bringen bedeutete damals etwas. Das war beinahe eine Verlobung. Entsprechend aufgeregt war Marlies gewesen. Schweigend hatte Lisbeth in ihrer feierlichen Sonntagstracht sie von oben bis unten gemustert. Die frische Dauerwelle. Die großen Ohrringe. Die lackierten Fingernägel. Den Rock, der Marlies plötzlich absurd kurz vorkam. Verlegen hatte sie die Knie zusammengedrückt. Sich diesem Blick zu stellen war schlimmer gewesen als ihre Kaufmannsprüfung.

»Komm, setz dich, Mädchen«, hatte Karl sie schließlich erlöst. Er hatte ihr die Hand auf den Rücken gelegt und sie zu einem Stuhl geschoben. Und zu Lisbeth »Willst du nicht den Kaffee holen?« gesagt.

Lisbeth schenkte ein. In die Tassen mit dem Goldrand. Das Sonntagsgeschirr. Marlies hatte Angst, Kaffee auf der weißen Leinentischdecke zu verschütten und verschluckte sich gleich am ersten Bissen Kuchen. Wie zur Beruhigung legte Konrad ihr unter dem Tisch die Hand aufs Bein, aber Marlies schob sie weg. Er war genauso nervös wie sie.

Es war Sommer gewesen. Die Fenster hatten offen gestanden. Man hatte die Kühe und die Schweine gehört. Und gerochen. Es hatte Marlies nichts ausgemacht. Sie kam zwar nicht vom Bauernhof, aber doch vom Dorf. Drei Orte weiter. Als Kind hatte sie mit den Bauernkindern gespielt, war zum Milch und Eier holen auf den Nachbarhof geschickt worden, wo auch die Essensreste im Eimer hingetragen wurden. Für die Schweine. Marlies hatte auch manches, was sie nicht essen mochte, vom Tisch geschmuggelt und heimlich in die Tröge geworfen, den Tieren dabei zugeguckt, wie sie ihre Rüssel genüsslich danach ausstreckten und es schmatzend verschlangen.

Bauernhöfe kannte sie also. Was Bäuerin sein bedeutete, wusste sie nicht und dachte auch nicht daran, dass sie eine werden würde. Jedenfalls nicht an diesem Nachmittag, an dem es bloß galt, vor den Augen von Konrads Mutter zu bestehen.

Karl hatte Marlies ein bisschen über ihr Zuhause ausgefragt.

»Ach! Eine Schlosserei?« Lisbeths Augenbrauen hatten sich gehoben. »Kein Hof?« Sie hatte Konrad angesehen, und Marlies hatte in diesem Blick zu lesen gemeint: Wen hast du uns denn da gebracht! Sie, auf unserem Hof?

Konrad hatte kaum merkbar die Schultern gehoben, Karl eine Flasche Schnaps aus dem Büfett geholt. Lisbeth hatte abgelehnt und das Geschirr zusammengeräumt. Marlies hatte sich zweimal nachschenken lassen und, als der Birnenbrand sich wärmend in ihr ausgebreitet hatte, gedacht, ich werde sie schon noch von mir überzeugen. Das wäre doch gelacht.

Sehr firm ist sie nicht in der Hausarbeit«, sagte Lisbeth zu Karl. Abends, wenn sie noch in der Küche zusammensaßen oder auf dem Hof. Sie sagte es in den ersten Wochen nach der Hochzeit. Und sie sagte es auch nach bald zwei Jahren noch.

»Gib ihr halt Zeit«, sagte Karl auch nach bald zwei Jahren noch.

»Aber ich hab ihr doch schon so viel Zeit gegeben«, sagte Lisbeth.

Dass das nötig sein würde, hatte sie sich gedacht. Von dem Moment an, als Marlies ihr in der Stube gegenübergestanden und sie versucht hatte, ihr Entsetzen zu verbergen. Über dieses Mädchen, wie einem Modeheft entsprungen. Mitten in ihrer guten Stube. Das soll die Zukunft auf dem Bethches-Hof sein?, hatte sie gedacht. Künstliche Locken? Schaukelnde Ringe an den Ohren, beinahe so groß wie die, die man den Bullen durch die Nase zog? Bunte Fingernägel? Dass Konrad so etwas schön findet, hatte sie verwundert gedacht. Zum Verlieben. Und er war verliebt gewesen. Bis über beide Ohren. Das konnte man sehen.

Nicht, dass sie erwartet hatte, er würde eine Trachtenfrau bringen. Die gab es nicht mehr. Aber hier wurde doch Kraft und Ausdauer gebraucht, Sinn für die Arbeit. Und nicht den Kopf voller Modeflausen. Und die Hände so fein gemacht, dass ans Anpacken nicht zu denken war.

Lisbeth riss ein Blatt aus der Zeitung, vergewisserte sich, dass es auch wirklich die von gestern war, knäulte es zusammen und rieb kräftig über die Scheibe des Stubenfensters. Einen Schritt zur Seite, den Kopf nach rechts neigen, von schräg unten gucken, da noch ein Fleck, hier noch ein Streifen, noch mal reiben. Nachdem Lisbeth aus allen möglichen Perspektiven die Scheibe begutachtet hatte, war sie zufrieden.

Nächstes Fenster. Reiben. Von links gucken, von rechts, mit einem frischen Stück Zeitung drübergehen, Scheibe außen, Scheibe innen, ein bisschen verrenken und noch mal von unten nach oben.

So machte man das. Marlies hatte die Scheiben wieder mit einem Geschirrtuch geputzt. Warum wusste sie immer noch nicht, dass man das mit Zeitung machte? Erst die Druckerschwärze brachte den richtigen Glanz.

Jetzt noch das Fenster im Flur, dann hatte sie alle nach poliert. Also die, die Marlies geputzt hatte. Als Lisbeth eine weitere Seite aus der Zeitung riss, stand Marlies auf einmal da. Lisbeth versuchte ein Lächeln, merkte aber, es gelang ihr nicht so recht. Irgendwie fühlte sie sich ertappt.

Sieht sie gleich, wie man das macht mit den Fenstern, beschwichtigte sie sich.

Marlies sagte kein Wort, ging schweigend nach oben.

Lisbeth sah ihr nach. Unschlüssig. Sollte sie was sagen? Ihr hinterherrufen, ich mein's doch nur gut?

Und wie wichtig das war, wie man die Hausarbeit verrichtete. Alle im gleichen Takt. Und im Gleichklang. Nicht die eine Tischdecke so falten und die nächste anders. Wie sah denn das aus, nachher im Schrank? Und dass sie ständig überlegte, ob sie was sagen sollte oder es lieber gleich selbst machen. Es war doch aus Rücksicht, wenn sie nicht den ganzen Tag sagte, dies macht man so und jenes so.

Marlies brauchte doch nur hingucken und abgucken. So war es doch immer gewesen. Lisbeth hatte doch auch bei ihrer Mutter geguckt. Jedenfalls so lange, wie die ihr die Arbeit vormachen konnte.

Ist sie wieder beleidigt, dachte Lisbeth, als oben die Tür klappte. So empfindlich. Aber Samthandschuhe hatte Lisbeth nicht gelernt. Auf einem Bauernhof ging es rau zu. Das war nicht böse gemeint. Und sowieso am nächsten Tag vergessen.

»Sie ist empfindlich, Konrad.«

»Sie gibt sich Mühe«, sagte Konrad.

»Ich mir auch«, sagte Lisbeth.

Zum Abendessen machte sie Eiersalat. Mit frischem Schnittlauch. Normalerweise gab es bloß Brot, Butter und Wurst. Die Männer stürzten sich darauf. Marlies lehnte ab, nein danke, und kaute ewig an einem Butterbrot. Lisbeth war enttäuscht. Eigentlich hatte sie den Salat für Marlies gemacht. Doch die stand als Erste auf. »Ich muss noch die Kannen.«

Marlies füllte die Milchkannen ab, die die Nachbarn vorbeibrachten, oft schon nachmittags, und auf den Tisch in der Melkküche stellten, das Geld gleich daneben. Passend, damit man am Betrag sehen konnte, wie viel Milch sie wollten. Einen oder zwei Liter. Oder vielleicht anderthalb. Abends, nach dem Melken, wurden die Kannen abgeholt. Meistens wurden die Kinder geschickt.

Als Lisbeth das Geschirr abwusch, hörte sie Marlies durch das geöffnete Küchenfenster lachen. Als sie hinausschaute, zeigte Marlies gerade Hartmanns Olli, wie man eine volle

Milchkanne schleudert. An ihrem ausgestreckten Arm ließ sie die orangefarbene Kanne kräftig kreisen. Olli stand gebannt daneben.

Wenn er das auf dem Nachhauseweg probiert, dachte Lisbeth entsetzt. Und dann zu Hause, wenn in der Kanne kein Tropfen mehr drin ist, erzählt, das hat mir Bethches Marlies gezeigt.

Morgens war Konrad immer schon weg, seine Betthälfte leer, wenn Marlies, noch im Halbschlaf, den Arm hinüberstreckte. Selbst am Morgen nach der Hochzeit war das so gewesen. Kühe müssen gemolken werden, sie wissen nichts von Fest- und Feiertagen. So früh musst du nicht aufstehen, hatte er von Anfang an gesagt.

Marlies stand nach dem Melken auf. Sechs, halb sieben. Wenn die Männer unten durch den Flur trampelten. Karl, Alfred, Konrad. Dann versammelten sich alle zum Frühstück in der Küche. Lisbeth stand von früh an dort.

Auch in Marlies' Elternhaus hatte die Mutter morgens das Frühstück gemacht. Dann war Marlies zur Arbeit gegangen und abends wiedergekommen. Wenn der ganze Haushalt gemacht war.

Erst in den Wochen vor der Hochzeit war der Mutter anscheinend der Gedanke gekommen, sie könnte ihre Tochter auf deren Hausfrauenzukunft nicht ausreichend vorbereitet haben.

Weißt du eigentlich, wie man Weißwäsche wäscht? Buntwäsche? Tischdecken vor dem Bügeln einsprengen. Ach, und da muss Stärke in den letzten Waschgang. Sonst sind sie so labberig. Auch das eine oder andere Gericht hatte die Mutter Marlies noch auf die Schnelle beibringen wollen. Wie man eine Bratensoße macht, einen Eintopf oder Kartoffelsalat. Marlies hatte der Kopf geraucht. Der Schnellkurs hatte ihr nicht geholfen, sondern Angst gemacht.

Unzählige Zettel hatte sie vollgekritzelt. Hätte sie hier, bei Bethches, vielleicht mit denen rumlaufen sollen, was hätte Lisbeth dann von ihr gedacht? Marlies hatte sie in dem Wohnzimmer, das mal eins werden sollte, in irgendeine Schublade gestopft. Und nie einen herausgeholt. Es hätte sowieso nichts genützt.

Die Männer schnitten sich große Stücke Wurst ab, legten sie auf dicke Brotscheiben und unterhielten sich lebhaft und mit vollem Mund. Marlies nagte an einem Marmeladenbrot und beobachtete sie. Von dem, über das sie sprachen, verstand sie noch immer nicht viel.

Wie lebhaft Konrad werden konnte, wenn es um Landmaschinen oder um Tiere oder um Saatgut ging. Es überraschte sie immer wieder. Er konnte reden und reden und dabei mit dem Finger imaginäre Bilder auf die Tischplatte malen.

Und immer häufiger dachte sie, vielleicht wäre Konrad auch überrascht gewesen, wenn er sie bei ihrer Arbeit im Kaufhaus mal beobachtet hätte. Wie sie mit einem professionellen Lächeln, ein Lächeln, das Konrad überhaupt nicht kannte, auf die Kundinnen zuging. Kann ich helfen? Wir hätten da ein Kleid. Eine andere Farbe? Ich sehe nach. Wie sie mit wenigen Handgriffen einen Pullover zusammenlegen konnte. Und einen zweiten und einen dritten exakt gleich.

Damit sie wie mit einem Lineal ausgerichtet übereinanderlagen. Abends die Kasse machen. Bestelllisten führen. Einen Vertreter anrufen, ob er die und die Blusen nachliefern könne.

Konrad sah zu ihr hin. Vielleicht hatte er gemerkt, dass sie ihn beobachtete. Er zwinkerte ihr zu.

Ihre Arbeit hatte sie noch längst vor der Hochzeit gekündigt. »Alles Gute!« Mit Handschlag hatte ihr Chef sie nach ihrem letzten Arbeitstag verabschiedet. Marlies wusste, er war es gewohnt, junge Frauen in die Ehe zu entlassen. Manchmal kam eine wieder, wenn die Kinder aus dem Gröbsten heraus waren und das Geld gebraucht wurde.

Marlies schob sich den letzten Bissen ihres Brots in den Mund und leckte sich einen Klecks Marmelade vom Zeigefinger. Was hatte sie eigentlich empfunden, als sie die Hand des Chefs genommen hatte? War sie traurig gewesen? Hatte sie gedacht, irgendwann komme ich auch wieder? Marlies erinnerte sich nicht. Bloß daran, wie selbstverständlich es ihr erschienen war. So wie man auch die Schule verließ, wenn der letzte Tag gekommen war. Und nicht einfach bat, ach, kann ich nicht noch ein paar Monate? Oder ein Jahr? Oder ganz bleiben?

Die beiden Kolleginnen, die drei oder vier Jahre älter waren als Marlies, waren ganz neidisch gewesen. Sie warteten noch auf den Richtigen. Und dann nichts wie raus aus dem Arbeitsleben. Marlies hatte immer gern dort gearbeitet.

Wie auf Kommando standen die Männer auf. Als hätten sie eine innere Pausenuhr. Und immer öfter sah Marlies ihnen sehnsüchtig hinterher. Aber sie musste im Haus, musste bei Lisbeth bleiben. Lisbeth, die sagte, heute machen wir dies oder das. Heute klopfen wir die Teppiche. Heute wischen wir die Treppen. Heute wischen wir Staub.

Beim ersten Mal Staubwischen hatte sie Marlies ein Tuch in die Hand gedrückt und sie waren zusammen in die Wohnstube gegangen. Lisbeth hatte beim Büfett angefangen, Marlies sich ein wenig hilflos umgesehen und sich dann für die Fensterbänke entschieden. »Aber die wischt man doch feucht«, hatte Lisbeth gerufen. Und Marlies hatte sich schnell über die Stuhllehnen hergemacht und die Lampen, ganz erschrocken und auch beschämt, als hätte man sie bei einem schweren Missgeschick ertappt.

Vor zwei Wochen hatte Lisbeth gesagt, die Fenster sind mal wieder dran. Zwei Tage hatten sie fürs ganze Haus gebraucht, zwei Tage brauchten sie immer. Aber diesmal hatte Marlies am dritten gesehen, wie Lisbeth alle von ihr geputzten noch mal kontrolliert und mit zerknülltem Zeitungspapier nachgerieben hatte.

Marlies hatte sich gefragt, wie oft sie das schon gemacht hatte. Noch immer kam sie sich vor wie in ihrem ersten Lehrjahr. Als sie hinter den älteren Verkäuferinnen hergelaufen war, um zu sehen, wie die alles machten. Sich alles abgucken. Als die auch sagen durften, mach dies, tu jenes. Bis ein neues Lehrmädchen kam.

Marlies erinnerte sich an die ersten Tage, als sie Lisbeth beim Kochen hatte helfen wollen. Als sie vollkommen überfordert mit dem großen Holzherd gewesen war, auf dem Lisbeth die

Töpfe geschickt hin- und herschob, je nachdem, wie viel Hitze notwendig war, ob es im Topf kräftig kochen oder nur köcheln sollte. Marlies' Mutter hatte schon lange einen Elektroherd. Lisbeth hatte sie einfach zur Seite geschoben, wenn die Kartoffeln überkochten oder das Gemüse. Marlies hatte mit hängenden Armen danebengestanden.

»Gib dir nur weiter Mühe, das wird schon«, hatte Marlies' Mutter gesagt.

Doch Marlies hatte auch den Schrubber falsch gehalten. Lisbeth hatte ihn ihr aus der Hand genommen. Als Lisbeth die Tischdecken noch einmal gebügelt hatte, weil Marlies sie offenbar anders gefaltet hatte, als Lisbeth das gewohnt war, hatte sie sich zum ersten Mal bei Konrad beschwert.

»Sie meint es nicht so«, hatte Konrad gesagt.

»Sie kann mich nicht ausstehen.«

»Ach was«, hatte er geantwortet. »Sie muss sich halt erst dran gewöhnen, dass es eine zweite Frau im Haus gibt.«

Konrad hatte es nicht verstanden. Dabei hatte er ähnliche Kämpfe mit seinem Vater, mit Karl. Bloß, dass es bei ihnen um die Marke des neuen Traktors ging oder ob der neue Pflug zwei- oder besser gleich dreischarig wäre. Ihre Debatten führten sie laut am Esstisch.

Lisbeth und Marlies dagegen kämpften ohne Worte und alle taten so, als sei es eine Selbstverständlichkeit, dass sie miteinander auskämen.

Zwei Jahre hielt Marlies durch. Zwei Jahre, in denen sie sich Mühe gab, es Lisbeth recht zu machen. Eine gute Schwiegertochter zu sein. Zwei Jahre, in denen sie sich immer wieder sagte, es wird schon. In denen ihre Mutter sagte, es wird schon. Und auch Bärbel sagte, es wird, halt durch!

Doch nach zwei Jahren sagte sie mittags beiläufig: »Ich möchte arbeiten gehen.« Lisbeth fiel die Gabel in den Teller und alle anderen sahen erschrocken auf. Marlies wusste nicht, ob vom Klirren der heruntergefallenen Gabel oder wegen dem, was sie gesagt hatte. Eilig fügte sie »Nur halbtags!« hinzu.

Eine Woche zuvor war sie nach Lahnfels gefahren und in das Kaufhaus gegangen, in dem sie gelernt hatte. Augenblicklich hatten die Kolleginnen sie umringt. Wie geht's dir? Erzähl doch mal. Marlies meinte, sie guckten auch unauffällig auf ihren Bauch. Ist sie schon schwanger?

Der Abteilungsleiter war völlig überrascht. Arbeiten? Aber haben Sie denn nicht genug zu tun? So ein Haushalt braucht doch eine ganze Frau. Und außerdem, was sagt Ihr Mann? Ist er überhaupt einverstanden? Sonst darf ich Sie gar nicht nehmen.

Konrad hätte ihr das Arbeitengehen verbieten können. Ehemänner hatten das gesetzlich verbriefte Recht dazu. Konrad war zwar kein Mann dieser Art, aber dagegen war er trotzdem.

Als hätten wir das nötig. Wie stehe ich denn da? Vor der Mutter. Vor den Leuten im Dorf. Jetzt kommt außerdem das Frühjahr. Jede Hand wird gebraucht.

Marlies bettelte. Auf dem Hof kann ich doch nachmittags helfen. Und im Haus werde ich nicht gebraucht. Deine Mutter wird froh sein. Konrad schüttelte zweifelnd den Kopf. Marlies setzte sich durch. Ich gehe hier sonst kaputt, Konrad. Aber wenn sie morgens durch das Tor fuhr und für einen

Moment den Hof im Rückspiegel sah, hatte sie das Gefühl, versagt zu haben.

Die Marlies geht arbeiten?« Bachkriemers Lieselotte hielt Lisbeth das Wechselgeld hin.

»Sie ist den Hof halt nicht gewöhnt«, murmelte Lisbeth.

Natürlich. Wenn eine Neuigkeit schnell irgendwo ankam, dann hier bei Bachkriemers. Rasch nahm sie ihr Einkaufsnetz und hastete aus dem Laden. Doch als sie aus der Tür trat, lief sie Golläckers Katrine direkt in die Arme. Einfach an ihr vorbeizulaufen war nicht möglich. Ein paar Worte musste man schon wechseln, wenn man jemanden traf.

»Na, was macht eure junge Frau?«, fragte die Katrine. »Morgens sieht man sie neuerdings gar nicht mehr.« Tu nicht so scheinheilig, dachte Lisbeth. Du weißt's doch auch längst. Du weißt doch alles als Erste.

Klein, hager, die Hände auf dem Rücken, ging die Katrine in ihrer Tracht jeden Tag im ganzen Dorf herum. Blieb an diesem Hoftor stehen oder an jenem, guckte dort in den Garten, fragte hier etwas und hörte dort einem Gespräch zu. Auf diese Weise wusste sie fast alles. Über beinahe jeden. Dorfzeitung nannten Lästerzungen sie hinter vorgehaltener Hand.

»Da musst du mal nachmittags bei uns gucken«, sagte Lisbeth trotzig. Nachmittags legte Marlies sich ins Zeug. Wenn sie von der Arbeit kam, zog sie sofort die feinen Kleider aus, die Nylonstrümpfe auch, und die hohen Schuhe. Sie zog eine von Konrads Manchesterhosen an, mit einem Gürtel so zusammengeschnürt, dass sie nicht rutschte, und eins von Konrads karierten Hemden. So kam sie schon zum Essen. Dann stieg sie in die Gummistiefel. Sie mistete, fütterte, half beim Melken und schleppte die schweren Milchkannen. Und sogar bei dem neugeborenen Kälbchen hatte sie ein paar Nächte gewacht, ihm die Flasche gegeben. Nichts schien ihr zu schwer oder zu mühsam zu sein.

Muss ja auch die Zeit nachholen, die sie da morgens an ihre Arbeit verschwendet, dachte Lisbeth öfter grimmig. Immer dann, wenn sie merkte, der Eindruck, den Marlies' Tüchtigkeit ihr machte, wurde vielleicht doch ein bisschen zu groß.

Doch dass sie sich nun sogar bei den Leuten für Marlies herausreden musste, war zu viel. Mit einem unangenehmen Gefühl im Rücken ging Lisbeth den Bachweg entlang. Bestimmt guckten die hinter ihr her. Die Katrine, die Lieselotte. Und auch die Annie, die irgendwo hinten im Laden Mehltüten in ein Regal geräumt hatte. Vielleicht war es auch Zucker gewesen. Lisbeth spürte die drei regelrecht, wie sie da standen, sachte den Kopf schüttelnd. Bethches Lisbeth hat Pech mit der Schwiegertochter. Hat sie nicht im Griff. Und dass der Konrad das zulässt? Lisbeth war froh, als sie in die Mühlgasse abbiegen konnte.

Arbeiten gehen, wo auf dem Hof, im Haus so viel zu tun war. Sie verstand es ja selbst nicht. Ja, sie fand es schändlich. Eine Frau gehörte ins Haus. Zumal auf einem Bauernhof.

Sie konnte sich nicht einmal vorstellen, dass man lieber in ein Kaufhaus ging. Den Leuten Kleider herbeitrug. Können Sie mir bitte noch das blaue? Eine Nummer größer vielleicht? Ach nein, doch lieber das grüne! Hinterher die Kleider wieder wegtragen. Und nicht jede sagte Danke und Bitte. Manchmal beschwerte Marlies sich bei Konrad darüber.

Da war die Arbeit auf dem Hof doch ganz was anderes. Man war sein eigener Herr. Niemand sagte einem tu dies, tu das. Unwillkürlich schüttelte Lisbeth den Kopf. Eine unbegreifliche Vorstellung, es könne jemanden geben, der ihr Vorschriften machte. Nein. Bauern waren von jeher stolz. Und eigenständig. Arbeiteten auf dem Grund und Boden, der ihnen gehörte. Seit Generationen.

Aber davon abgesehen sollte Marlies doch auch mal übernehmen. Die Aufgaben im Haus. Das war doch immer so gewesen. Irgendwann würde auch sie, Lisbeth, nicht mehr können. Und dann war die nächste Generation dran.

Genau so hatte Lisbeth es auch zu Konrad gesagt. »In die Stadt arbeiten gehen. Das kannst du nicht zulassen.«

»Du machst es ihr nicht gerade einfach«, hatte Konrad gesagt.

Lisbeth hatte ihn entgeistert angesehen. »Aber sie muss doch erst mal was lernen.«

Konrad hatte gelacht. »Wie ein Lehrmädchen fühlt Marlies sich bei dir. Aber sie ist keins mehr. Und will auch keins mehr sein.«

»Aber ...«

»Sie hat ihren Kopf. Genau wie du.«

Hat ihren Kopf. Ärgerlich hatte Lisbeth Konrad hinterhergesehen. Was soll denn das heißen? Dass jeder machen kann, was er will?

Als Lisbeth auf den Hof einbog, waren Karl und Konrad gerade damit fertig, die Gülle aus der Grube in das Fass auf dem Wagen zu pumpen. In ganz Hausen war es zu riechen. Heute muss die Gülle auf den Winterroggen, hatte Konrad beim Frühstück zu Karl gesagt. Es soll Regen geben.

Lisbeth blieb einen Moment am Hoftor stehen und beobachtete die beiden. Vater und Sohn. Hand in Hand. So musste es sein. So musste es immer weitergehen.

Auch wenn nicht immer alles glattlief, es zwischen den beiden auch Kämpfe gab. Zuletzt um die Abschaffung der Schweine im vergangenen Frühjahr. Karl wollte nicht, doch Konrad hatte sich durchgesetzt. Die Zeiten ändern sich, Vater. Von garantierten Preisen für die Milch hatte er gesprochen. Mehr Milchkühe also. Er hatte Zahlenkolonnen auf Zettel geschrieben. Karl war mit dem Zeigefinger an ihnen entlanggefahren, lautlos die Lippen bewegend und mit gerunzelter Stirn nachrechnend.

Als die Schweine abgeholt wurden, hatte Karl sich in den Keller verdrückt, Kartoffeln entkeimen, eigentlich Lisbeths Aufgabe. Sie hatte sich zu ihm gesellt. Still hatten sie Kartoffel um Kartoffel in die Hand genommen, die Keimlinge abgebrochen und sie auf einen neuen Haufen geworfen. Dabei hatten sie nach draußen gelauscht. Auf das Quieken der Schweine, die es nicht gewohnt waren, ihren Stall zu verlassen. Schon gar nicht, einen Lastwagen zu besteigen. Als das Quieken aufhörte und der Lastwagen brummend den Hof verließ, meinte Lisbeth, Karl hätte Tränen in den Augen. Erst als sie ein Kitzeln auf ihrer Wange spürte, merkte sie, sie weinte selbst. Dass sie weiterhin ein Schwein halten würden, um es immer im Herbst zu schlachten, war kein Trost gewesen.

Doch die Alten hatten sich schon immer den Jungen beugen müssen. Irgendwann. Wenn die Alten mehr Vergangenheit als Zukunft hatten. Auch Karl hatte damals Lisbeths Vater mehr und mehr abgerungen. Sie hatten einen Traktor gekauft. Maschinen, die man an den Traktor anhängen konnte. Pflug. Egge. Kartoffelroder. Wie leicht einem die Maschinen die Arbeit gemacht hatten. Den Vater hatte der Lärm gestört. Karl und sie hatten das Tuckern des Traktors wie das Klopfen eines riesigen Herzens empfunden, eines, das einen ganz neuen Takt vorgab.

Der Vater hatte weiter mit den Pferden gearbeitet. Gegen Karls Willen hatten zwei bleiben müssen. Immer wieder mussten die Jungen auch ein bisschen nachgeben. Bis sie sich irgendwann vollkommen durchgesetzt hatten, war schon die nächste Generation da und es ging wieder von vorne los. Und doch auch immer ein bisschen weiter.

In diesem Moment ließ Konrad den Traktor an. Es war längst ein viel größerer als damals.

»Ihr seid doch zum Mittagessen zurück?«, rief Lisbeth ihnen zu.

Karl hielt sich fragend die Hand hinters Ohr.

Lisbeth machte mit der Hand Bewegungen zum Mund, als löffele sie Suppe. Karl nickte.

Hühnersuppe. Gestern hatte Lisbeth drei Hühner geschlachtet. Und Marlies hatte tatsächlich »Ich helfe dir« gesagt. Überhaupt schien sie sich mehr um Lisbeth zu bemühen, seit sie arbeiten ging.

Wart's erst mal ab, hatte Lisbeth ein wenig boshaft gedacht. Das ist nichts für empfindliche Gemüter. Konrads Vorwurf, sie mache Marlies das Leben schwer, wurmte sie immer noch.

Warum hab ich mich bloß angeboten, hatte Marlies gedacht. Ihr war plötzlich flau geworden, als sie hinter Lisbeths schwingenden Trachtenröcken hergelaufen war, zum Hühnerpferch in Lisbeths riesigem Garten hinter dem Haus. Jetzt bloß keine Schwäche zeigen. Wer A sagt, muss auch B sagen. Vielleicht konnte sie ihre Schwiegermutter endlich mal beeindrucken.

Lisbeth öffnete das Gehege, machte ein paar vorsichtige Schritte und ließ dann beide Hände auf ein Huhn niedersausen. So blitzschnell, dass es gar keine Zeit hatte, davonzurennen. Wie ein Habicht, dachte Marlies. Ein menschlicher Raubvogel.

Eine weitere schnelle Handbewegung und das Huhn hing kopfüber in Lisbeths linker Hand. Sie hielt es an den Beinen, steckte mit der anderen Hand die Flügel unter ihren Fingern fest, damit es nicht mehr flattern konnte, und holte mit einem Stock aus. »Nicht zu fest.« Lisbeth hielt in der Bewegung inne und drehte sich zu Marlies um. Dann schlug sie dem Huhn auf den Kopf. »Es darf nicht tot sein, sonst blutet es nachher nicht richtig aus.«

Marlies hob sich der Magen. »Ist dir nicht gut?«, fragte Lisbeth, während sie das bewusstlose Huhn zu einem Holzklotz trug und mit dem Kopf darauflegte. »Ich hab mir gleich gedacht, dass das nichts für dich ist.« Ein kräftiger Schlag mit dem Beil, und der Kopf war ab.

Huhn ohne Kopf. Redensart für verwirrtes Herumlaufen. Marlies zwang sich hinzusehen. Kopfloses Huhn. Dieses Huhn würde nicht mehr laufen. Blut lief in heftigen Stößen aus dem abgetrennten Hühnerhals vom Hackstock herunter. Lisbeth hielt das heftig zuckende Tier fest. Als kein Blut mehr kam, hörte auch das Zucken auf. Beim nächsten Huhn war Marlies auf alles gefasst. Beim dritten kam sie sich schon ganz kaltblütig vor.

Lisbeth trug die Hühner auf den Hof. Marlies holte das

kochend heiße Wasser aus der Küche und schüttete es in den bereitstehenden Eimer. »Wart noch einen Moment«, rief Lisbeth, als Marlies ein Huhn eintauchen wollte. »Du verbrennst es ja sonst!«

Das zweite Huhn durfte Marlies in den Eimer tunken und bewegte es hin und her, wie Lisbeth es vorgemacht hatte. Dann legte sie sich das Huhn in den Schoß, sie hatten Plastikschürzen umgebunden, und fing vorsichtig an, die Federn auszuziehen. Zuerst an der Brust. »Nur mit Daumen und Zeigefinger«, kommandierte Lisbeth.

Die Federn klebten an den Fingern, sie tauchten die Hände in einen Eimer mit kaltem Wasser, um sie zu lösen. Was nicht an den Fingern klebte, flog umher.

»Noch mal eintauchen«, befahl Lisbeth, als Marlies vergeblich an den Schwanzfedern riss. »Die gehen schwerer aus als die anderen.« Marlies tauchte ein und rupfte dann die dicken Schwanzfedern einzeln aus. Feder für Feder. Genauso wie die an den Flügeln.

In der Küche legte Lisbeth die Hühner nebeneinander auf den Tisch. Als sie ihnen die Füße abgeschnitten hatte, sahen sie immer noch aus wie das Tier, das sie mal gewesen waren. Ein Schwein sah nach dem Schlachten bald nicht mehr aus wie ein Schwein, sondern nur noch wie Berge von Fleisch.

Lisbeth steckte die Hand tief in den Hühnerbauch. Sie holte Gedärm, Blase, Magen, Leber und auch das winzige Hühnerherz heraus. »Das Herz und den Magen isst man mit«, erklärte Lisbeth, während sie mit einem kleinen scharfen Messer den Magen aufschnitt, um den Inhalt herauszuholen.

Ob ich davon überhaupt etwas esse, weiß ich noch nicht, dachte Marlies. Sie nahm die ausgenommenen Hühner, hielt sie unter den Wasserhahn, ließ Wasser in die Hühnerbäuche hineinlaufen, aus dem Hals lief es wieder heraus. Sie tupfte sie mit sauberen Tüchern trocken. Zwei Hühner steckte sie in Plastikbeutel. Als sie sie in die Gefriertruhe legte, sahen sie immer noch aus wie Hühner. Bloß ohne Kopf und ohne Füße.

Das dritte würde Lisbeth kochen, während Marlies bei der Arbeit war. Hühnersuppe und Hühnerfrikassee.

Lisbeth und Karl saßen auf der Bank, die vor dem beidseitigen Treppenaufgang zwischen wild wuchernden Geißblattranken stand. Fast waren die schon abgeblüht, aber jetzt am Abend verströmten sie mit ihren letzten Blüten noch einmal einen intensiven Duft.

Konrad war noch im Stall und sah nach einer Kuh, die lahmte. Aber eigentlich war Feierabend. Diese Stunde war für Lisbeth die schönste des Tages. Das Gefühl, dass alles getan war. Das Haus besorgt, im Garten, auf den Äckern und Wiesen alles verrichtet, was an diesem Tag notwendig gewesen war, die Tiere versorgt. Die Schürze konnte abgenommen, die Hände noch einmal ordentlich mit der Bürste geschrubbt werden. Und dann einfach nur dasitzen und auf die Dunkelheit warten. Den Schwalben zusehen, wie sie in der Dämmerung ihre kunstvollen Flüge über dem Hof vollführten, um die letzten Insekten des Tages zu fangen. Ihre Nester hatten sie an den Wänden der Kuhställe, direkt unter der Decke. Den ganzen Sommer blieben die Stallfenster für sie gekippt und der obere Flügel der Türen geöffnet.

Lisbeth beobachtete Marlies, wie sie mit einem Besen um den Misthaufen herumlief und Dreck, der davor heruntergefallen war, ordentlich in die Kuhle fegte.

Das hatte Lisbeth auch immer gemacht. Früher schon. Ganz früher. Lang vor dem Krieg. Heiner und Hans waren noch da gewesen. Mistfegen war schon eine ihrer Kinderaufgaben gewesen. Heiner und Hans hatten sie oft geärgert. Den Besen versteckt. Oder den Mist wieder hingestreut und hinter ihrem Rücken gelacht, wenn sie verwundert über die bereits gefegten Stellen fuhr. Die kleineren Geschwister waren um sie herumgetollt, hatten gespielt. Eins, zwei, drei, vier, Eckstein. Alles muss versteckt sein. Oder fangen. Und sie hatte als Aus gedient, die Stelle, an der man für einen Moment vor dem Fänger sicher war, wieder zu Atem kommen konnte. Die Kleinen hatten an ihren Röcken gezerrt, sich unter ihrer Schürze verborgen. Manchmal hatte auch sie den Besen fallen lassen und war mitgerannt. Dazwischen die Hühner, die Gänse und der Hund, der sich wild gauzend an der Jagd beteiligte. Ein Hof voller Kinder- und Tierlärm, ein Hof voller Leben.

So sollte es immer sein. Das hatte sie sich damals schon gedacht und später gewünscht. Und dann hatte nur der kleine Konrad auf dem Hof gespielt. Und nicht einmal das war selbstverständlich gewesen.

Marlies war nicht mehr zu sehen. Lisbeth konnte den Schmerz von damals fühlen. Diese stechende Lücke. Wie konnte etwas, das nicht da war, überhaupt so wehtun. Wenn nur bald wieder Kinderstimmen zu hören sein würden.

»Ob wohl bald Enkelkinder kommen?« Lisbeth sah zu Karl, der den Rauch seiner Zigarette gemächlich aus dem Mund entließ und dabei den Himmel betrachtete. Die Wolken wurden an den Rändern gerade noch einmal gleißend hell von der tief stehenden Sonne. Es war ein heißer Tag gewesen, das angekündigte Gewitter ausgeblieben.

»Sicher«, sagte Karl und sah weiter den Wolken zu, die allmählich rosig wurden.

»Ich weiß nicht«, sagte Lisbeth und sah weiter Marlies zu.

Karl sah Lisbeth überrascht an. »Aber warum denn nicht?«

»Sie ist so …« Lisbeth suchte nach einem Wort. Faul oder schlampig. Das wären greifbare Vorwürfe. Aber das konnte sie Marlies nicht nachsagen. Wie nannte man eine junge Frau, die scheinbar nicht bereit war, einfach nur stolze Bäuerin zu sein, Mutter zu werden? »Sie ist so … so freiheitlich«, sagte sie unbeholfen.

»Marlies? Ach Quatsch«, sagte Karl. »Alle wollen irgendwann Kinder.«

Eine der Katzen kam angelaufen, nachdem sie aus dem Milchnapf, der für die Katzen vor dem Stall stand, ausgiebig getrunken hatte. Es war die Schwarze mit dem weißen Lätzchen. Zwei Getigerte gab es auch noch. Namen hatten sie nicht. Sie waren Nutztiere wie alle anderen. Mäusefängerinnen.

Die schwarze Katze strich Lisbeth um die Beine. Lisbeth beugte sich hinunter und kraulte sie an den Ohren. Die Katze sprang ihr auf den Schoß, leckte sich das Fell, putzte sich mit den Pfoten ausgiebig den Bart, an dem noch Milchtropfen hingen, und rollte sich dann zusammen.

»Weißt du noch?«, fragte Lisbeth, während sie der schnurrenden Katze in langen gleichmäßigen Bewegungen über das Fell strich. Karl nickte.

Lisbeth musste nicht erklären, was sie meinte. »Er ist so ein guter Junge.«

Im letzten Schuljahr hatte Konrad lebhaft davon gesprochen, Automechaniker zu werden. Aber Karl und sie hatten nicht viel Überredung gebraucht, um ihm klarzumachen, dass es zum Landwirt keine Alternative gab. Als einziger Sohn auf dem angesehensten Hof von Hausen. Er hatte sich gefügt.

»Ein guter Junge«, wiederholte Lisbeth.

Karl nickte.

»Wir haben Glück gehabt.«

Auch dazu nickte Karl.

»Bloß ... hätte er nicht vielleicht doch lieber eine Bäuerin?« Eine, die das Bauerndasein liebt, den Hof schätzt, stolz ist, eine Bethches geworden zu sein. Das dachte sie noch, sagte es aber nicht.

Karl schüttelte den Kopf. »Wo die Liebe hinfällt, Lisbeth.«

Lisbeth unterbrach ihre Streichbewegungen und sah Karl von der Seite an, einen Moment erschrocken. Er blies jetzt Rauchkringel und sah ihnen nach, wie sie aufstiegen, sich ausdehnten, ihre Form allmählich aufgaben und zerflossen. Seine Liebe war auf sie gefallen. Eine Bäuerin. Doch trotzdem war nicht alles so gekommen, wie es sein musste. Karl blies einen neuen Ring und legte dabei für einen Moment seine Hand auf ihre, als wüsste er, wo sie mit ihren Gedanken war.

Alfred kam über den Hof. Sicher ist er noch mal durch den Stall gegangen, dachte Lisbeth. Hatte bei Konrad und der lahmenden Kuh geguckt. Diese abendliche Runde ließ er sich nie nehmen. Lisbeth rückte ein bisschen näher zu Karl und machte Platz für Alfred auf der Bank. Die Katze sprang von ihrem Schoß. Alfred holte seine Pfeife aus der Jackentasche, stopfte sie sorgfältig und zündete sie an.

»Ich hole uns ein Bier«, sagte Karl. »Ein Feierabendbier.«

Ein paar Minuten später setzte sich Konrad zu ihnen und Karl holte auch ihm ein Bier.

Marlies kam heran, stützte einen Fuß neben Konrad auf die Bank und nahm einen großen Schluck aus seiner Flasche. »Ich muss«, sagte sie dann und ging ins Haus.

Warum hockte sie bei dem schönen Wetter eigentlich jeden Abend in diesem Zimmer, das noch immer kein Wohnzimmer war? Mit einer steilen Falte zwischen den Augenbrauen sah Lisbeth Marlies nach, wie sie die Treppe hinaufsprang.

Marlies warf sich in den Plüschsessel, den sie vor Wochen an ihren Kinderschreibtisch gerückt hatte, in dem Wohnzimmer, das keins war. Sie rieb sich mit beiden Händen kräftig über die Wangen, als hätte Lisbeths Blick einen Film auf ihrer Haut hinterlassen, eine feine Schicht aus Erwartungen. Oder stillen Vorwürfen. Was genau, war oft kaum zu unterscheiden. Die Bank war doch schon voll besetzt gewesen, beschwichtigte Marlies sich trotzig. Bloß Platz für die, die schon immer hier gewesen waren.

Marlies beugte sich über die Lernfragen. Nach Lebensweise und Verhalten der Wildtiere ging es nun mit Fortpflanzung weiter. Sehr passend, dachte Marlies. Das Thema beschäftigt mich ja ohnehin. Vielleicht kann man von Tieren noch was lernen.

Bei welcher Tierart sind beide Elterntiere an der Aufzucht beteiligt? Beim Fuchs.

Schlaues Tier. Schlauer Fuchs ist eine gute Eselsbrücke, dachte Marlies. Menschen sind selten wie schlaue Tiere. Jedenfalls, was das betrifft. Das Bild eines Fuchspaars inmitten von vier Jungen rührte sie.

Eiruhe bei Rehen und anderen Wildarten. Die befruchtete Eizelle nistet sich in der Gebärmutter ein, teilt sich aber noch nicht, bis sicher ist, dass das junge Tier zu einer für die Aufzucht günstigen Jahreszeit geboren werden wird.

Fasziniert las Marlies. Das winzige befruchtete Ei schon im Bauch, stellte sie sich vor. Aber Eiruhe, bis der richtige Zeitpunkt für die Aufzucht gekommen wäre. Eine Eiruhe, deren Dauer man selbst bestimmte. Die kleinen Tabletten unnötig. Streit darüber überflüssig. Wie-lange-wollt-ihr-noch-warten-Fragen beantworten mit, ich habe noch Eiruhe. Bei der Vorstellung musste Marlies plötzlich laut lachen.

Konrad sah herein. »Na? Sind deine Prüfungsfragen so lustig?«

»Eiruhe«, sagte Marlies und drehte sich auf ihrem Stuhl zu Konrad um. »Hast du das schon mal gehört?« Als sie sein ratloses Gesicht sah, musste sie erneut lachen. Und konnte dann gar nicht mehr aufhören. Es schüttelte sie. Irgendwann schluchzte sie fast. Konrad hielt ihr sein Taschentuch hin. Sie schnäuzte sich kräftig. Nur um erneut loszulachen. »Ich wünsche mir Eiruhe für Frauen«, japste sie.

Konrad hatte sich neben ihren Sessel gehockt, strich ihr über den Rücken und guckte beunruhigt. »Ist doch alles ein bisschen viel, oder?«

»Denkst du, dass ich spinne?«, fragte Marlies, immer noch atemlos, und legte ihr Gesicht an seins.

»Nein, aber dass du übermüdet bist«, antwortete Konrad. »Auf! Ins Bett mit dir!« Er stemmte sich aus der Hocke und zog sie von ihrem Stuhl hoch.

»Nimm mich mit in den Schützenverein«, hatte Marlies zu Konrad gesagt, als Lisbeth meinte, sie müsse sich den Landfrauen anschließen. Alle Bäuerinnen machten das. Und jemand von Bethches müsse da dabei sein.

Alle Bäuerinnen, hatte Marlies trotzig gedacht. Als wäre ich eine.

Sie war die Frau eines Bauern. Sie half ihrem Mann, wo sie konnte. Sie wohnte auf einem Bauernhof. Aber eine Bäuerin war sie nicht. Wollte auch keine sein. Oder? Wenn Lisbeth nicht wäre? Die sie unbedingt in diese Rolle pressen wollte? In die man selbst aber nicht gezwungen werden wollte?

Aber konnte man dann überhaupt wissen, was man wirklich wollte? Wenn man immer nur versuchte, dem Zwang zu entgehen?

Zum ersten Mal in ihrem Leben hatte Marlies ein Gewehr in den Händen gehalten. Sie war überrascht über das Gewicht. Konnte es anfangs kaum ruhig halten, ohne zu wackeln. Und je mehr sie sich darum bemühte, desto mehr zitterte der Lauf.

Aber sie lernte schnell. Sich konzentrieren, die Atmung kontrollieren und den Körper vollkommen ruhigstellen. Nur das Ziel ins Auge fassen. Irgendwann fiel es ihr leicht. Sie war selbst verblüfft.

Als Stefan, der Vereinswart, sie einlud, mit zur Jagd zu gehen, lachten die anderen Männer und zwinkerten Stefan zu. Pass auf deine Frau auf, sagten sie zu Konrad.

An einem Abend im Spätwinter stapften Stefan und Marlies zusammen in den Wald. Marlies hatte eine Kanne Tee dabei, Stefan einen Flachmann. Sie kletterten auf einen Hochsitz. Fast drei Meter über dem Boden saßen sie dicht nebeneinander auf einer schmalen Bank. Kein Wort wurde gesprochen. Vor dem dämmrigen Himmel wurden die Baumkronen zuerst zu schwarzen Schattenrissen und verflossen dann mit der Finsternis zu einer dunklen Wand. Es raschelte, flüsterte und knackte. Als nach einer Weile eine Eule aufflog, stieß Marlies vor Schreck einen Schrei aus. Ihre Füße waren inzwischen so kalt geworden, dass sie sie nicht mehr spürte. Die Hände waren eisig trotz der Handschuhe. Stefan hielt ihr den Flachmann hin. Sie goss sich einen Schluck in ihren Tee. Ab und an reichte er ihr das Fernglas, oder sie legten ihre Gewehre auf die Brüstung und schauten durch die Zielfernrohre auf die Lichtung. Hasen, ein Fuchs und zwei junge Rehe zeigten sich, aber sie griffen nicht einmal an den Abzug. Als sie nachts um zwei vom Hochsitz kletterten, war Marlies nicht Stefan, sondern dem nächtlichen Wald verfallen.

Seitdem saß sie abends über den Büchern. Nachdem sie morgens arbeiten gegangen war, nachmittags die Kühe und den Hühnerstall gemistet hatte, auch noch Heu gegabelt oder Rüben gehackt.

Diese Prüfung machen. Auf dem Hochsitz hocken, wann immer sie wollte. Etwas machen, was hier auf diesem Hof noch keiner Frau eingefallen war. Was Frauen überhaupt nicht einfiel. Jägerin werden.

Lisbeth machte sich auf den Weg in den Garten. Wie eigentlich jeden Tag den ganzen Sommer lang. Gleich nach dem Frühstück, wenn Marlies nach Lahnfels aufgebrochen war und die Männer auf einen Acker oder eine Wiese. In einem Korb trug sie Endivienpflänzchen und Wintersteckzwiebeln. Und in ihrer Schürzentasche knisterten die Samentütchen. Winterlauch. Noch ein letztes Mal Radieschen. Wenn der Spätsommer warm blieb, würden sie noch einmal werden. Und vor allem der Feldsalat.

Lisbeth nahm den Weg um das Wohnhaus herum. Er war weiter, als wenn sie durch die Scheune ginge und hinten wieder hinaus. Aber wenn sie ums Haus ging, begegnete ihr vielleicht wer. Blieb am Zaun stehen. Prammes Karlene oder Michels Käthe. Na, willst du in den Garten? Hast du auch schon Zwiebeln gesteckt, die Erdbeeren vermehrt? Ich muss auch noch. Ich muss auch noch, war besser als, hab ich letzte Woche schon. Die Gartenarbeit war ein Wettbewerb. Genau wie der Friedhof. Wer hat das Grab zuerst in der Reih'! Dass Schreinerleus Lene noch keine Stiefmütterchen gepflanzt hat? Die Genugtuung, wenn man die Erste war. Oder zumindest nicht die Letzte. So war es immer gewesen. Dass man sich aneinander orientierte. Das ganze Dorf im gleichen Takt.

Lisbeth stellte den Korb ab. Begegnet war ihr heute niemand. Sie sah nach den Buschbohnen. Mit beiden Händen strich sie durch das Blattwerk. Taufeucht um diese Morgenzeit. Es hingen nur noch Hülsen daran, die auswachsen mussten. Wenn das Grün immer mehr nachließ, fast weiß wurde, dann konnte man sie pflücken. Lisbeth würde sie im Haus trocknen, bis die Hülsen ganz spröde waren. Dann konnte man die Kerne herauslösen und in einem Leinensäckchen aufbewahren. Damit sie im kommenden Frühjahr wieder in die Erde konnten.

So ging Lisbeth erst einmal langsam durch den ganzen Garten. Bückte sich hier und untersuchte ein Blatt auf die Weiße

Fliege, zog da einen Löwenzahn heraus oder befestigte eine Beerenranke, die sich von ihrem Rankgerüst gelöst hatte. Es gab immer etwas zu tun, selbst wenn man gerade nichts zu säen oder in die Erde zu stecken hatte. Jeden Tag brauchte so ein Garten seinen Menschen. Und wenn man sich nur an seinem Anblick erfreute. An den Blumen, die von jeher zu einem Bauerngarten gehörten. Margeriten, Stockrosen, Astern. Oder an den Tautropfen, die an den Gespinsten zwischen den Dahlienstängeln hingen und die die Morgensonne gerade zum Glänzen brachte. Wie kunstvolle Halsketten hingen sie zwischen den leuchtenden Blüten.

Als Lisbeth ihren Rundgang beendet hatte, kniete sie sich in das Beet, das sie gestern umgegraben und fein geharkt hatte. Sie verteilte die Salatpflanzen auf der Erde. Dazwischen die Radieschen säen. Die Zwiebeln bekamen ein Extrabeet. Sie waren ja schon fürs nächste Jahr.

Lisbeth gärtnerte, wie sie es von ihrer Mutter gelernt hatte. Und die wiederum von ihrer Mutter. Alles lernte man früh und behielt es im Kopf. Von Jahr zu Jahr wiederholte es sich und setzte sich fester und fester. Irgendwann musste man überhaupt nicht mehr nachdenken.

Der Garten gab dem Jahr seinen Rhythmus. Im März wurden die Mohrrüben gesät, die Zwiebeln und der Frühkohl. Im April Duftwicken und Ringelblumen. Im Mai wurden die Erdbeeren geerntet und die Läuse und die Möhrenfliegen mit Brennnesseljauche bekämpft. Im Sommer musste viel gegossen werden, besonders die Gurken. Und die Ernte kam, bis der Feldsalat das Gartenjahr beendete. Den hatte man bis zum Frost. Danach ruhte der Boden, so wie auch die Äcker. Und sie selbst ruhte auch. Bis zum März, wenn es wieder losging. Lisbeth konnte es sich anders nicht vorstellen, wollte es nicht anders haben.

Sie hätte Marlies gern in alles eingewiesen. Seit jeher war der Garten Frauensache. Jede junge Frau musste es von der älteren lernen. Das Wissen musste weitergegeben werden. Aber Marlies kam nur mit, wenn Lisbeth sie um Hilfe bat. Kannst du mir helfen, die Bohnenstangen aufzustellen? Erbsen pflücken?

Als Lisbeth die Samen in der Erde hatte, fein säuberlich an einer Schnur entlang hineingestreut und vorsichtig wieder zugedeckt, war es fast Mittag. Zeit zum Kochen. Sie schnitt Weißkohl ab. Für Krautsalat. Fein gehobelt.

Als sie die beiden Kohlköpfe in der Küche aus dem Korb nahm, starrte sie plötzlich auf die Zeitung, die darunter zum Vorschein kam. Achtlos hatte sie am Morgen zwei Seiten hineingelegt. Von der Zeitung von gestern, die sie noch gar nicht fertig gelesen hatte. Sie fing immer von hinten an, bei den Todesanzeigen. Gestern war sie nicht bis vorne gekommen. Und heute Morgen war ja schon eine neue da gewesen.

Lisbeth ließ sich auf einen Stuhl fallen. Sie breitete die verschmutzte Zeitungsseite auf dem Tisch aus und strich sie glatt so gut es ging. Dann stierte sie auf das Foto. Marlies! Inmitten einer Gruppe Männer, aber ganz vorn.

Minutenlang saß sie, den Rücken angespannt, bis sie den Kopf hob und hilfesuchend aus dem Fenster blickte. Kein Mensch da. Wo waren sie denn alle? Alfred, Karl, Konrad? Hatten sie dieses Verhängnis denn nicht gesehen? In Hausen zerrissen sie sich seit gestern das Maul. Nicht, dass sie es nicht vorher schon getan hätten. Aber so ein Bild in der Zeitung. Das war noch mal was ganz anderes. Das war eine regelrechte Einladung dazu.

Was sind denn das für neue Moden bei Bethches? Lisbeth hatte genau vor Augen, wie Bachkriemers Lieselotte oder die Annie die Zeitung so platziert hatten, dass niemand aus dem Laden hinausgegangen war, ohne das Bild zu sehen. Sie konnte sehen, wie sich die Frauen darüber gebeugt hatten. Kopfschüttelnd. Also, ich weiß nicht. Und was ist eigentlich mit Kindern? Da scheint sich ja gar nichts zu tun. Eine Schwiegertochter ist das. Sie tut mir wirklich leid, die Lisbeth. Aber der Ton hatte nicht mitleidig geklungen, sondern ganz anders. Lisbeth kannte ihn, weil sie ihn selbst benutzte. Wenn Gelegenheit dazu war.

Abrupt schob sie ihren Stuhl so heftig nach hinten, dass er fast umfiel, knüllte die Zeitung zusammen, steckte sie in den Herd und hielt ein Streichholz daran. Doch es änderte nichts an ihrem Gefühlssturm aus Scham und Wut. Noch nie waren Frauen vom Bethches-Hof jagen gegangen. Ach was, Frauen taten das überhaupt nicht.

Marlies stapfte einen Feldweg entlang, vor sich den zuckenden Lichtkegel der Taschenlampe, rechts und links Wiesen und Felder. Nach einer halben Stunde bog sie in einen Waldweg ein. Stefan hatte es ihr genau beschrieben. Immer wieder raschelte es im Laub. Erschrockene Tiere huschten davon. Vielleicht Mäuse, ein Dachs oder auch ein Fuchs. Der Wald schlief nicht. Irgendwo knarzte es gleichmäßig, vielleicht ein halb abgebrochener Ast im Wind. Nach zweihundert Metern richtete Marlies die Lampe nach links und leuchtete zwischen die Bäume. Dann bog sie ein. Nach ein paar Schritten leuchtete sie mit der Taschenlampe hinunter. Wirklich klein für einen Steinbruch, die Kuhle.

»Das letzte Stückchen Weg führt oberhalb eines ehemaligen Steinbruchs entlang«, hatte Stefan gesagt. »Er ist klein, aber pass trotzdem auf. Nachts da runterzustürzen ist kein Spaß.« Stefan hatte ihr angeboten, sein Revier mit ihr zu teilen.

Marlies ging weiter und stand plötzlich vor dem Ansitz. Geschickt hatte Stefan ihn an den Rand eines Hügels gebaut. Direkt davor ging es steil bergab. Hohe Standpfosten und eine Leiter waren also nicht nötig. Marlies kletterte hinein.

Sie löste die Klappen von Konrads Bundeswehrmütze und ließ sie über ihre Ohren fallen. Ein paar Wochen schon lag die Jagdprüfung hinter ihr.

Die anderen Männer hatten mit ihr geflirtet. Sie dachten wohl, Marlies sei die Sekretärin des Prüfers und wäre da, um die Ergebnisse zu protokollieren. Als sie begriffen, dass sie an der Prüfung teilnehmen würde, guckten sie erst perplex, dann abschätzig. Als Marlies bei der Schießprüfung von fünfzehn Tontauben dreizehn traf, guckten sie verbissen. Nur einer ließ sich zu einem »Respekt« herab.

Weil eine Frau mit einer bestandenen Jagdprüfung eine Sensation war, kam ein Reporter der Lokalzeitung und machte ein Foto. Marlies im Vordergrund.

Die Zeitung mit dem Bild war einen Tag, nachdem sie herausgekommen war, plötzlich verschwunden. Als Marlies Lisbeth danach fragte, hatte die mit den Schultern gezuckt. Welche Zeitung? Aber Marlies hatte ihr angemerkt, dass sie es gesehen hatte, das Bild. In den Ofen gesteckt hatte sie es sicherlich. Als könnte sie damit verhindern, dass ganz Hausen redete. Guck mal, Bethches junge Frau. Eigenwillige Person. Wie es der Lisbeth wohl damit geht?

Marlies sah die Hausener Frauen vor sich, genau wie Lisbeth sie vor sich gesehen hatte. Nur war Marlies wütend auf sie. Auf diese lächelnden Sittenwächterinnen. Diese Frauen, die sich den ungeschriebenen Regeln einfach gebeugt hatten. Du sollst keine unweiblichen Neigungen haben. Du sollst nichts wünschen. Du sollst nicht begehren des Mannes Freiheit. Aber es war eine hilflose Wut. Kein Selbstbewusstsein.

Den Zeitungsausschnitt hatte sie sich bei Bärbel geholt. »Toll, das mit dem Jagen«, hatte Bärbel gesagt. Marlies war sich nicht sicher, ob sie das wirklich so meinte. »Willst du deine Schwiegermutter provozieren?«, hatte Bärbel nämlich auch noch gesagt.

Marlies wollte. Sie hatte einen Rahmen gekauft und das Zeitungsbild in der Küche aufgehängt. Sie hatte Konrad gedroht. Er solle gefälligst auf seine Mutter aufpassen, falls die versuche, es abzuhängen und ins Feuer zu werfen. »Das macht sie doch nicht«, hatte Konrad gesagt. Er kannte seine Mutter nicht.

Und wie ging es ihm eigentlich mit ihr?

Seine alte Bundeswehrmütze mit den Ohrenklappen hatte er ihr vermacht, als sie von der Prüfung nach Hause gekommen war. »Die wirst du brauchen können.« Feierlich hatte er ihr die Mütze aufgesetzt, beinahe wie eine Krone. »Damit deinen hübschen kleinen Ohren nichts passiert«, hatte er noch grinsend gesagt und einen Moment ihre Ohrläppchen zwischen Daumen und Zeigefinger sanft gerieben. Das war seine Art zu gratulieren.

Marlies schraubte ihre Thermoskanne auf und goss sich

Tee ein. Sie zog ihre Handschuhe aus, legte die Hände um den Becher und trank in kleinen Schlucken. Am Horizont zeigte sich erstes Licht, noch kaum wahrnehmbar. Ein schmaler Nebelstreifen bildete sich am Rand der Lichtung. Die kälteste Stunde der Nacht.

Ganz früh hatte sie sich von Konrads warmem Rücken gelöst und die Beine unter der Bettdecke hervorgeschoben. Am liebsten hätte sie sie gleich wieder eingezogen. Das Aufstehen fiel ihr jedes Mal schwer. Aber wenn sie angezogen war und auf Socken die Treppe hinunterschlich, das ganze Haus noch still, keine Lisbeth, die schon in der Küche rumorte, stieg eine wilde Vorfreude in ihr auf. Tee kochen, Brote schmieren. Das Gewehr aus dem Waffenschrank holen. Dicke Jacke anziehen, in die schweren Wanderschuhe steigen. Mit der Taschenlampe über den Hof. In den Ställen hörte man die Ketten leise klirren. Noch eine Stunde bis zum Melken.

Sie war Konrad um den Hals gefallen und ihre Kehle hatte sich einen Moment ganz rau angefühlt. Wie ein besonderer Liebesbeweis war Marlies diese Mütze erschienen. In dem Augenblick hatte sie das Gefühl gehabt, sie verdiene sie nicht. Und Konrads Langmütigkeit auch nicht. Was, wenn sie einfach irgendwie verkehrt war und all die anderen recht hatten?

Du kannst froh sein, dass du einen Mann wie Konrad hast, sagte ihre Mutter. Einen, der das alles mitmacht. Als Marlies wieder arbeiten gehen wollte, hatte sie das gesagt. Auch, als Marlies ihr gestand, dass sie immer noch die Pille nahm. Und sie hatte es gesagt, als sie mitbekam, dass Marlies für die Jagdprüfung lernte. Jagen. Wo gibt's denn so was. Was sagt denn deine Schwiegermutter dazu? Marlies wusste, ihre Mutter schämte sich dafür, Bethches keine ordentlichere Schwiegertochter beschert zu haben. Als wäre Marlies' Verhalten ihre Schuld. Nicht richtig erzogen, die Tochter.

Marlies konnte sich gut vorstellen, was Konrad sich am Stammtisch und im Schützenverein an Lästereien gefallen lassen musste. Na? Hat deine Frau schon einen Bock geschossen?, gehörte dabei wahrscheinlich zu den harmlosesten. Sicher fielen da auch Bemerkungen über ihren Unterleib, ob dem die nächtliche Kälte nicht schade oder so. Anzügliche Sprüche darüber, was die anderen Jäger und sie außer jagen noch so treiben könnten da draußen im Wald. Oder Hinweise auf einschlägige Zeitschriften, Trost für Konrads einsame Nächte.

Ganz allmählich dämmerte es. Aber Marlies konnte schon eine ganze Weile alles deutlich unterscheiden. Wie viel man sah, wenn die Augen sich gewöhnt hatten. Zwischen den Bäumen konnte sie auf die Lichtung hinuntersehen, zu der sich der Wald in etwa hundert Meter Entfernung öffnete. Dahinter Wiesen. Im Moment noch alles Grau, wie ein Schwarz-Weiß-Bild. Farben sah man in der Dunkelheit nicht.

Sogar Hausen konnte man erkennen. Vielleicht drei Kilometer entfernt, hinter den Wiesen. In einem der Häuser flammte gerade ein Lichtpunkt auf. Ein Frühaufsteher. Oder jemand, der aufs Klo musste.

War Konrads Toleranz ein Zeichen der Liebe? Marlies würde es gerne glauben. Aber woher wusste man, was Liebe war? Das, was nach dem Verliebtsein kommen sollte? Und das ganze Leben halten?

Verliebtsein war so einfach gewesen. Der Zustand wurde nicht befragt. Er liebt mich, er liebt mich nicht. Wenn das letzte Blütenblatt einer Margerite bei »er liebt mich nicht«, ausgerissen war, hatten sie und Bärbel bloß gelacht und einfach eine neue gepflückt. Wieder von vorn angefangen. Bis die Blume »er liebt mich« sagte.

Bärbel hatte längst ihr zweites Kind.

Knacken und Rascheln. Marlies drehte den Kopf. Eine Ricke mit ihrem Kitz tauchte zwischen den Bäumen auf. Ruhig liefen sie bis mitten auf die Lichtung und fingen an zu äsen. Das Muttertier hob ab und zu den Kopf. Es bemerkte nichts von der Frau mit dem Gewehr. Und Marlies würde auch nicht schießen, obwohl sie dürfte. Keine Schonzeit. Überhaupt wurde nur selten geschossen. Nicht immer lief einem was vor die Flinte. Und selbst wenn, man musste ja nicht.

Sie setzte das Fernglas wieder ab und musste plötzlich an das trächtige Schaf denken. Im Frühjahr. Die Zwillingslämmer hatten sich bei der Geburt so verhakt, dass nichts mehr zu machen gewesen war. Konrad und sie hatten es vergeblich versucht. Gefühlt, welche Beine zu welchem Lamm gehören, an die Beine des vorderen Lämmchens Geburtsseile gebunden, vom hinteren war nur ein Bein zu tasten gewesen. Sie hatten es zurückgeschoben. Doch der Kopf des vorderen war zur Seite gedreht gewesen, das hintere hatte mit dem Kopf nach hinten auf dem Rücken gelegen. Schon als Einzelgeburt wäre es schwierig gewesen. Nach vier Stunden hatte Konrad das Gewehr holen müssen. Marlies konnte es nicht. Sie hatte sich weggedreht und die Hände auf die Ohren gepresst, den Schuss aber trotzdem gehört.

Der Tee war kalt geworden. Unbedacht kippte Marlies ihn vom Hochsitz herunter. Das platschende Geräusch lärmte in die Stille. Das Reh mit seinem Jungen sprang davon. Marlies goss sich einen frischen Becher ein. Irgendwo fing ein Specht an zu klopfen. Der Tag war da. Samstag. Sie konnte noch ein wenig sitzen bleiben, musste heute nicht zur Arbeit nach Lahnfels. Im Haus wartete nur das Bettenmachen und Staubputzen auf sie. Zwei Maschinen Wäsche auch. Alles andere machte sowieso immer noch Lisbeth. Marlies würde später misten und füttern. Und die Rinder mussten auf eine andere Weide umgetrieben werden. Dabei würde sie Karl und Konrad helfen.

War Konrad bloß stoisch? Nahm es als Schicksal, dass seine Frau sich als so dickköpfig entpuppt hatte? Was hatte man schon wissen können vom anderen, als man Anfang zwanzig war. Oder war er zu feige zum Streiten? Sich gegen blöde Bemerkungen zu wehren? Oder zu träge? Vielleicht war es ihm aber auch gleich, was sie tat, wenn nur auf dem Hof alles lief. Wenn sie mit anpackte. Und das tat sie. Sich keine Blöße geben. Sich nicht nachsagen lassen, sie vernachlässige die Arbeit, lasse ihren Mann im Stich.

Marlies fing an zusammenzupacken. Als sie das Gewehr aufnahm, wurde sie für einen Moment geblendet. Ein erster Sonnenstrahl fiel durch die Bäume in den Hochsitz und brach sich auf dem Gewehrlauf. Höchste Zeit, nach Hause zu gehen. Ich bin verliebt in die Liebe. Wer hatte das noch gesungen? Es fiel Marlies nicht ein, aber die Melodie hatte sie plötzlich im Kopf. Und vielleicht auch in dich. Dazu hatten sie auf irgendeiner Kirmes getanzt. Den ganzen Tag über hatte sie gesummt. In Dauerschleife lief der Schlager in ihrem Kopf. Chris Roberts, sagte Konrad, als sie abends nach dem Melken über den Hof gingen, und legte ihr den Arm um die Schulter.

Es wurde Winter, bis Marlies ihren ersten Bock schoss. Bis dahin hatte sie bloß auf dem Ansitz neben dem kleinen Steinbruch gesessen, manchmal auch auf dem Hochsitz ein Stück weiter oben im Wald. Bis weit in die Nacht. Oder am frühen Morgen, bis die Sonne aufging. Nichts als die Natur und ihre Geräusche. Haus und Hof vergessen. Manchmal sogar Konrad. Mit den Gedanken über die Liebe war sie nicht weitergekommen und vergaß auch die hier im Wald.

Vierzig Meter entfernt hatte er gestanden. Mitten auf dem Waldweg, auf dem Marlies gekommen war. Sie wusste sofort, diesmal würde sie schießen. Sie hob das Gewehr. Mündungsknall und Schlag fielen fast zusammen, doch Marlies hatte das Auftreffen der Kugel gehört, bevor sie den Brustkorb knapp hinter dem Schulterblatt des Rehbocks durchschlug. Ganz ruhig hatte sie das Gewehr heruntergenommen und war vom Hochsitz geklettert. Sie hatte dem Tier einen Zweig ins Maul gesteckt. Seinen letzten Bissen, das gehörte sich so. Dann hockte sie sich auf einen Baumstumpf direkt neben den Kopf und wartete auf den Morgen. Sie hätte sowieso nicht schlafen können. Sie war so wach wie noch nie in ihrem Leben. Sie hatte gar nicht gewusst, dass es eine solche Wachheit gab.

Sie wartete neben dem Reh, bis sie sicher sein konnte, dass sie Konrad nicht mehr wecken würde. Er musste mit dem Auto kommen.

Das Gehörn hängte sie später im Wohnzimmer, das keins war, an die Wand über der Tür. Es blieb die einzige Trophäe.

Sie hatte nicht vor, sie zu sammeln. Aber an den ersten Rehbock wollte sie sich erinnern.

Alfred brachte einen Korb Holz. Der Herd wurde den ganzen Tag befeuert. Nicht nur zum Kochen, er heizte die Küche. Der Hund lag daneben und döste. Im Wasserschiff simmerte es. Ein zartes Wintergeräusch.

Längst war Alfreds Korb nicht mehr so voll wie seinerzeit. Manchmal erschrak Lisbeth, wenn sie Alfred ansah. So wie jetzt, wo er gebeugt das Holz Stück für Stück in die Truhe legte, die neben dem Herd stand. In ihrem Kopf war er immer noch der junge Mann.

»Kalt heute«, sagte Lisbeth und dachte, ich werde ja auch alt.

Alfred nickte und verließ die Küche gleich wieder. Wer nicht mehr so viel auf einmal tragen konnte, musste öfter gehen. Lisbeth am Fenster sah ihm hinterher, wie er zum Holzschuppen ging. Auf dem Pflaster lag hauchdünn Schnee.

Knechte und Mägde waren damals gekommen und gegangen. Manche irgendwann wieder nach Hause zu den Eltern. Weil die gepflegt werden mussten. Oder weil ein Bruder die Hilfe dringender brauchte als Bethches. Manche hatten geheiratet, manche waren auf andere Höfe gegangen, weil ihnen die Arbeit dort besser erschien, oder ganz fort. Arbeit in einer Fabrik oder ganz schwere in einem Steinbruch oder einer Eisenhütte suchen.

Nur Alfred war immer geblieben. Als er gekommen war, war Lisbeth noch ganz klein gewesen. Vielleicht zwei oder drei? Sie erinnerte sich nicht. Ihr war, als sei Alfred schon immer da. Die Eltern hatte er mit Ihr angesprochen, aber Vadder und Mudder genannt.

Schon damals war er auf dem Hof geblieben, wenn die anderen Knechte und Mägde ihn an Weihnachten verließen, mit den Äpfeln und Nüssen und Plätzchen, die Bethches Frau ihnen zuvor feierlich überreicht hatte. Die Mägde hatten einen Knicks gemacht, die Knechte die Mützen abgenommen und den Kopf ruckartig gebeugt. Dann waren sie nach Hause gegangen.

Alfred hatte kein Zuhause gehabt, wo er hätte Weihnachten feiern können. Das Kind einer Magd. Vater unbekannt. So stand es wohl im Taufregister. Vater unbekannt hieß oft, dass ein Bauer der Vater war. Einer, der den Mägden, oder vielleicht einer, die ihm besonders gefiel, nachstellte. Wurde eine schwanger, musste der Bauer sich ja nicht dazu bekennen. Die Magd würde es schon nicht wagen, ihn als Vater anzugeben. Und wenn, stand das Wort eines angesehenen Dorfmitglieds gegen das einer rechtlosen Person. Meist wurde sie entlassen. Welche Bäuerin wollte die von ihrem Mann geschwängerte Magd vor der Nase haben? Neue Arbeit fand sie nicht. Eine mit einem Säugling wollte niemand.

Solche Geschichten hatte es immer wieder gegeben. Jeder wusste das. Und fragte nicht danach. Und tat nichts dagegen. Lisbeth konnte sich nicht erinnern, dass je über Alfreds Herkunft gesprochen worden war. Sie erinnerte sich ja nicht einmal daran, woher sie das bisschen, das ihr bekannt war, wusste. Zusammengesetzt aus Geraune und Satzfetzen. Armes Ding, die Mutter. Aber warum hat sie sich auch? Keine Ahnung, wie sie ihn groß gekriegt hat. Zumindest so groß, dass er arbeiten gehen konnte.

Alfred war auch geblieben, als es längst keine Knechte und Mägde mehr gab. Und vor Kurzem war er sogar ins Haus gezogen. Damit er sich nachts nicht mehr an den Mist stellen musste, bei Wind und Wetter, sondern aufs Klo gehen konnte.

Alfred hatte nicht darum gebeten, es nicht einmal gewollt. Seine Kammer über den Ställen war ihm gut genug, sowieso nur zum Schlafen. Aber Lisbeth hatte darauf bestanden. Jetzt hatte er eine kleine Schlafstube im Erdgeschoss rechts, zum Hof hin.

Noch zwei Mal kam Alfred wieder, bis die Truhe neben dem Herd voll war. Das letzte Scheit aus seinem Korb steckte er gleich in den Herd. Ordentlich feuern fürs Mittagessen. Lisbeth schälte bereits die Kartoffeln. Er setzte sich zu ihr an den Tisch, blies in seine Hände und rieb sie aneinander. Als Lisbeth fertig war, trug er die Schalen zu den Schweinen.

»Weißt du noch, wie hoch der früher war?«, fragte Lisbeth, als er zurückkam.

»Mannshoch«, antwortete Alfred mit lebhaften Augen. Er war Lisbeth oft ein besserer Zeuge der Vergangenheit als Karl.

»Weißt du noch, wie voll die Küche früher war?«, sagte sie, um es gleich noch einmal zu probieren.

»Was für ein Lärm beim Stühlescharren, wenn fast zwanzig Leute sich gesetzt haben. Aber dann war es sofort still. Nur noch Löffelklappern.« Alfred hielt für einen Moment den Kopf so, als lausche er. Als könne er es immer noch hören. Dann lächelte er Lisbeth an. »Jetzt sitzen wir beide hier allein. Und ich mache Frauenarbeit.« Er half Lisbeth, die Kartoffeln für die Pfannkuchen zu reiben. Das mit der Frauenarbeit meinte er aber scherzhaft, wusste Lisbeth. Es machte ihm nichts aus. Er hatte sich schon in so vieles einfinden müssen. Die Hauptsache war, er konnte sich nützlich machen.

Wenn Alfred bei ihr saß, fielen Lisbeth so viele Weißt-du-noch-Fragen ein. Auf ein Stichwort konnte er alte Bilder erzeugen. So wie das vom hohen Mist, das von der vollen Küche. Manchmal auch von den Zeiten, als noch die Pferde angespannt wurden und die Männer im Winter in den Wald gegangen waren, Holz schlagen.

Nur über eine Sache redeten sie nie. Es war auch kein Thema, das man mit einem Mann besprach. Damals nicht. Und heute auch nicht.

Lisbeth drückte die geriebenen Kartoffeln mit einem Leintuch aus, dann vermischte sie sie mit Ei, Zwiebel und ein paar Esslöffeln Mehl. Zischend verteilte sie drei Schöpflöffel Teig in der Pfanne.

Karl und Konrad kamen herein. Gleichzeitig hoben sie die Nasen und riefen: Pfannkuchen. Lisbeth blieb am Herd stehen, bis alle satt waren. Kartoffelpuffer musste man direkt aus der Pfanne essen. Anders kam es gar nicht infrage. Sie selbst aß im Stehen, wenn gerade niemand fragte, gibt's noch einen?

Ein ganz klein wenig fühlten sich solche Momente für Lisbeth nach früher an. Sie sorgte gern für andere. Wie Alfred kannte sie nichts anderes als diese Art von Geschäftigkeit.

Alfred brachte die Herdasche nach draußen und wetzte ihr noch das Schälmesserchen, das in Hausen Kneipchen hieß, für den nächsten Tag.

Als Marlies von der Arbeit kam, schnupperte auch sie schon im Flur. Kartoffelpfannkuchen. Der Geruch durchzog das ganze Haus. Doch niemand mehr in der Küche. Neben dem Herd stand ein Teller. Die Puffer waren kalt. Wenn sie glaubt, die esse ich noch, hat sie sich geschnitten, dachte Marlies und schmierte sich ein Brot. Am Abend stand der Teller immer noch. Lisbeth sagte nichts dazu. Am nächsten Morgen war er verschwunden. Wahrscheinlich hatte das Schwein die Puffer zu fressen bekommen.

»Wir kriegen Nachwuchs.« Marlies sah, dass Konrad rot wurde wie ein Schuljunge, als Lisbeth und Karl überrascht von ihren Tassen aufsahen. Alle anderen an der sonntäglichen Kaffeetafel strahlten Konrad an und redeten durcheinander. Franz, Karls Bruder und Konrads Patenonkel, schlug ihm auf die Schulter und brüllte: »Gratuliere!« Die Röte in Konrads Gesicht wurde noch ein wenig tiefer. Marlies überlegte, ob das auch ein Abglanz von Onkel Franz' bluthochdruckdunklem Gesicht sein könnte. Sie legte die Hände auf ihren Bauch, dem noch nichts anzusehen war. Das winzige Etwas darin schien eine Leistung zu sein, die vor allem Konrad zugerechnet wurde. Karl holte den Birnenbrand aus dem Büfett und verteilte Schnapsgläser. Marlies hätte jetzt auch gerne einen gehabt. Sie ging in die Küche, frischen Kaffee aufbrühen.

Die ganze Verwandtschaft schien auf diese Ankündigung gewartet zu haben. Nicht bloß Lisbeth. Jede Schwangerschaft in Hausen hatte sie am Küchentisch verkündet. Nettejosts Sabine kriegt was Kleines, sagen die Leute. Sperers Ursel, Schlossers Heike, Michels Geli.

Nettejosts freuen sich schon. Sperers, Schlossers, Michels. Bei Michels ist es ja sogar schon das zweite.

Marlies setzte den Kessel auf den Herd. Die Stelle, an der er am heißesten war, an der das Wasser schnell kochte, kannte sie inzwischen. Sie legte ein großes Stück Holz nach, setzte den Porzellanfilter auf die Kanne und löffelte Kaffee in die Filtertüte.

»Na, da haben wir es ja doch geschafft«, hatte Doktor Nau gesagt und sie zwischen ihren hochgelegten Beinen hindurch angelächelt, als wäre ihre Schwangerschaft das Ergebnis seiner ärztlichen Kunst. Marlies war völlig überrumpelt gewesen und hatte angefangen zu weinen. »Aber, aber«, hatte die Sprechstundenhilfe gesagt und ihr übers Haar gestrichen. »Freudentränen.« Doktor Nau war von seinem Hocker aufgestanden und hatte sich die Latexhandschuhe schnalzend von den Fingern gezogen. »Da sind Sie nicht die Einzige.« Er schien nichts mehr davon zu wissen, dass Marlies ihm ihre Pillenrezepte seit fünf Jahren immer wieder aufs Neue abgebettelt hatte. Aber Sie sind doch jetzt verheiratet. Wie lange wollen Sie denn noch warten? Will Ihr Mann das denn auch?

»Wie lange willst du die noch nehmen?«, hatte Konrad manchmal gefragt und ihr zweifelnd zugesehen, wenn sie die winzigen Tabletten aus dem Blister drückte. »Fängst du auch noch an?«, hatte Marlies gesagt und ihn finster angesehen. »Setzt deine Mutter dich unter Druck?« Aber sie fand sich gemein dabei, und Konrad tat ihr sogar ein wenig leid, weil sie so unerbittlich war. Aber sie war so unerbittlich, weil sie wusste, ihr Leben würde sich radikal ändern, Konrads nur wenig. Konrads Leben würde weiterhin draußen stattfinden. Im Stall, in der Scheune, auf dem Traktor, auf den Wiesen und den Äckern.

Ihr Leben würde ins Haus gezwängt. Stillen, Windeln, Wäsche. Kein Ausweichen mehr zur Arbeit oder in den

Wald. Pünktliche Mahlzeiten für die Männer, die sie hinunterschlingen und gleich wieder nach draußen verschwinden würden. Sie würde mit dem Kind zurückbleiben. Und mit Lisbeth.

Sie war nicht gegen ein Kind. Keine Kinder zu kriegen wäre merkwürdig. Ein Makel sogar. Bei denen klappt's nicht, würde es heißen. Marlies hatte bloß den richtigen Zeitpunkt nicht gefunden. In den ersten beiden Jahren meinte sie, vorher den Kampf mit Lisbeth gewinnen zu müssen. Als sie wieder arbeiten ging und sich jeden Morgen darauf freute, ins Geschäft und zu ihren Kolleginnen zu kommen, wollte sie das noch eine Weile genießen. Dann kam das Jagen. Dieses Gefühl von Freiheit, das sie nicht so schnell wieder aufgeben wollte.

Über die Schwangerschaft hatte am Ende nicht sie, sondern der Zufall entschieden. Im Geschäft hatte eine Magen-Darm-Grippe grassiert. Sie hatte sich angesteckt und nicht über die Wirksamkeit der kleinen Tabletten nachgedacht, als sie drei Tage lang über dem Klo hing und kotzte. Drei Wochen später war ihre Periode ausgeblieben.

Marlies schenkte Kaffee nach und ließ sich von Konrads Cousinen umarmen. Ihr habt euch ja ganz schön Zeit gelassen. Wir hatten schon Angst, bei euch klappt's nicht.

Sie war Anfang des dritten Monats und alle würden das Wachsen ihres Bauchs aufmerksam verfolgen.

Wie sie darauf gewartet hatte. Und jetzt spürte Lisbeth oft eine seltsame Bitterkeit, wenn sie Marlies anguckte.

So wie sie damals eine empfunden hatte. Wenn sie gesehen hatte, wie die anderen Frauen runder wurden um die Mitte. Extrakleidung, wie man sie heute hatte, gab es nicht. Heute sah man es ja manchmal eher an diesen Kleidern, die die Frauen plötzlich trugen, als an ihrer veränderten Figur.

Damals, unter der Tracht mit den vielen weiten Röcken, war es nicht so bald zu erkennen gewesen, wenn ein Kind kam. Aber irgendwann musste der Rockbund höher gezogen, das Schürzenband unter der Brust gebunden werden. Dann dachte man es sich schon. Darüber geredet wurde nicht weiter. Obwohl man im Stall ständig mit trächtigem Vieh zu tun hatte, schon als Kind zugesehen hatte, wie ein Kälbchen, ein Lämmchen auf die Welt kam, ging man eher schamhaft damit um. Machte ein Geheimnis daraus, solange es ging. Ließ die anderen eine Weile hinter vorgehaltener Hand tuscheln. Bei Münzels, bei Riedesels gibt's was Kleines, glaub ich.

Dass es auch über sie beide dieses Flüstern gab, ein »ich glaub, bei Bethches ist was Kleines unterwegs«, darauf hatten Lisbeth und Karl sechs Jahre vergeblich gewartet.

Karl, der Respekt vor ihr gehabt hatte, aber keine Angst, sie zu fragen, ob sie ihn heiraten wolle. Während die anderen jungen Männer lieber einen Bogen um Lisbeth gemacht hatten. Um Bethches Lisbeth, die allein den Hausstand des großen Hofs führte. Die den Kopf hoch trug. Die so überheblich gucken konnte. Und die man nicht zu sich holen, sondern auf deren Hof man nur einheiraten konnte.

Bei der Kirmes war Lisbeth nur selten zum Tanz aufgefordert worden. Sie hatte dagesessen und den anderen dabei zugesehen, wie die Röcke flogen. Oft war sie müde gewesen. Außerdem sowieso keine gute Tänzerin, hatte sie gemeint. Und sie hatte auch nicht so sehr daran gedacht, einen Mann finden zu müssen.

Sie hatte nicht gewusst, dass die jungen Männer sie fürchteten, dass sie sich sagten, die Lisbeth, die ist nichts für dich. Die sucht einen Besonderen. Der bist du nicht gut genug. Die lässt dich sowieso abblitzen. Versuch's erst gar nicht.

Lisbeth saß umgeben von den anderen jungen Frauen. Michels Käthe, Nettejosts Magda, Hainmüllers Marie. Hörte den Scherzen zu, die die jungen Männer mit ihnen machten, lachte über den einen oder anderen, meistens aber dachte sie an den nächsten Tag und was zu tun war. Den Waschkessel anheizen, den Sauerteig fürs Brot ansetzen, Heiners Strümpfe hatten schon wieder Löcher.

Erst als Käthe sie irgendwann anstupste, es war bei der Herbstkirmes, und sagte, du, der Karl, der guckt dauernd zu dir hin, betrachtete sie ihn aufmerksamer.

Als er ihren Blick auffing und sie anlächelte, wandte Lisbeth die Augen schnell wieder ab. Er kam sowieso nicht infrage, weil er den Hof seiner Eltern übernehmen würde. Er war der Älteste vom Pfeifer-Hof und das war die Aufgabe des ältesten Sohns. Bei Bethches gab es den ältesten Sohn nicht mehr.

Doch seit diesem Moment auf der Herbstkirmes hielt Karl sich immer öfter in ihrer Nähe auf. Wenn sie mit anderen zur Kirmes in den Nachbardörfern lief, ging er neben ihr. Er fragte sie nach der Arbeit auf dem Hof, ob es der kranken Kuh wieder besser gehe, nach der Mutter und dem Vater. Er forderte sie auch öfter zum Tanzen auf. Und sie konnte nicht jedes Mal ablehnen. Außerdem tanzte er gut. Mit ihm konnte sie die Schritte und Schwünge auf einmal, meinte sie.

Im darauffolgenden Winter kam er zu jeder Spinnstube.

Reihum auf den Höfen fanden sie an ein oder zwei Abenden in der Woche statt. Die jungen Frauen hatten zwar ihre Arbeit mit dem Spinnen oder Stricken oder Sticken, aber die Spinnstuben waren trotzdem ein Vergnügen, das einzige in der langen, dunklen Jahreszeit. Es wurde gesungen, wer in der Familie ein Instrument konnte, spielte es. Lisbeths Vater die Mundharmonika, Käthes die Geige. Es wurden Geschichten erzählt, wahre und nicht ganz so wahre. Aber das interessierte niemanden, die Hauptsache war, sie waren gut, die Hauptsache, man konnte sich ein bisschen gruseln oder lachen, oder beides. Die Alten erzählten auch von früher und vom Krieg und von der schlechten Zeit. Die jungen Frauen redeten über ihre Zukunft und ihre Aussteuer, an der manch eine stickte.

Später am Abend, kurz bevor das Garn und die Spinnräder zusammengepackt werden mussten, tauchten die jungen Hausener Männer auf. In den Spinnstuben suchten sie Spaß und ihre zukünftige Frau. Der, die man im Auge hatte, stahl man den Spinnrocken, den Stab, an dem der Flachs befestigt wurde. Nur für einen Kuss bekam sie ihn wieder. Alle jungen Frauen bekamen ihn regelmäßig weggenommen. Drei- oder viermal vom Selben und die beiden galten als so gut wie verlobt. Bloß Lisbeths Rocken wurde nie gestohlen.

Als Karl es im Winter nach der Herbstkirmes wagte, war sie vollkommen perplex. Die anderen auch. In der Spinnstube, auch noch bei Bethches, also in Lisbeths Haus, wurde es plötzlich still. Alle sahen von Lisbeth zu Karl und wieder zu Lisbeth. Beide hatten einen Hof, es suchten doch beide jemanden zum Einheiraten. Ein Paar, das gar keins werden konnte. Und das allem zum Trotz im darauffolgenden Sommer heiratete.

Lisbeth löste an dem Abend ihren Spinnrocken bei Karl mit einem Kuss aus, wie es sich gehörte. Danach kam er nicht nur zu den Spinnstuben, sondern immer öfter abends auf einen Sprung auf den Bethches-Hof. Irgendwann zum Frühjahr hin erklärte er Lisbeths Vater, dass er sein Erbe an seinen jüngeren Bruder übergeben würde und bereit sei, bei Bethches einzuheiraten.

Karls jüngerer Bruder, Franz, konnte sein Glück kaum fassen. Sein Vater aber war enttäuscht. Ein Sohn, der freiwillig sein Erbe abgab. Und der Pfeifer-Hof war dem Bethches-Hof ebenbürtig. Der Dorftratsch fand sein Futter. Die einen sagten so, die anderen so. Karl machte sich nichts daraus. Und Lisbeth konnte es kaum glauben, dass ein Mann das für sie tun wollte.

Eine große Hochzeit hatten die Eltern für Karl und sie ausgerichtet. Die Verwandtschaft, das ganze Dorf, samt Knechten und Mägden. Die Kirche gedrängt voll. Viele kamen nicht mal hinein. Auf dem Hof lange Tische aus Wagenbrettern. Ein Schwein und ein Rind waren geschlachtet worden. Es gab Braten mit dicker Soße. Kartoffeln und Gemüse. Kompott. Kaum war der Schnaps, der hinterher ausgeschenkt wurde, hinuntergeschluckt, wurden die Kuchen und der Kaffee aufgetragen. Abends spielte die Musik auf. Die Jungen tanzten in der Tenne und die Alten sahen ihnen träge dabei zu. Am nächsten Morgen wartete früh die Arbeit. Mit Karl gab es nun jemanden, der fester zupackte als alle anderen. Bethches war jetzt auch sein Hof.

Lisbeth war es vorgekommen, als wäre sie an einem Ziel, auf das sie, seit die Brüder im Krieg geblieben waren, zugelaufen war. Die Familie würde sich wieder vergrößern.

Aber dann jeden Monat das Blut. Es hatte und hatte nicht ausbleiben wollen. Zwei-, dreimal hatte es sich um ein paar Wochen verspätet. Lisbeth hatte schon gehofft. Doch dann war es unter wilden Schmerzen umso stärker wiedergekommen.

Lisbeth hatte niemanden, den sie fragen konnte, was falsch an ihr war. Ob sie vielleicht etwas tun könnte, damit sich endlich ein Kind ankündigte. Ihre Mutter war noch weiter in ihrer versponnenen Welt verschwunden. Sie streichelte die Fotos ihrer Söhne und sang ihnen Kinderlieder vor. Die Mägde konnte sie nicht fragen. Es ging nicht, dass die Bäuerin so etwas mit ihnen besprach. Mit Lina vielleicht. Aber die war nicht mehr da.

Karl sagte nichts, aber er war enttäuscht, das spürte Lisbeth. In der Kirche und in Bachkriemers Laden wurde getuschelt, wenn sie hereinkam. Eine Frau, die kein Kind bekam. Und dafür hat der Karl seinen eigenen Hof aufgegeben. Wenn er das gewusst hätte. Was er dann wohl?

Und was sollte aus dem Bethches-Hof werden? Ein Hof brauchte einen Nachfolger. Sonst war alles umsonst, was Karl und sie jeden Tag an Arbeit vollbrachten. Man tat doch alles für die nächste Generation. Damit es mit dem Bethches-Hof weiterging, wenn sie einstmals nicht mehr da waren.

Dann starb Klara im Kindbett. Eine Großcousine von Lisbeth, aus einem Dorf, zwei Stunden entfernt. Es war das siebte gewesen. Die Großeltern sagten zu Klaras Mann, für dieses Kind müsse er nun eine Mutter finden. Sie könnten nicht mehr, hätten schon genug mit den anderen sechs zu tun.

Niemand in der Verwandtschaft hatte es ausgesprochen. Die Lisbeth, die wartet auf ein Kind. Aber es kommt keins.

Und trotzdem kam wenige Tage nach Klaras Tod ein Bruder von ihr auf den Hof und fragte Lisbeth, ob sie den Kleinen, der noch keinen Namen hatte und auch noch nicht getauft war, nicht nehmen wolle. Ein Kind, das fehle ihr doch.

Wir nehmen es, sagte Karl, ohne nachdenken zu müssen. Lisbeth wollte nicht. Ein Kind, von einer anderen Frau geboren. Fremd doch, oder? Auch wenn es Familie war. Und wäre es nicht, als würde sie aufgeben? Endgültig? Ein Baby, sagte die Mutter, strich Lisbeth über den Bauch und kicherte dann vor sich hin. Denk an die Nachfolge, sagte der Vater. Und das Kind wäre versorgt.

Die Verwandten brachten das Baby an einem Abend Ende Oktober. Schon früh wurde es dunkel. Lisbeth aber kam es vor, als wäre die Dunkelheit extra abgewartet worden. Weil alles so ungeheuerlich war. Ein wenige Wochen altes Kind, dessen Mutter tot war und dessen Vater, dessen Großeltern überfordert waren und dessen Geschwister vielleicht gar nichts davon wussten, dass es nun weggebracht wurde, sollte Bethches, sollte ihr übergeben werden wie ein anrüchiger Gegenstand. Da, nimm. Sag niemandem was davon. Nicht, wo du es herhast. Nicht, was du damit vorhast. Nimm es und tu so, als gehöre es zu dir.

Lisbeth saß in der Küche und hatte Angst. Angst vor dem Moment, wo es gebracht werden, wo es Teil dieses Hauses, Teil von ihr werden würde, wo es kein Zurück mehr gab. Kein »ich hab's mir anders überlegt, hab mir alles anders vorgestellt, ich will doch lieber gar kein Kind als ein fremdes«.

Sie hatte Angst vor diesem unbekannten Kind. Angst,

weil sie nicht wusste, was zu tun war. Angst davor, dass das Kind zu schreien anfing, sobald sie es anfasste.

Als Karl einen Arm um sie legte, schüttelte sie ihn ab. Er hatte es doch gut. Von ihm wurde nichts weiter erwartet. Für die Kinder, allzumal für Säuglinge, waren die Frauen zuständig. Einen Augenblick war sie zornig auf ihn. Dass er überhaupt dafür gewesen war, dieses Kind anzunehmen. Sie spürte auch Zorn auf den Vater, denk an die Nachfolge, aber als der seine Hand auf ihre Schulter legte, wagte sie nicht, sie abzuschütteln. Sie hielt still und wäre doch am liebsten davongelaufen. Irgendwohin, wo niemand sie kannte. Wo niemand von ihrer Unfähigkeit wusste. Wo die keine Rolle spielte. Vielleicht irgendwo als Magd arbeiten. Mägde mussten keine Kinder bekommen. Es war sogar besser, wenn sie keine bekamen.

Als es klopfte, ging der Vater zur Tür. Mit einem Korb kam er wieder und stellte ihn vor Lisbeth auf den Tisch. Es hätte auch ein Korb voll Gemüse oder Kartoffeln sein können.

Das ganze Gesinde war noch da. Alle hatten gewartet und starrten nun auf Lisbeth, als passiere gleich ein Wunder, dem sie beiwohnen durften.

Vorsichtig erhob Lisbeth sich und beugte sich über die kleine Kreatur, ließ den Blick über das winzige, faltige Gesichtchen gleiten. Dabei horchte sie in sich hinein. War da Mitleid? Das Gefühl, für dieses Kind sorgen zu wollen? Doch sie fühlte nichts als ein großes Befremden.

Am Vortag noch war sie bei Lina gewesen. Die hatte inzwischen in eine kleine Landwirtschaft eingeheiratet und gerade ihr erstes Kind bekommen. Lisbeth vermisste sie. Mitten bei den Vorbereitungen fürs Abendessen war sie davongelaufen. Bloß ein paar Minuten. Sich ein ganz kleines bisschen Zuspruch holen. »Was ist, wenn ich es nicht lieb haben kann?«

»Du musst es nicht lieb haben«, hatte Lina gesagt. »Bloß versorgen. Und das kannst du doch. Es ist kaum anders als bei Kälbchen oder Lämmchen.« Lina hatte gerade ihr Kind gestillt. Lisbeth hatte auf ihre riesigen Brüste gestarrt. Die kleine dünne Lina. Liebte sie dieses Kind an ihrer Brust? Lisbeth wagte nicht zu fragen. Die Fragen, die sie hatte, waren eigentlich auch keine, mit denen man sich normalerweise beschäftigte. Liebe. Dieses Wort wurde nie benutzt. Im Dialekt gab es überhaupt keins dafür.

»Bloß das mit den Windeln hattest du bei den Kälbern nicht«, hatte Lina lachend hinzugefügt und auf die Stofflappen gedeutet, die an einer Leine über ihrem Herd trockneten.

Lisbeth hatte sich ein wenig erleichtert gefühlt. Lina hatte recht. Sie konnte das. Und mehr wurde nicht von ihr verlangt. Oder?

Jetzt streckte sie die Hand aus, um das Kind zu berühren, zog sie aber wieder zurück. Irgendwann nahm Karl den Kleinen aus dem Korb. Lisbeth wunderte sich über seinen geschickten Griff. Und warum hatte er keine Angst?

Karl trug das Baby ein bisschen hin und her. Als es irgendwann anfing zu weinen, wunderte Lisbeth sich darüber, dass es nicht lauter schrie. Bloß zart krächzende Töne gab es von sich. Als wäre es zu schwach für mehr. Eine der Mägde sprang auf und holte aus dem Wasserschiff des Herds die Flasche, die sie längst vorbereitet hatte. Sie ließ sich einen Tropfen auf den Unterarm laufen, um die Temperatur zu prüfen. Mit einem Nicken reichte sie sie Karl. Er setzte sich und fuhr dem Kleinen mit dem Sauger ein paarmal ganz vorsichtig über das Mündchen, bis es ihn aufsperrte und glucksend anfing zu trinken. Lisbeth setzte sich dicht neben Karl und sah zu.

Irgendwann merkte sie, dass alle verschwunden waren. Sie hatte es gar nicht wahrgenommen. Nur noch sie, Karl und das Baby. Wie die heilige Familie, dachte Lisbeth. Bloß hatte Maria den kleinen Jesus gehalten. Jedenfalls wurde es immer so dargestellt. Nirgends ein Josef, der das Kind hielt. Aber das hatte Maria schließlich auch selbst bekommen.

Das Fläschchen war fast leer, das Kind trank mit großen Pausen. Die Augen hatte es geschlossen, als schliefe es. Es schien erschöpft zu sein.

Lisbeth sah Karl von der Seite an. Konzentriert sah er auf das Fläschchen und kniff krampfhaft die Lippen, als müsse er selbst trinken oder könne dem Kind so helfen, das Fläschchen zu leeren. Lisbeth spürte eine Welle der Wärme für ihn in sich aufsteigen. Wenn sie Karl liebte, so wie jetzt in diesem Moment, und Karl liebte das Kind, dann konnte dieses Gefühl doch vielleicht? Auf das Kind? Oder?

Dass das bittere Gefühl Marlies gegenüber Neid heißen könnte, dass so ein Gefühl überhaupt auftauchen könnte nach all den vielen Jahren, in denen sie die Fragen von damals schon lange vergessen hatte, gestand Lisbeth sich nicht ein.

Glückwunsch«, sagte Bärbel zur Begrüßung und nahm Marlies in den Arm.

Sie wuchteten gemeinsam Bärbels Kinderwagen aus der Haustür und die Treppe hinunter. Oben stand der Große und brüllte. »Ich hole ihn«, sagte Marlies, sprang die Treppe hoch und nahm ihn auf den Arm. Er zappelte und schrie weiter und streckte die Arme nach Bärbel.

»Eifersüchtig«, sagte die und nahm ihn Marlies ab. Den Kinderwagen schob sie einhändig.

»Den kann ich doch«, sagte Marlies. »Dem Baby ist es ja wahrscheinlich egal.«

»Schläft sowieso«, sagte Bärbel.

Marlies übernahm den Wagen und beugte sich darüber. Die Decke war so dick, dass man vom Kind kaum was sah. »Bekommt es überhaupt genug Luft?«, fragte sie.

»Ja, ja«, sagte Bärbel und nahm den Großen auf die andere Hüfte.

»Wohin sollen wir?«, fragte Marlies.

»Richtung Spielplatz«, sagte Bärbel. Der Große hatte das nasse, rote Gesicht an ihre Schulter gelegt. Beim Wort Spielplatz hob er es und strahlte, als wäre nichts gewesen.

Sie gingen durch Hausen. Michels Käthe guckte die Kinderwagen schiebende Marlies perplex an. Was? Hab ich da was verpasst?, fragte ihr Blick.

Hast du nicht, dachte Marlies, lächelte Käthe aber betont strahlend an, um ihrer Unsicherheit Nahrung zu geben. Michels Käthe blieb stehen und sah ihnen nach. Mit Zweifel im Blick. Marlies sah es über die Schulter. Musst noch fünfeinhalb Monate warten.

Auf dem Spielplatz saßen sie auf einer Bank und froren. Der Große turnte am Klettergerüst und rief: »Mama, guck!« Ununterbrochen: »Mama, guck! Mama, guck!« Bärbel guckte und winkte ihm anerkennend zu. Mit der anderen Hand schaukelte sie den Kinderwagen.

»Hast du es je bereut?«, fragte Marlies und legte die Hände auf ihren Bauch, als könne sie schon was fühlen.

»Die Kinder?«, fragte Bärbel und Marlies nickte.

»Aber das fragt man sich doch gar nicht, wenn sie da sind.« Bärbel guckte sie verständnislos an.

Mutterglück ist doch das Größte, wirst sehen, hatte die Mutter zu Marlies gesagt. Nachdem sie »na endlich« gesagt hatte.

Marlies hatte ihre Mutter angeguckt und sich gefragt, ob sie deren Glück als Kind gespürt hatte. Und wenn ja, wie hatte es sich gezeigt? An der Unermüdlichkeit, mit der sie die Hausarbeit erledigt hatte? Das Kochen, Schulbrote schmieren, Bettenmachen, Staubwischen? War es bei den Sonntagsspaziergängen zu fühlen gewesen? An den Kindergeburtstagen? Und was war mit dem Vater? Gab es das Wort Vaterglück überhaupt?

Wahrscheinlich hatte Bärbel recht. Man fragte es sich nicht, wenn die Kinder da waren. Ganz bestimmt hatte ihre Mutter es sich nie gefragt. Nicht vorher. Und nicht hinterher. Wäre verwundert, wenn man sie heute fragte. Was würde man auch mit der Antwort anfangen. Es tut mir leid, dass ich dich bekommen habe? Mutterglück wurde einfach vorausgesetzt. Bloß vom Vaterglück sprach kein Mensch.

Aus dem Wagen kam leises Quäken. »Ich glaub, wir müssen«, sagte Bärbel.

Der Große brüllte, als sie ihn von der Schaukel zog. Marlies schob wieder den Wagen. Das Baby ließ sich von den Schaukelbewegungen nicht beruhigen. »Wenn er Hunger hat, hat er Hunger«, lächelte Bärbel. Er schrie den ganzen Weg. Genau wie der große Bruder auf Bärbels Arm.

»Na, ihr zwei«, sagte Konrad, als Marlies nach Hause kam. Er legte ihr die Hand auf den Bauch, runzelte die Stirn und setzte einen gespielt konzentrierten Blick auf. »Ich glaube, es wird ein Junge.«

»Spinner«, sagte Marlies lachend und stupste ihn an die Brust. »Und wenn schon wird es ein Mädchen.«

Beim Abendessen reichte Karl ihr den Brotkorb. Das machte er sonst nie, auch niemand anderes. Solche Höflichkeiten waren was für bessere Leute, mit denen man sich in einer Bauernküche nicht aufhielt. Aber im Augenblick wollten alle sie irgendwie auf eine besondere Art behandeln. Marlies fand das nett, manchmal aber auch lästig. Sie war doch immer noch die Marlies. Und keine Heiligenfigur oder so. Alfred nahm ihr alles aus der Hand, was ihm auch nur annähernd zu schwer für eine Schwangere zu sein schien. Manchmal sogar ihre Handtasche.

Was Lisbeth dachte, wusste Marlies am wenigsten zu deuten. Manchmal, wohl, wenn sie das Gefühl hatte, Marlies nehme es nicht wahr, sah sie sie so merkwürdig an. Marlies hatte eigentlich mehr Mitfreude erwartet. Wenn nicht gar eine Art Triumph. Endlich Nachwuchs bei Bethches.

Es wurde ein Mädchen. Fast ungeduldig zog Lisbeth das Mützchen vom Kopf, als Konrad es ihr in den Arm legte. Dunkler Flaum. Erleichtert strich sie darüber. Konrad und Marlies waren gerade aus der Klinik gekommen.

In diesem Augenblick öffnete das Kind die Augen und sah sie an. »Es sieht aus wie Marlies«, sagte sie zu Karl, der neben ihr saß und das Kind andächtig betrachtete. »Hm«, brummte er und streckte vorsichtig den Finger nach den kleinen Händchen aus. »Hauptsache gesund.« Er zog seinen Finger wieder zurück, als hätte er Angst, dieses kleine Wesen zu beschädigen.

»Die Haare. Die Augen. Wie du«, wiederholte Lisbeth zu Marlies gewandt und fing dabei Karls verwunderten Blick auf. War ihm nicht klar, wie gut das war, wenn es Marlies ähnlich sah?

Still hielt Lisbeth das Kind auf dem Arm, bis es das Mündchen verzog und kläglich zu schreien anfing. Sie reichte es Marlies, die blass und erschöpft auf einem Stuhl saß. »Es hat Hunger.« Marlies ging mit dem Säugling nach oben. Konrad blieb bei Lisbeth sitzen und legte ihr den Arm um die Schultern. Karl verschwand nach draußen.

Ob er auch an damals dachte? An die ersten Wochen mit Konrad? Wie hatte er geschrien. In jeder Minute ihrer knappen Zeit hatte Lisbeth ihn herumgetragen. Sie hatte es mit Schafsmilch versucht. Vielleicht bekam ihm ja die Kuhmilch nicht. Sie hatte den vorgeschriebenen Zeitabstand nicht eingehalten und ihm zwischendurch die Flasche gegeben. Sogar nachts hatte sie ihn gefüttert, obwohl das niemand tat. Du verwöhnst ihn. Kinder brauchen von Anfang an Regeln. Kinder müssen schreien, das kräftigt die Lunge. Doch sie hatte es nicht ertragen. Das arme Wurm. Sie wollte ihm doch eine gute Mutter sein, wusste aber nicht mehr weiter. Manchmal spürte sie auch Zorn. Konnte dieses kleine Ding, das nur aus einem aufgerissenen Mündchen in einem feuerroten Gesicht zu bestehen schien, nicht froh sein? Dass es hier war? Hier bei ihnen? Dass es Eltern bekommen hatte wie Karl und sie?

Eines Tages lief Lisbeth mit dem Kind zu Lina. Die nahm ihr das kleine Bündel ab und legte es sich an die Brust. Danach schlief der kleine Konrad fünf Stunden am Stück. Hol dir eine Amme, sagte Lina, als Lisbeth am nächsten Tag wiederkam. Linas Rat traf sie. Eine weitere Niederlage. Nicht einmal füttern und beruhigen konnte sie ein Kind.

Eine Amme wurde geholt. Als sie kam, wurde es für Lisbeth zwar leichter, doch sie empfand die dicke Frau, die ja auch ihr eigenes Kind noch stillte, wie einen ständigen Vorwurf.

Gebären. Säugen. Wieder gebären. Das Natürlichste der Welt. Doch bei ihr war die Natur ungnädig. Ließ sie im Stich. Lisbeth war froh, als die Amme nach einem Dreivierteljahr wieder ging. Konrad trank nun ohne Probleme aus dem Fläschchen, wurde auch schon gefüttert. Als er mit dreizehn Monaten die ersten tapsigen Schritte machte, einen weiteren Monat später zum ersten Mal Mama sagte, vergaß sie ihren Kummer beinahe.

Auch niemand sonst auf dem Hof machte viel Gewese darum, dass Konrad ein fremdes Kind war. Es hatte doch immer schon angenommene Kinder gegeben, weil ein Hof keinen Erben hatte.

Lisbeth sah Konrad, der seinen Arm noch immer auf ihrer Schulter liegen hatte, von der Seite an. Was würde er sagen? Bis heute wusste er nichts davon.

»Jetzt bist du Oma.« Konrad drückte ihre Schulter und lächelte sie an, beinahe, als wäre dieses kleine neue Wesen, das heute ins Haus gekommen war, ihr gemeinsamer Verdienst. Oder ein Geschenk, nur für sie. »Freust du dich?« Lisbeth nickte.

Nie mehr hatte Konrad ihr das Leben schwer gemacht, nachdem das erste Jahr herum gewesen war. Im Gegenteil. Alles, was er tat, schien er ihr zuliebe zu machen. Schon als Kind hatte er ihr regelmäßig seine Basteleien hingehalten.

Später die Schularbeiten. Mit ebendiesem Lächeln. Freust du dich? Wenn er bei einem Feuerwehrwettbewerb einen Pokal gewonnen hatte. Freust du dich? Bei seinem Gesellenbrief, seinem Meister. Freust du dich? Ja, Lisbeth freute sich. Und war stolz. Karl auch. Aber anders als sie.

Bei Karl dachte Lisbeth oft, er hätte vergessen, dass Konrad nicht ihr Sohn war. Vielleicht war es für Männer einfacher. Dazu die Ähnlichkeit zwischen Karl und Konrad, die kein Erbe sein konnte, es ihn aber womöglich manchmal glauben ließ.

Lisbeth vergaß es auch. Manchmal für Monate oder gar Jahre. Aber immer kam es irgendwann zurück, dieses Gefühl, keine richtige Mutter zu sein. Nie ein Kind getragen zu haben. Konrad, nicht wirklich ein Bethches-Nachkomme.

Dann lastete das Geheimnis auf ihr. Ohne je dazu erklärt worden zu sein, war es mehr und mehr zu einem geworden.

Lisbeth fühlte sich allein. Auch mit der Angst der letzten Monate. Mit Marlies' Schwangerschaft war sie aufgetaucht. Nie vorher hatte Lisbeth an so etwas gedacht. Wenn Marlies' und Konrads Kind nun? Würden sich nicht alle wundern? Und fragen? Und müsste sie dann nicht?

Rote Haare, wasserblaue Augen und diese fast weiße sommersprossige Haut. Klara hatte sie gehabt. Auch deren Schwester Minna. Nur in diesem Zweig der Familie hatte es diese Besonderheiten gegeben. Oft ließen sie eine Generation aus. Und dann gab es wieder ein oder auch zwei rothaarig-blasse Kinder, die schüchtern zwischen den anderen derb gebräunten Gesichtern herausguckten, als hätte jemand sie der Familie untergeschoben wie Kuckuckseier.

»Ich geh mal nach Marlies und Joanna gucken.« Konrad stand auf.

»Ich mache Abendessen«, sagte Lisbeth. Joanna?, dachte sie, als Konrad die Küchentür hinter sich geschlossen hatte. Was soll denn das für ein Name sein.

Bist du sicher?«, hatte Konrad gefragt. Marlies hatte genickt. Ganz sicher. Joanna. Ohne h dazwischen. Oder ein ganz anderer Name, falls er Konrad nicht gefiel.

»Doch, doch, er gefällt mir«, hatte Konrad versichert. Er hatte sich einen Stuhl herangezogen, sich mit den Unterarmen auf die Bettdecke gestützt und über seine winzige Tochter gebeugt. Eingehend hatte er sie angesehen.

Wie er seine neugeborenen Kälber anguckt, dachte Marlies. Ist alles dran? Glänzt das Fell? Stimmt die Atmung? Es rührte sie. Sie musste lächeln. »Und?«, fragte sie. »Zufrieden?«

Konrad nickte und musste sich dabei räuspern. Seine Augen glänzten auffällig. »Joanna«, murmelte er, als müsse er den Namen ausprobieren. »Joanna.« Als sei er ihm ganz fremd.

Dabei hatten sie ihn doch gemeinsam ausgesucht. Na ja, was hieß gemeinsam. Marlies hatte sich den Kopf zerbrochen. Konrad war beschäftigt gewesen. Neben der Arbeit, die ohnehin anstand, war der Mähdrescher kaputtgegangen und hatte die Getreideernte eine ganze Woche lang aufgehalten. Und zwei Kühe wären beinahe an einer schweren Magenkrankheit gestorben.

Immer, wenn Marlies mit Konrad sprechen wollte, hatte er gesagt, später. Vielleicht beim Mittagessen. Oder beim Abendessen. Nicht beim Essen, hatte Marlies erwidert. Dann wollen alle mitreden. Macht doch nichts, hatte Konrad gesagt. Doch, hatte Marlies gesagt, nun zornig. Doch, das macht was. Wir werden es doch wohl schaffen, zusammen zwei Namen auszusuchen. Einen Jungennamen. Und einen Mädchennamen.

Als es noch ungefähr zwei Wochen bis zur Geburt waren, hatte Marlies ihn immer noch fast zwingen müssen, sich in ihrem Wohnzimmer, das keins war, mit ihr zusammenzusetzen. Jetzt wird es endgültig Zeit. Ich will nicht ein Kind bekommen, für das ich keinen Namen habe. Seinem schwachen Einwand, Frauen wüssten das mit den Namen doch ohnehin viel besser, hatte sie mit einem wütenden Zischen beiseitegewischt.

Marlies hatte mit ihrem unförmigen Bauch seitlich vor ihrem Kinderschreibtisch auf dem Plüschsessel gesessen, fast wie zu Zeiten ihrer Jagdprüfung, und Konrad, der auf seinem Jugendbett lag und Mühe hatte, die Augen aufzuhalten, Namen von ihrem Zettel vorgelesen. Ihre Hand lag dabei auf dem Schiebegriff des Kinderwagens, den sie hier abgestellt hatten, bis es so weit war. Sanft bewegte sie ihn auf und ab, als läge das Kind bereits darin.

Auch zum Kinderwagenaussuchen hatte Marlies Konrad nötigen müssen. Mitten in der Ernte, hatte er gestöhnt. Kannst du nicht mit meiner Mutter? Marlies' Blick hatte ihn schnell andere Vorschläge stottern lassen. Alleine? Marlies hatte auf ihren Bauch gedeutet. Mit Bärbel vielleicht? Die hat auch nicht mehr Zeit als du.

Marlies hatte nach den Farben geguckt. Rot wäre schön, oder? Aber für einen Jungen? Blau? Braun ist neutral. Orange auch. Und guck doch mal hier, der hat ja Fenster an den Seiten.

Doch Konrad hatte sich erst interessiert, als ein Verkäufer

sich eilfertig zu ihnen gesellt und ihm die technischen Details auseinandergesetzt hatte. Federung. Vollgummireifen. Austauschbare Bremsgummis. Sportwagenaufsatz. Wie ein Autoverkäufer sprach er über die Kinderwagen. Die beiden Männer hockten sich neben die Untergestelle, deuteten hier und drehten dort. Mit einem Griff abnehmbare Räder. Probieren Sie. Konrad probierte und hielt Marlies begeistert ein abgenommenes Rad hin. Marlies entschied sich für blauweiß mit Fensterscheiben.

Konrad? Marlies wedelte mit ihrem Namenszettel. Schläfst du? Nein, nein! Konrad riss die Augen auf. Wo waren wir?

Jungennamen fand Marlies schwieriger. Christian? Was meinst du? Oder lieber Christoph? Marko vielleicht? Marlies strich über ihren Bauch. Spitz, hatte ihre Mutter gesagt. Das wird ein Junge. Was sie sich wünschte, wusste sie nicht. Jungen hatten mehr Freiheit. Aber würde von einem Jungen nicht auf jeden Fall erwartet werden, dass er mal den Hof übernahm? Einem Mädchen würde sie sich näher fühlen, glaubte sie. Und würde es den Hof nicht leichter verlassen können, wenn es groß war? Ach, alles lange hin. Und überhaupt, es war ja nicht so, dass sie es sich aussuchen konnte. Es würde werden, was es war. Nein, es war längst, was es war. Sie wussten es nur noch nicht.

Den Namen Joanna hatte Marlies in einer Zeitschrift gelesen. Irgendeine amerikanische Schauspielerin. Oder Musikerin? Egal. Er hatte ihr sofort gefallen und sie hatte ihn auf ihren Zettel geschrieben. Gleich oben hin.

Erst da war ihr die Nähe zum Namen Johanna aufgefallen. Joanna. Johanna. In diesem Augenblick hatte der Gedanke an Lisbeth ihr eine kleine diebische Freude bereitet.

Lisbeth fand den Namen unaussprechlich. Und überhaupt. Warum nicht Johanna?

Weil Joanna schöner ist, besonders eben.

Wieder ein Lätzchen. Die Nachbarinnen überreichten sie ihr als knisternde Päckchen, guckten gespannt, wenn Marlies vorsichtig das Geschenkband löste und sie aus dem Papier wickelte. Sichtlich warteten sie auf Marlies' »oh, wie schön, ein Lätzchen!«, um »ach gerne, ist ja nur eine Kleinigkeit« zu erwidern.

Lächelnd sagte Marlies ihr Sätzchen immer wieder. Später würde sie das Lätzchen auf den Stapel legen. Viel Rosa. Wie es sich für ein Mädchen gehört. Manche mit Ärmeln. Sie zählte schon nicht mehr. Lätzchen schienen als das perfekte Geschenk angesehen zu werden. Die eine oder andere brachte aber auch ein Hemdchen. Oder Schühchen. Einige sogar selbst gehäkelt.

Wenn Marlies beim Abendessen manchmal die Geschenke zeigte und über das eine oder andere ein wenig lästerte, wurde Lisbeth ärgerlich. »Sie meinen es gut. Außerdem geht es doch um die Geste. Man macht es so. Es ist schön, dass die Bräuche hier noch aufrechterhalten werden.« Jeden Tag kam eine andere Nachbarin zum Kindbettbesuch.

Lisbeth, die ebenfalls schon viele Lätzchen in die Nachbarschaft getragen hatte, backte unermüdlich. Deckte den Tisch in der guten Stube. Die Kindbettbesucherinnen wollten bewirtet werden. Das gehörte sich so. Komm, setz dich. Du hast doch Zeit für eine Tasse Kaffee? Und die Nachbarinnen setzten sich. Manche standen erst wieder auf, wenn es sechs läutete. Besonders die Älteren, auf die zu Hause nicht mehr so viel Arbeit wartete, weil die junge Generation schon übernommen hatte. Wenn die Glocken anschlugen, fuhren sie hoch: Ach du liebe Zeit, ich hab ja gar nicht gemerkt, wie die Zeit vergeht.

Lisbeth genoss alles sichtlich. Marlies empfand es als nicht enden wollende Herausforderung. Wie viele Nachbarinnen gab es? Wer überhaupt empfand sich als Nachbarin? Würden alle Hausener Frauen kommen?

Die Frauen beugten sich über das Baby. Fassten nach den Händchen, strichen über das Köpfchen, die Bäckchen. Manchmal war Joanna gerade eingeschlafen und Marlies verwünschte diese Hände, die in den Stubenwagen fassten.

Johanna?, fragten sie öfter. Joanna, korrigierte Marlies. Nicht Johanna? Marlies schüttelte den Kopf. Sonderbarer Name, dachten sie dann. Marlies sah es den Gesichtern an. Lisbeth guckte jedes Mal verlegen. Sie berichtigte nie.

Sogar Bachkriemers Lieselotte ließ sich zu einem Besuch herab. Was heißt herab. Sicher hatte sie gedacht, Bethches gehören zu denen im Dorf, die Ansehen haben, daran ändert auch diese Schwiegertochter nichts. So oder so ähnlich stellte Marlies es sich vor, als sie sie über den Hof kommen sah. Vielleicht glaubte sie aber auch, es sei verkaufsfördernd. Windeln, Babynahrung, Schnuller. Das alles konnte man auch bei Bachkriemers kaufen. Da musste man nicht nach Lahnfels fahren. Bachkriemers Lieselotte war geschäftstüchtig. Das wusste jeder in Hausen

Sie hatte ihren Enkel Rainer dabei. Vielleicht zehn? Marlies hatte das Schätzen des Alters von Kindern noch nicht gelernt. Lieselotte blieb lange. Sicher hatte Annie im Laden übernommen. Und Erwin. Bachkriemers Lieselotte sah kurz auf das Kind in Marlies Arm, überreichte ein Lätzchen, auch die gab es bei Bachkriemers, und erzählte den Rest des Nachmittags, wie froh sie über Annies und Erwins Tüchtigkeit sei. Gerade den Laden komplett renoviert. Ein modernes Kühlregal. Und wie gut die Mandarinen in der Dose sich verkauften. Was wusste man früher davon?

Lisbeth servierte Ananaskuchen. Auch einfach Dose auf, fertig. Die beiden Frauen begeisterten sich für die Konservendosen. Wie sie einem das Leben so leicht machten.

Marlies saß die ganze Zeit dabei. Bei jeder, die kam. Und egal, wie lange sie blieb. Das gehörte sich so. Es war ihr Besuch. Auch wenn sie niemanden eingeladen hatte. Und auch, wenn die Besucherinnen mehr mit Lisbeth redeten, schwätzten, wie man hier in der Gegend sagte, und Marlies sich öfter vorkam, als sei sie Dekoration. Auf den Stuhl gesetzt, der Anlass für den Besuch, aber dann vergessen.

Manche aber sahen auch regelrecht andächtig von Marlies zu Joanna und wieder zu Marlies, als wäre Mutterschaft etwas ganz Außergewöhnliches. Vielleicht ist sie das auch, dachte Marlies dann. Vielleicht bin ich was ganz Besonderes. Vielleicht sind alle Mütter das.

Ich hab mich ein bisschen gefühlt wie Maria, sagte sie dann abends scherzhaft zu Konrad, und als er verständnislos guckte, ergänzte sie: Die mit dem Jesus. Er trug gerade die schreiende Joanna umher und fragte: Hat Jesus eigentlich auch so geschrien?

Über Onkel Franz' Besuch freute Marlies sich wirklich, auch wenn er so lärmte, dass Joanna augenblicklich anfing zu brüllen. Er brachte einen silbernen Taufbecher mit eingraviertem Namen als Geschenk. Die schreiende Joanna schwenkte er herum und nannte sie Patenenkeltöchterlein. Er gab sie Marlies zurück und fragte: »Gibt's so was?« Marlies lachte und sagte: »Für dich auf jeden Fall.«

Am entspanntesten war der Nachmittag mit Bärbel. Schon weil er sich nicht in der Stube, sondern in der Küche abspielte. Wegen der Kinder.

Bärbel wurde auch Patentante. Mitten bei der Befragung durch den Pfarrer, bist du bereit, diesem Kind zu helfen, ein lebendiges Glied der Kirche Christi zu werden, fing Joanna mörderisch an zu schreien. Die Mauern der Hausener Kirche warfen das Gebrüll volltönend zurück. Damit ihre Antwort zu hören war, musste auch Bärbel schreien: Ja, mit Gottes Hilfe. Marlies musste einen Kicheranfall unterdrücken, der auch ihren schlaflosen Nerven geschuldet war, und presste Konrads Hand dermaßen, dass der einen leisen Zischlaut von sich gab, den sie nur hörte, weil er seinen Mund dicht neben ihrem Ohr hatte.

Die Verwandtschaft, die Lisbeths Wohnzimmer und auch noch die Küche bevölkerte, dabei Berge von Kuchen verschlingend, amüsierte sich köstlich. Das Kind hat gute Lungen. Und die Patentante eine außergewöhnlich kräftige Stimme.

Marlies fand, sie hätte Joanna keine bessere Patin aussuchen können.

Schon wieder verrutscht. Lisbeth hielt an, beugte sich zu Joanna und zog das Mützchen zurecht. Dieses gekaufte Zeug.

Wo sie doch den ganzen Winter für das Kind gestrickt hatte. Jäckchen, Söckchen, winzige Handschuhe und Mützchen. Mützchen nach dem Strickmuster, mit dem schon ihre Mutter welche für Konrad gestrickt hatte. Mit einer Spitze vorne, die auf das Näschen zeigte.

Lisbeth hatte Pullover und Strickjacken aus den Schränken geholt, die noch kaum oder überhaupt nicht getragen waren, weil sie jeden Winter strickte und strickte. Nur die aus weicher Wolle hatte sie herausgesucht, die kratzigen liegen gelassen. Sie hatte sie aufgeribbelt und dicke Wollknäuel gedreht.

Heute hatte Lisbeth Joanna die rote aufgesetzt gehabt. Die mit der grünen Umrandung. Sie hatte das Kind schon in den Wagen gelegt und war noch mal ins Haus gelaufen, um sich ein wärmeres Halstuch zu holen.

Als sie zurückgekommen war, hatte Marlies das Kind auf dem Arm gehabt, es hatte eine andere Mütze auf und Konrad war dabei, den Sportwagenaufsatz zu montieren.

»Es ist noch nicht die Zeit für dieses offene Ding«, sagte Lisbeth und sah Konrad ärgerlich zu.

»Wenn sie erst laufen kann, brauchen wir den Sportwagen auch nicht mehr«, sagte Marlies.

Nie waren sie sich einig. Nicht über die Mützchen, nicht ob Handschuhe angebracht waren. Eine Decke. Die dickere oder die dünne. Lisbeth fand Marlies entweder zu fahrlässig oder zu ängstlich. Warum bloß ließ sie sich nichts sagen? Früher hatten sich die Jungen auf die Erfahrung der Alten verlassen. Oder sie hatten sich gefügt.

Auch überließ Marlies ihr selten den Kinderwagen. Lass nur, ich fahre gern selbst.

Dass Lisbeth ihn im Augenblick öfter schieben durfte, lag

an den Kühen. Sie mussten nach dem Winter an die Weide gewöhnt werden. Morgens wurden sie ausgetrieben und nach ein paar Stunden wieder in den Stall geholt. Jeden Tag wurde die Zeit verlängert. Bis sie ganz draußen blieben. So lange brauchte Konrad vermehrt Marlies' Hilfe.

Lisbeth stopfte die Decke um Joanna herum gewissenhaft fest, bevor sie sich umständlich zu den Rädern des Kinderwagens hinunterbückte und die beiden Bremsen mit der Hand löste. Mit diesem modernen Wagending konnte sie sich auch nicht so recht anfreunden.

Im vergangenen Jahr, als es bei Marlies fast so weit gewesen war, hatte sie den Wagen vom Dachboden geholt, in dem Konrad gelegen hatte. Hatte ihn gründlich gesäubert. Die kleine Matratze gelüftet, die Decke und das Kissen gereinigt, die handgenähten alten Bezüge gewaschen und gebügelt. Sie hatte ihn Marlies und Konrad als Überraschung präsentieren wollen. Ausgerechnet an dem Tag, an dem die beiden einen neuen gekauft hatten. Lisbeth hatte sich noch gewundert, dass Konrad mit Marlies mitten in der Erntezeit einen ganzen Nachmittag in Richtung Lahnfels verschwunden war. Und dann hatten sie diesen Riesenkinderwagen aus dem Kofferraum geholt.

Lisbeth, die den alten Wagen schnell auf den Hof getragen hatte, als Konrad und Marlies abgefahren waren, guckte den neuen mit großen Augen an. »Was ist das denn? Ich hab doch extra deinen hier!« Hilfesuchend sah sie zu Karl, der die Räder noch geölt hatte. Beim Probeschieben hatten sie gequietscht. Karl guckte ratlos und zuckte die Schultern.

»Warum hast du denn nichts davon gesagt?«, fragte Konrad. »Was machen wir denn jetzt?«

Marlies guckte Konrad, der hilflos den Kopf zwischen ihr und Lisbeth hin- und herdrehte, grimmig an.

»Zurückgeben?«, fragte Lisbeth und schob den alten Wagen so vor, dass er neben dem neuen zu stehen kam. Wie ein Puppenwagen sah er aus. Ein sehr alter. Der neue Kinderwagen glänzte auf seinem Chromgestell hochbeinig auf ihn hinunter. Überheblich kam er Lisbeth vor.

»Auf keinen Fall!«, rief Marlies.

»Und wenn wir beide«, schlug Konrad zögernd vor. »Lisbeth kann das Kind doch in dem alten.«

»Der federt doch gar nicht«, sagte Marlies. »Das ist nicht gut für ein Baby, wenn der so rumpelt.«

Jedes Mal, wenn Lisbeth daran dachte, bewegte sie kurz, aber kräftig den Schiebegriff dieses neuen Gefährts. Weil Joanna heute aber saß, rutschte sie zur Seite und begann vor Schreck zu weinen. Gar nicht gut, so eine Federung. Schnell sprach Lisbeth, selbst erschrocken, beruhigend auf Joanna ein.

Ganz langsam ging sie weiter. Als sei der Wagen plötzlich zu einem gefährlichen Ding geworden. Sogar herausfallen konnte das Kind, wenn man nicht aufpasste.

»Tach, Lisbeth«, rief Bärbel, die mit dem Fahrrad an ihr vorbeifuhr, ihren Kleinsten vorn im Körbchen.

Lisbeth sah ihr hinterher, wie sie um die Straßenecke verschwand. Das mit dem Fahrrad fand sie ja gefährlich. So mit Kind am Lenker. Und wo auch wieder was unterwegs sein sollte. Sagten jedenfalls die Leute. Aber sonst? Eine tüchtige Hausfrau. Und schon das dritte Kind. Wenn die Leute recht hatten. Warum guckte Marlies sich nicht mehr von ihrer Freundin ab?

Marlies hob den Kopf. Schrie Joanna? »Seid doch mal leise«, rief sie. Schrill kam ihr ihre Stimme vor. Alle hielten inne und sahen sie erschrocken an. Ich werde noch vollkommen überdreht, dachte Marlies. Immer noch stand sie nachts mindestens einmal auf und schlich aus dem Schlafzimmer. Bloß Konrad nicht wecken. Sie beugte sich über das Bettchen im Kinderzimmer, für das Lisbeth eine ungenutzte, mit alten Möbeln vollgestellte Kammer gegenüber ausgeräumt hatte, und nahm Joanna heraus. Sie wollte und wollte nicht durchschlafen.

Wir haben nachts überhaupt nicht gefüttert. Euch erst gar nicht aus dem Bett genommen. Ihre Mutter schüttelte den Kopf über Marlies' Erschöpfung, kein Wunder. Du hast uns schreien lassen?, fragte Marlies. Wie hast du das ausgehalten?

Ich konnte es auch nicht, sagte dagegen Lisbeth, obwohl sie älter als Marlies' Mutter war und aus einer Zeit stammte, in der Kinder noch viel weniger beachtet worden waren. Für einen winzigen Moment hatte Marlies sich Lisbeth nah gefühlt. Bis sie wieder damit anfing, Joanna werde nicht satt. Es sei Zeit für dicken Milchbrei am Abend. Doch Marlies stillte noch, gab aber abends zusätzlich die Flasche. Außerdem fing man nicht mit Milchbrei an, sondern mit Gemüse. So hatte es ihr der Kinderarzt erklärt. Wir haben keinen Arzt gefragt, sagte Lisbeth. Nicht nur bei der Ernährung wusste sie alles besser. Sie mischte sich überall ein. Beim Anziehen. Du reißt ihr ja den Kopf ab. Vorsicht, die Finger. Bei der Auswahl der Anziehsachen. Viel zu dünn! Was das Rausgehen anging. Frische Luft kann es gar nicht genug kriegen. Als hätte Lisbeth alle Mütterweisheit der Welt gepachtet.

Dabei hast du doch bloß ein Kind großgezogen. Wo die Leute damals manchmal bis zu zehn hatten, dachte Marlies oft. Einmal jedoch war es auch aus ihr herausgeplatzt: »Warum hattest du eigentlich nur eins, wenn du alles so gut weißt.« Da war Lisbeth erst rot und dann ganz blass geworden. Sie hatte sich abrupt abgewandt und Marlies drei Tage lang vollkommen in Ruhe gelassen.

Oft flüchtete Marlies zu Bärbel. Sie lief vor Lisbeth davon, aber sie war zu müde, den Wagen stundenlang umherzuschieben.

Ja, wie schön, sagte Bärbel jedes Mal. Komm rein. Setz dich. Willst du was trinken?

Marlies bekam Kaffee. Joanna inzwischen eine Wackeltasse mit verdünntem Apfelsaft. Blass und matt saß Marlies dann eine Weile in Bärbels Küche und sah ihrer Freundin zu, die keine Ermüdung zu kennen schien. Die Zeit, sich zu Marlies zu setzen, nahm sie sich nie. Aber das war keine Ungastlichkeit.

Als Marlies heute kam, war sie dabei, einen Hefeteig zu kneten. Der Bauch schon wieder sichtbar rund. Sie war schwanger mit dem dritten Kind. Der Zweitjüngere zerrte ihr am Rock und plärrte. Sie nahm ihn auf den Arm und putzte ihm die Nase. Als sie ihn wieder abgesetzt hatte, strich sie sich über den Bauch und sagte: »Hoffentlich wird es diesmal ein Mädchen.«

»Wie machst du das bloß?«, fragte Marlies.

»Warum lässt du dir nicht öfter von deiner Schwiegermutter helfen?«, fragte Bärbel. »Sie macht's doch scheinbar gern.«

»Sie weiß alles besser«, sagte Marlies.

»Das war doch schon immer so«, sagte Bärbel. »Ist bei mir nicht anders.«

»Aber deine kommt nicht ständig.«

»Ich fänd's schön. Aber sie hat so viel mit sich zu tun.« Bärbels Schwiegermutter war leidend. Hatte ständig eine neue Krankheit. Schmerzen hier und Ziehen dort. »Na ja, brauchen tue ich sie nicht«, sagte Bärbel.

Sie schmiss den Haushalt scheinbar mit links, sie spielte und bastelte auch noch stundenlang mit den Jungs. Marlies' Blick fiel auf einen Korb mit Ostereiern.

Dass bald Ostern war, hätte sie glatt vergessen, wenn Lisbeth nicht auch welche gefärbt hätte. Mit Zwiebelschalen und zerschnittenen Feinstrumpfhosen, die sie über die Eier zog und vorsichtig Blättchen von Kräutern hineinschob, damit feine Muster entstanden.

Bärbels Eier waren bunt und von den Kindern unbeholfen verziert. »Sie wollen doch Farben haben.« Auf dem Tisch waren noch Reste davon. Marlies fuhr mit den Fingern über die vertrockneten Klekse. Blau, rot, gelb. Joanna ließ derweil ihre Tasse schaukeln. Den Saft, der herausspritzte, wischte Bärbel lachend weg. »Ach, ohne die Kinder wäre das doch gar kein Leben.«

Sie wendete sich wieder ihrem Teig zu, rollte ihn aus. Ihr Kleiner plärrte schon wieder, der Große schob sich neben Marlies auf einen Stuhl und betrachtete neugierig Joanna.

Die reckte sich nach der Tasse, die Marlies zur Seite gestellt hatte. Ganz rot wurde ihr Gesichtchen vor Anstrengung, aber sie gab nicht auf. Abrupt drückte Marlies sie an sich. Erschrocken fing Joanna an zu weinen. Marlies legte ihr Gesicht auf das flaumige Köpfchen und flüsterte, denk nicht, ich wünschte, du wärst nicht da.

Bärbel schälte derweil Äpfel, entkernte sie, schnitt sie in feine Stücke und verteilte sie auf dem Teig. Dabei fiel ihr ständig eine Haarsträhne ins Gesicht, die sie sich jedes Mal geduldig wieder hinters Ohr schob. Ihre Haare sahen überhaupt aus, als wäre sie schon ziemlich lange nicht mehr beim Friseur gewesen. Zum Schminken war ebenfalls keine Zeit. Für wen auch. Die Kleidung bequem. Ein Trägerrock, schon etwas weiter jetzt, T-Shirt darunter, und immer fleckig von verschmierten Kinderhänden.

Marlies musste daran denken, wie sie beide zusammen ausgegangen waren. Damals. In einem ganz anderen Leben. Lippenstifte ausprobiert, neue Frisuren. Die Ohrringe? Oder die? Dann ins Kino, in schummrige Kneipen. Zum Tanzen. Sugar, sugar. You are my candy girl. Zwei junge Frauen auf Stöckelschuhen und mit dem Gefühl, die Welt stehe ihnen offen. Aber es war nur ein Gefühl gewesen. Mit unscharfen Zukunftsbildern.

Sie hatten nicht gedacht, dass ein Leben wie das ihrer Mütter sie erwartete. Aber sie hatten auch nicht gedacht, dass sie wie diese Hippies leben würden. Studenten aus Lahnfels. Sie hatten in einem heruntergekommenen Haus gewohnt, wilde Musik gehört und nackt in einem Natursee gebadet, der mitten zwischen Wiesen und Feldern lag. Dabei beobachtet von lüsternen Bauern. Ich muss noch mal auf den Acker, Magda.

Obwohl die Kommunarden also Teil des Dorfs waren, schien deren Lebensweise in einem anderen Sonnensystem zu liegen. Jedenfalls für zwei junge Frauen vom Land.

Und nun waren sie dabei, das Leben ihrer Mütter zu führen. Weil sich ihnen nichts anderes geboten hatte. Bloß schien es Bärbel nichts auszumachen. Wenn Marlies ihre Freundin beobachtete, meinte sie sogar, sie sei glücklich.

Aber Bärbel war schon immer unkomplizierter gewesen als sie. Hatte sich müheloser amüsiert, schon damals. Das Leben auf sich zukommen lassen. Während Marlies die Eigenheiten der jungen Männer, mit denen sie ausgingen, am nächsten Tag analysierte, infrage stellte, ob die Party wirklich lässig oder im Grunde langweilig gewesen war, der Kinofilm nicht lustig, sondern oberflächlich.

War Bärbel nicht genau deswegen ihre Freundin, bis heute? Weil man sich von ihr in Sachen Lebensleichtigkeit was abgucken konnte? Warum bloß plagte sie sich so, stellte immer alles infrage?

Und suchte auch jetzt wieder nach etwas, von dem sie nicht mal wusste, was genau es war.

Vielleicht muss ich mir einfach mehr Mühe geben, dachte Marlies. Auch mit Lisbeth.

Joanna saß aufrecht im Sportwagen, drehte den Kopf hierund dahin und patschte mit den Händen auf die Seiten. Für den Kinderwagen war sie nun schon eine Weile zu groß. Ihre Haare wurden dunkler und lockten sich mehr und mehr. Es waren nicht Marlies', sondern Konrads. Hauptsache nicht rot, dachte Lisbeth jedes Mal, wenn sie sie ansah.

»Ma, Ma, Ma«, rief Joanna. »Oma«, antwortete Lisbeth. Für das O rundete sie die Lippen und schob sie betont vor. Joanna lachte und quietschte. Ihre Laute bedeuteten noch gar nichts, aber Lisbeth wollte gerne glauben, dass sie das Oma schon übte.

Sie zeigte Joanna auch die Höfe, guck, sprach ihr die Hofnamen vor: Nettejosts, Michels, Hainmüllers. Nicht weil sie annahm, das Kind würde es schon verstehen. Sie sprach es ihm vor, wie andere vielleicht Reime oder Verse aufsagen würden. Die Dorf- und Hofnamen waren Lisbeths innere Melodie, der Klang ihrer Welt. Sie spürte den Drang, sie auf diese Weise zu bewahren. Was war dazu besser geeignet als ein Enkelkind. Ein kleiner Mensch, der noch lange da sein würde, wenn es sie nicht mehr gab. So waren die Namen und auch das alte Wissen schon immer weitergegeben worden. Von den Eltern an die Kinder, von den Müttern an die Töchter, von den Großeltern an die Enkel. Von Alt an Jung.

So spazierte Lisbeth, sprach mit dem Kind, zeigte hier und zeigte da. Nicht nur die Höfe. Auch einen Baum. Guck, eine Linde. Oder einen Vogel. Guck, eine Amsel. Ein Star. Ein Rotkehlchen. Im Spätsommer, beschloss sie, würde sie den Wagen auf den Feldwegen schieben und Joanna das Getreide zeigen. Die Gerste. Den Weizen. Den Roggen und den Hafer.

So viel Zeit für ein Kind haben. Damals hatte sie die nicht. Die Jungen arbeiteten und die Alten passten auf die Kinder auf. So war es auf allen Höfen gewesen. Bloß bei Bethches rechnete man nicht damit. Also mit dem Aufpassen. Konrad war in seinem Wagen einfach auf den Hof geschoben worden, wo manchmal jemand im Vorbeigehen kurz nach dem Griff gefasst und ihn geschaukelt hatte.

Doch genau erinnerte sich Lisbeth an den Moment, als die Mutter das erste Mal wie aus dem Nichts neben dem Wagen aufgetaucht war. Sonst hatte Lisbeth sie manchmal den ganzen Tag nicht gesehen. Sie lag im Bett oder auf dem Sofa in der Stube. Unter einer dicken Decke, weil dort unter der Woche gar nicht geheizt wurde. Oft lief sie auch einfach davon und den ganzen Tag irgendwo umher. Zwischen den Feldern oder im Wald. Oder sie hockte im Keller oder auf dem Dachboden. Niemand verfolgte das mehr. Die Hauptsache, sie war abends, wenn alles verschlossen wurde, wieder da.

Aber da hatte sie plötzlich neben Lisbeth gestanden, die Konrad gerade aus dem Wagen genommen hatte, weil er schon eine ganze Weile weinte. Die Mutter hatte den Kleinen angesehen, mit so viel Wachheit in den Augen wie schon lange nicht mehr. Dann nahm sie ihn Lisbeth ohne ein Wort aus dem Arm, trug ihn herum und summte ihm leise uralte Melodien ins Ohr. Das war der Anfang gewesen. Immer öfter hatte sie sich um den Jungen gekümmert. Ihn gefüttert, gewickelt. Die Windeln gewaschen. Anfangs hatte Lisbeth ihre Mutter ständig beobachtet, Angst gehabt, sie könnte Konrad irgendwohin mitnehmen und vergessen. Aber sie merkte mehr und mehr, ihre Sorge war unbegründet. Mit Konrad war die Mutter ins Leben zurückgekehrt. Ein Wunder, bewirkt von einem kleinen Kind. Lisbeth fühlte in dieser Zeit ein großes Glück, durchzogen von der feinen Wehmut, dass es bei diesem einen bleiben würde. Und dass es nicht ihr eigenes war.

Die ersten Schritte hatte Konrad an den Händen ihrer Mutter gemacht. Später war er mit ihr über den Hof getapst. Sie hatte ihm die Tiere gezeigt und aufgepasst, dass keins ihm zu nahe kam. Und als Konrad eines Tages unbeholfen stolpernd versuchte, den Katzen hinterherzulaufen, hörte man sie zum ersten Mal nach Jahren laut lachen. Jeder auf dem Hof, der es hörte, hielt für einen Augenblick inne und lauschte. Um dann lächelnd die Arbeit wieder aufzunehmen. Bethches Frau hatte gelacht.

Lisbeth lief Straße für Straße ab, grüßte nach hier und nach da. Na, Lisbeth, fährst du dein Enkelchen spazieren? Wie immer blieben alle Frauen, denen sie begegnete, einen Augenblick stehen. Hainmüllers Marie, die im Lauf der Zeit immer öfter vergessen hatte, dass sie eigentlich beleidigt war, nicht zu Konrads und Marlies' Hochzeit eingeladen worden zu sein. Golläckers Katrine, die das Kind so lange ansah, bis sie sich scheinbar selbst die Form der Fingernägelchen eingeprägt hatte. Nettejosts Magda. Michels Käthe. Sie beugten sich über den Wagen und machten kindische Laute. Entwickelt sich ja prächtig. Fein, so ein Enkelkind, gell? Hast ja lange drauf warten müssen.

Ja, ich hab immer lange warten müssen, dachte Lisbeth dann. Nicht bloß lange, sondern in Wirklichkeit vergeblich.

Warum hattest du eigentlich nur eins?, hatte Marlies die Tage gefragt. Wie ein Messer war die Frage in Lisbeth hineingefahren. Sauber und glatt. Im ersten Augenblick war sie nur erschrocken gewesen. Der Schmerz war Minuten später eingetreten.

Lisbeth bog in den Hof ein. Joanna machte glucksende Laute. Jetzt hast du ein Enkelkind, Lisbeth, dachte sie. Bist Oma. Wie Magda, wie Käthe, wie Marie. Keine Außenseiterin mehr. Keine, mit der was nicht stimmt.

Marlies kam gerade mit einem Korb voller frisch gewaschener Babysachen aus dem Garten. Sie stellte ihn auf der Bank vor dem Haus ab und kam Lisbeth entgegen. Joanna streckte die Ärmchen.

Bärbel bekam wieder einen Jungen. Joanna machte die ersten Schritte. Und Marlies beschloss, Traktor fahren zu lernen.

Seit Joanna auf der Welt war, war sie nicht mehr arbeiten gegangen, auch nicht mehr jagen. Bloß noch ab und zu in den Schützenverein, um nicht alles zu verlernen. Sie vermisste die Kolleginnen, sie vermisste den nächtlichen Wald. Marlies brauchte einen Ausgleich, etwas für sich. Nicht immer bloß Anhängsel sein. Anhängsel der Männer bei der Arbeit auf dem Hof und im Feld. Lisbeths Anhängsel im Haus.

»Du musst es mir beibringen«, sagte sie zu Konrad. Konrad wehrte sich. Vielleicht weil er das Gefühl hatte, sie dringe in sein Revier ein. Gerade hatte er einen weiteren Traktor angeschafft. Einen Deutz mit Kabine und achtzig PS. Es ist unnötig, sagte Konrad. Ich kann fahren, Karl kann fahren. Zwei Leute genügen. Marlies musste betteln. Um eine Herausforderung.

Konrad erzählte beim Sonntagskaffeetrinken von Marlies' Wunsch. Er sprach, als säße Marlies nicht mit am Tisch. Oder als erzähle er etwas über jemand ganz anderen. »Da hast du dir ja was vorgenommen«, sagten seine Cousinen zu Marlies. Sie wusste nicht, ob sie es bewundernd oder abfällig meinten. Vermutlich zumindest überflüssig. Sie ärgerte sich über Konrad, weil sie das Gefühl hatte, er suche bei der Verwandtschaft Schützenhilfe. Onkel Franz sagte mit gespieltem Mitleid: »Sie ist halt emanzipiert«, und zwinkerte Marlies dabei zu.

Marlies saß wieder an ihrem Kinderschreibtisch. Vor sich ihr altes Führerschein-Lehrbuch. Die Teile der Auflaufbremse lernte sie auswendig. Reibkopf. Sperrhebel für Rückfahrt. Not- und Standbremshebel. Bloß nicht vor Konrad blamieren. Joanna spielte derweil mit Konrads alten Matchboxautos. Manchmal kletterte sie auch auf ihren Schoß.

Marlies las ihr wahllos Fragen aus dem Buch vor. Joanna sagte Ja oder Nein dazu. Als hätte Marlies sie etwas ganz anderes gefragt. Dann lachte Marlies, das Kind mit, und irgendwie schien es ihr wie ein gutes Omen. Sie drückte Joanna. Wir schaffen das schon, wir Frauen.

Was ihr das Lehrbuch nicht beibringen konnte, war das Zwischengasgeben beim Zurückschalten. Kupplung. Gang raus. Gas geben. Wieder Kupplung und nächstniedrigerer Gang. Obwohl der Ganghebel schwer ging, in schneller Abfolge. Das Getriebe krachte ein ums andere Mal. Als flöge es ihnen gleich um die Ohren. Konrad schrie sie an. Marlies schrie zurück. Doch am liebsten hätte sie geheult. Über ihr Unvermögen. Bis Karl zu Konrad sagte: »Komm, lass mich mal. Du machst sie ja ganz nervös.«

Karl verzog keine Miene, wenn es krachte. Und schreien tat er schon gar nicht. Nach vier-, fünfmal üben mit Karl bekam Marlies es hin. Nur ab und zu knirschte es noch ein bisschen. »Na also«, sagte Karl. Konrad guckte ein paar Tage finster.

Im darauffolgenden Frühjahr dann fuhr Marlies schon den Mistwagen. Mit dem alten Schlepper. Achtundzwanzig PS. Marlies handelte nicht mit Konrad um den neuen. Er fand es noch immer überflüssig.

Da saß Joanna schon neben ihr. Marlies hatte sie in den Fußsack des Sportwagens gesteckt, in den ihre Beinchen gerade noch so hineinpassten, und den Fußsack an der Sitzlehne fest angebunden. Das Kind jauchzte, als sie den Streuer anstellte und der Mist nur so vom Wagen flog, hoch und breit. Der Gestank störte sie beide nicht. Was willst du mal werden?, fragte Marlies ihre Tochter. An diesem Tag fand sie Bäuerin gar nicht so schlecht. Der Himmel war blassblau mit Federwolken. Sie entdeckte eine Lerche, deren Gezwitscher man wegen des Motors nicht hören konnte, aber Marlies hatte es trotzdem im Ohr. Sie deutete nach oben, zeigte Joanna den Vogel, aber das Kind guckte lieber dem fliegenden Mist zu. So eine Lerche war auch schwer zu finden am Himmel. Ein flatternder Punkt bloß, der sich ab und zu Richtung Erde fallen ließ.

Marlies legte die Hände wieder aufs Lenkrad. Wie kräftig die in den letzten Jahren geworden waren. Es fiel ihr jetzt zum ersten Mal auf. Ob man damit irgendwann mal wieder im Modehaus?

Marlies drehte. Die letzte Reihe, dann war der Wagen leer.

Sie fuhren nach Hause auf den Hof. Das Kind protestierte, als Marlies es vom Traktor hob. Noch mal Mist, rief es. Marlies warf es in die Luft, um es zum Lachen zu bringen.

Aussuchen können musste man es sich, das, was man werden wollte. Frei darüber entscheiden. Vielleicht doch lieber Ärztin? Oder was anderes, wofür man studieren muss? Hm? Was meinst du?, fragte Marlies Joanna und warf sie ein letztes Mal hoch. Dann setzte sie sie ab, nahm die kleine Hand, und nebeneinander gingen sie zum Haus. Lisbeth wartete mit dem Abendessen.

Seit Joanna laufen konnte und Marlies den Traktor fuhr,

war die Beziehung zu Lisbeth entspannter geworden. Marlies putzte die Fenster mit Zeitung, faltete die Wäsche wie Lisbeth es vorgab und dachte, ist doch egal.

Lisbeth saß hinten auf dem Wagen, auf dem Stapel mit den Säcken, die Arme rechts und links auf die Seitenbretter des Wagens gelegt, um Halt zu haben. Auf den holprigen Feldwegen schaukelte es trotzdem mächtig. Ab und zu griff sie nach Karls Arm oder auch nach Alfreds.

Den Traktor fuhr Marlies, Konrad saß links von ihr, auf dem Sitz über dem Hinterrad. Auf der rechten Seite saß Joanna mit aufregungsroten Wangen. Schon lange konnte sie sich selbst festhalten. Traktorfahren war ihr Liebstes.

Deutz war eins der ersten schwierigeren Wörter gewesen, die sie sagen konnte. Der kleine Deutz, wie alle sagten, war praktisch Marlies' Traktor geworden. Die Männer nahmen meistens den großen.

Marlies hatte Joanna überall mit hin genommen. Zum Heuwenden, zur Heuernte, zum Pflügen. Immer hatte Joanna neben ihr gesessen, so wie heute. Lisbeth sah es gern. Sollte schließlich eine Bäuerin aus ihr werden.

Sie waren auf dem Weg, die späten Äpfel zu ernten. Die Leute, an denen sie unterwegs vorbeifuhren, riefen meist irgendwas, was man aber hier oben auf dem Wagen gar nicht verstehen konnte. Der Motor des Traktors lärmte, der Wagen rumpelte, die Leitern, die hinten weit über den Wagen hinausragten, klapperten. Es konnte von »schönes Wetter heute« bis »na, die ganze Familie unterwegs« alles heißen.

Lisbeth winkte zurück und rief »ja, ja, wirklich schön« oder auch »wir wollen Äpfel ernten«. Aber die anderen verstanden es ja auch nicht.

Die Männer nickten, Karl und Alfred zogen auch noch die Kappen, Marlies war zu beschäftigt, um jemanden zu beachten. Vielleicht tat sie aber auch nur so, weil es ihr recht war, niemanden zu beachten. Sie interessierte sich nicht halb so sehr für die Nachbarschaft, für alles, was in Hausen so vor sich ging, wie Lisbeth.

»Nicht so schnell«, rief Lisbeth als Marlies schwungvoll um eine Kurve fuhr. »Der Wagen bricht ja fast.« Aber Marlies reagierte nicht, vielleicht hatte sie auch nichts gehört.

Ob sie das nicht besser könnte? Wenn sie es könnte?, überlegte Lisbeth. Das große Lenkrad drehen. Diese Pedale im richtigen Moment treten. Den Schaltknüppel bewegen. Sie hatte oft genug neben Karl gesessen. Da wo Konrad jetzt saß. Oder auf der anderen Seite, auf Joannas Platz. Bloß hatte sie sich früher überhaupt nicht dafür interessiert.

Erst seit Marlies den Traktor fuhr, also seit ungefähr zwei Jahren, beobachtete sie öfter, was Karl machte. Wann trat er welches Pedal? In welche Richtung bewegte er den Schaltknüppel? Doch immer, wenn sie glaubte, sie hätte es verstanden, machte er plötzlich ganz was anderes. Es schien kompliziert zu sein. Und in ihrem Alter nicht mehr zu lernen. Oder? Sie sah auf Marlies' Rücken. Heute war so ein Tag, an dem sie es mal wieder gerne probiert hätte.

Die Obstbaumwiese lag hoch über Hausen. Von hier oben konnte man weit gucken. Das Laub begann, sich zu färben. Die Wiesen waren noch grün. Manche Felder waren gerade gepflügt worden. Sattbraun lagen sie da und rochen nach frisch umgebrochener Erde. Lisbeth hob die Nase und atmete tief ein.

Ach, und wenn sie schon mal zusammen hier oben waren, könnte Joanna doch. Im Kindergarten lernten sie das bestimmt nicht. Lisbeth sah sich nach ihr um. »Komm mal her.« Sie beugte sich zu dem Kind, deutete mit ausgestrecktem Arm auf die umliegenden Dörfer und fing an, die Namen aufzusagen. Aber Joanna lief nach kurzer Zeit zu den Männern, die hohe Leitern in die Apfelbäume stellten.

Lisbeth und Marlies nahmen ihnen die Pflücktaschen ab und leerten sie vorsichtig in die Körbe. Joanna fing irgendwann an zu quengeln, ihr sei langweilig. »Aber guck doch mal die schönen Äpfel«, sagte Lisbeth, »hier, die kleinen feuerroten, das ist der Holsteiner Cox. Und der mit der rauen grünen Schale der Boskoop.« Doch da entdeckte Joanna die Schafe, die hier weideten und von Weitem neugierig guckten. Sie lief zu ihnen hin und fütterte sie mit den Äpfeln. »Aber doch nicht die Guten«, rief Lisbeth ihr hinterher. »Nimm die Runtergefallenen!« Sie las für Joanna ein paar vom Boden auf. »Und nicht zu viele. Sonst kriegen sie Bauchweh.«

Bevor sie alle wieder auf den Traktor und den Wagen stiegen, schnitt Karl noch ein paar Wildtriebe ab, die Lisbeth entdeckt hatte. Dünne Ästchen, die mitten aus dem Stamm herauswuchsen. Entfernte man sie nicht, ließ man sie wachsen, konnten sie den Baum mit der Zeit sogar zum Absterben bringen.

Es dämmerte schon. Alle waren müde. Joanna wollte nicht mehr vorne sitzen, sondern legte sich hinten auf den Wagen zwischen die Apfelkörbe und schlief auf dem Nachhauseweg ein.

Stattdessen saß Lisbeth vorn rechts neben Marlies und beobachtete genau, was deren Hände und Füße taten.

Die Äpfel wurden Stück für Stück im Keller ausgelegt. Auf dem gestampften Lehmboden würde sich der Boskoop bis weit ins neue Jahr hinein halten.

Nach den Äpfeln wurden die Kartoffeln geerntet.

Sie kamen in den Keller, der dem mit den Äpfeln gegenüberlag und würden sich noch weit länger halten als der Boskoop. Bloß mussten irgendwann im Frühjahr die Keime abgebrochen werden. Und schrumpelig würden sie dann. Die Letzten, die kaum noch zu schälen sein würden, bekämen die Schweine, die bis dahin aus den beiden Ferkeln geworden wären.

Die andere Betthälfte war schon leer. Marlies hatte Konrads Wecker nicht gehört, dafür das durchdringende Quieken des Schweins. Sie sprang aus dem Bett und schob die Gardine zur Seite. Der ganze Hof lag noch im Dunkeln. Bloß vor den Ställen war es hell. Eine grelle Lichtinsel, die die Finsternis rundum noch schwärzte. Das Schwein wurde gerade aus der Stalltür gezogen und wehrte sich dagegen.

Marlies dachte an ihren ersten Rehbock und wie still es gewesen war bis zum Schuss. Dafür war der Bolzenschuss des Metzgers bloß ein leises Plopp. Das Quieken hörte augenblicklich auf. Marlies sah, wie der Metzger dem Schwein die Kehle durchschnitt und das herausschießende Blut geschickt in einer Schüssel auffing. Karl stand mit hochgekrempelten Ärmeln und einem Eimer daneben. Mit dem bloßen Arm würde er es rühren, damit es nicht gerann.

Schlachtfest bei Bethches. Marlies ging ins Bad, Zähne putzen.

Warum es Schlachtfest hieß, hatte sie als Kind besser verstanden als heute, wo es bloß zwei Tage harte Arbeit bedeutete. Sie und ihre Brüder und Bärbel hatten es auf den umliegenden Höfen miterlebt. Dieses aufregende Treiben, an dem zwei Tage lang alle beteiligt waren. Sogar die Nachbarn.

Meist hing das Schwein schon auf der Leiter, in zwei Hälften geteilt, wenn sie sich an den Stallwänden entlanggedrückt hatten, um möglichst unauffällig näher zu kommen. Die Schultern schaudernd hochgezogen. Wegen des Tiers, das sie am Vortag noch im Stall beobachtet hatten. Wie es fraß und grunzte, wie es sich an der hölzernen Umrandung schubberte und sie aus seinen kleinen listigen Äuglein beobachtete. Mit einem Schauder also, aber gleichzeitig getrieben von unbändiger Neugier auf dieses tödliche Verwertungsgeschäft. Auf den Metzger mit seiner besudelten, weißen Gummischürze über dem dicken Bauch und seinen scharfen Messern, die er immerzu mit großer Geschicklichkeit wetzte. Wie eine Figur aus einer anderen Welt war er ihnen vorgekommen. Die nach dem Fest verschwinden würde, um erst im darauffolgenden Jahr wieder auf dem einen oder anderen Hof zu erscheinen. Wo er in der Zwischenzeit lebte, mochten sie sich gar nicht vorstellen. Erst recht nicht, was er dort tat. Dass er ein Dachdecker aus dem Nachbardorf war, der sich im Winter, wo es für ihn nicht viel zu tun gab, mit der Hausschlachterei etwas dazuverdiente, hatten sie erst viel später verstanden. Mit Enttäuschung, denn von da an blieb dieser Grusel aus, wenn sie ihn beobachteten.

Kamen sie dem Schwein oder dem Metzger zu nah, wurden sie umgehend verscheucht. Beim Schlachten musste sauber gearbeitet werden. Schmutzige Kinderhände waren nicht gern gesehen. Die Kinder waren erst zugelassen, wenn das Fleisch im Kessel kochte. Aber auch nur, um sich die mitgebrachten Kannen mit der Quellbrühe füllen zu lassen. Für zu Hause, für Suppe.

Joanna hatte gestern Abend nicht einschlafen können. Mindestens drei Mal war sie aufgestanden und hatte gefragt, ob schon Morgen sei. Es war nicht ihr erstes Schlachtfest, aber das erste, das sie bewusst erlebte.

Als Marlies in die Küche kam, war niemand da. Sie sah aus dem Fenster. Das Schwein lag bereits in einer Zinkwanne im dampfenden Wasser und der Metzger schabte ihm die Borsten ab. Konrad stand auf der anderen Seite der Wanne, dem Metzger gegenüber. In gleichmäßigem Rhythmus arbeiteten sie. Es wirkte beinahe wie ein Tanz, der ganzen Körpereinsatz erforderte. In der Nacht hatte es gefroren. Gutes Schlachtewetter.

Alfred brachte Holz für den Herd und sagte: »Leg gleich was auf. Das Feuer darf nicht ausgehen.« Auch Lisbeth würde Marlies den Rest des Tages kommandieren.

Marlies schnitt Speckwürfel. Sie dreht Berge von Fleisch durch den Wolf, schob Koteletts, Schnitzel und Bratenstücke in Gefrierbeutel und brachte den Männern Schnaps. Den ersten, als das Schwein ausgenommen und in zwei Hälften geteilt an der Leiter vorm Scheunentor hing. Den zweiten, als der Beschauer seine Stempel auf das tote Fleisch gedrückt hatte und mit einem Schnaps verabschiedet wurde.

Das Kommandiertwerden nahm Marlies heute stoisch hin. Schlachten war eine große Sache und ein Fehler konnte fatale Auswirkungen haben. Lisbeth wusste jeden Handgriff.

Auch Joanna wurde herumgescheucht. Aber bloß, weil sie überall im Weg stand. Irgendwann weinte sie mal. Marlies nahm sie auf den Schoß und strich ihr übers Haar. Aber ein paar Minuten später waren die Tränen schon wieder vergessen, weil sie die immer länger werdende Wurst entdeckte, die aus der Tülle der Stopfmaschine des Metzgers kam. Aufgeregt rupfte sie an Marlies' Jackenärmel herum, schrie: »Guck mal, eine Wurstschlange!«, und sprang von Marlies' Schoß.

Mittags schälte Marlies mit Alfred einen Berg Kartoffeln. Dazu gab es Sauerkraut, frische Bratwurst und etwas vom ersten gekochten Fleisch aus dem Kessel, dessen Großteil später für die Blut- und die Leberwürste verwendet werden würde. Die mussten dann fast zwei Stunden in der Fleischbrühe kochen und dabei immer wieder untergetaucht und ab und zu angestochen werden, damit sie nicht platzten. Dieses geduldige Neben-dem-Kessel-stehen-und-die-Wurst-nicht-aus-den-Augen-lassen würde Alfred besorgen. Nach dem Mittagessen gab es wieder Schnaps für die Männer. Marlies trank mit.

Am späten Nachmittag kamen die Nachbarskinder, um Brühe zu holen, und die Nachbarsmänner, um auf das tote Schwein anzustoßen.

Der Hund gauzte den ganzen Tag und riss an seiner Kette. Er war es nicht gewohnt, angebunden zu sein. Aber auch das viele rohe Fleisch ließ ihn fast durchdrehen. Als alle genug vom Gebell hatten, wurde er in den Keller gesperrt, wo er weiter gauzte, man es aber nicht mehr so hörte.

Spätabends reinigten Lisbeth und Marlies die Küche und auch die Schlachtküche mit Strömen von kochend heißem Wasser. Joanna lag längst im Bett und war heute augenblicklich eingeschlafen. »Das Schwein tut mir leid, Mama«, hatte sie noch gemurmelt. Marlies hatte lächeln müssen. »Aber die Bratwurst hat geschmeckt, ja?«

Der Geruch von rohem, von gewürztem und von gekochtem Fleisch würde noch tagelang im Haus und in der Nase bleiben. Der Geruch des Räucherofens würde in den nächsten Tagen dazukommen. Die fertigen Würste würden in der Kammer hinter der Küche aufgehängt werden. Säuberlich aufgereiht auf runde Holzstäbe, die auf die Lehnen ausrangierter Stühle gelegt worden waren.

Als auch Lisbeth endlich schlafen gegangen war, saß Marlies noch einen Moment ganz allein in der Küche. Sie goss sich noch einen Schnaps ein und dachte wieder an ihren ersten Rehbock. Wie lange war sie schon nicht mehr jagen gewesen. Und noch nie hatte sie eins der geschossenen Tiere selbst zerlegt. Zur Verwertung hatte sie sie Stefan überlassen, in dessen Revier sie jagen durfte. Er brachte dafür Rehwurst oder Schinken vorbei, wenn sie fertig waren.

Sie sehnte sich plötzlich nach einer Nacht oder einem frühen Morgen auf dem Ansitz. Wenn Joanna noch ein bisschen älter war. Und nach dem Schlachtfest konnte sie es sich auf einmal vorstellen, das mit dem Aufbrechen und Zerlegen selbst zu machen. Es nicht den Männern zu überlassen. Auch heute war das Schlachten im Grunde Männerarbeit gewesen, Sie hatte den ganzen Tag gehört: Hol dies. Bring das. Aus dem Weg. Wo bleibt denn die Wurstkordel, der Knoblauch, der Majoran. Dafür abends ein: »Du hast dich wacker geschlagen« von Konrad.

Sie hob ihr Glas: »Prost, Marlies! Glückwunsch zur belobigten Schlachtgehilfin!«, und kippte den Inhalt mit in den Nacken gelegtem Kopf hinunter.

Als sich die Küchentür einen Spaltbreit öffnete und gleich darauf das zart patschende Geräusch kleiner nackter Füße auf den Dielen zu hören war, sah Lisbeth von der Zeitung auf. Es war ganz früh, draußen noch stockfinster. Dass Joanna im Schlafanzug mit ihrem Plüschhund unterm Arm allein in der Küche auftauchte, kam selten vor. Aber immer mal wieder. Dann freute Lisbeth sich. Eine Stunde Joanna ganz für sich allein. Es lief immer gleich ab.

Lisbeth beobachtete, wie Joanna auf den Stuhl zu ihrer linken Seite kletterte, den Plüschhund auf den Nachbarstuhl schob, ihre verschränkten Arme auf den Tisch und den Kopf darauflegte und ein paarmal ausgiebig gähnte. Lisbeth schob die Zeitung zur Seite, legte Joanna die Hand auf den Kopf und wuschelte ihr eine Weile sanft durch die dunklen Locken. Auf dem Herd summte der Wasserkessel. Die alte Wanduhr über der Tür tickte. Es schien fast, als schliefe Joanna wieder ein.

Irgendwann fiel Lisbeth ein, dass das Kind bloße Füße hatte. Eilig stand sie auf, holte selbst gestrickte Socken, auch eine Jacke und legte im Herd ein Stück Holz nach. Dann setzte sie sich wieder, bewachte weiter ihr Enkelkind, das wieder döste, und wartete. Darauf, dass Joanna den Kopf heben und ganz plötzlich hellwach sein würde, losplapperte, als hätte man einen Knopf gedrückt. Geschichten erzählte aus den Büchern, die Marlies ihr vorlas und die aus Joannas Mund klangen, als hätten sie sich wirklich ereignet. Oder was sie geträumt hatte. Oder von den Kühen, den Schafen, den Hühnern und dem Traktor.

Heute hob sie den Kopf und fragte nach dem Schwein. Das Thema ließ sie nicht los. Wie aus einem Tier, das sie noch vor ein paar Tagen im Stall besucht hatte, die Wurst werden konnte, die inzwischen geräuchert in Kringeln in der Kammer hing, wollte ihr nicht so recht in den Kopf. Obwohl sie den ganzen Tag dabei gewesen war.

»Nachher gehen wir zu den Ferkeln«, sagte Lisbeth und Joanna war augenblicklich abgelenkt. Die zwei kleinen Schweine, längst vor dem Fest in die Nachbarbox des Schlachtschweins eingezogen, waren zurzeit ihre Lieblingstiere. Dass das große Schwein nicht mehr da war, hatte die Liebe noch gesteigert. Sie brachte ihnen die Kartoffeln, die beim Mittagessen übrig blieben. Sie rupfte Gras, wo immer sie einen Halm fand. Sogar von ihren Frühstücksflocken hatte sie ihnen schon bringen wollen, was ihr von den Erwachsenen aber schnell ausgeredet worden war.

»Oh je«, sagte Marlies öfter, »ich glaube, das wird schlimm nächstes Jahr.«

»Ach Quatsch«, sagte Lisbeth. »Bis dahin begreift sie es viel besser.«

Lisbeth hatte Joanna beim Schlachtfest beobachtet. Wie unerschrocken sie dem Metzger zugesehen, sogar den rohen Wurstteig probiert hatte. Es hatte Lisbeth gefallen. Ein Bauernkind. Keine Zimperliese.

Aber auch Marlies war nicht zimperlich gewesen, hatte fest mit angepackt, sich was sagen lassen. Ohne Murren. Ein bisschen viel Schnaps hatte sie vielleicht mit den Männern getrunken. Lisbeth vertrug nichts. Probierte es erst gar nicht mit dem Schnaps.

Joanna zupfte Lisbeth am Ärmel. »Ich hab Hunger.« Lisbeth sah nach der Uhr. Der Tisch musste sowieso gedeckt werden. Damit gefrühstückt werden konnte, wenn Konrad aus dem Stall kam, wenn Karl und Alfred auftauchten, wenn die Küche sich nach und nach mit Leben füllte.

Bevor sie aufstand, strich sie Joanna noch einmal über den Kopf. In Kürze würde sie in den Kindergarten kommen. Wo war die Zeit hin. Mit vorfreudigem Herzklopfen dachte Lisbeth an das Päckchen ganz unten in ihrem Schlafzimmerschrank, Joannas Freudenschrei schon im Ohr. »Biene Maja!« Biene Maja kam gleich nach den Ferkeln, auch wenn sie bloß eine Figur war, die über den Fernsehbildschirm flimmerte.

Mit schnellen Schritten, fast stampfend, lief Marlies mit Joanna an der Hand aus dem Hoftor und den Bürgersteig entlang. Joanna rannte stolpernd, das Täschchen um ihren Hals hielt sie krampfhaft fest. »Warum bist du böse auf Oma?«, fragte sie atemlos.

»Ich bin nicht böse«, sagte Marlies, aber ihr Ton strafte sie Lügen. Joanna sah zu ihr auf und fragte nicht weiter. Die Kinderhand fester umklammernd, beschleunigte Marlies ihren Schritt noch.

Nicht zum ersten Mal stellte Joanna diese Frage. Jedes Mal

erlebte Marlies sie wie einen Tadel. Für Joanna war Lisbeth eines der besten Wesen auf der ganzen Welt. Die Oma, die das Lieblingsessen kochte, die immer etwas Süßes in der Schürzentasche hatte, mit der man in den Garten ging und sich mit Erdbeeren vollstopfte. Oder süßen Erbsen, die man aus den Schoten pulte. Oder später mit Himbeeren.

Wie erklärte man einem kleinen Kind, dass man sich als erwachsene Frau, längst Mutter, so ohnmächtig fühlte? Gegenüber dieser alten, kleinen Frau mit Dutt auf dem Kopf und weiten Röcken? Die alles gut meinte? Sodass man manchmal gar nicht wusste, wogegen man sich eigentlich wehren wollte? Bloß dass man sich gern wehren würde?

Vollkommen außer Atem kamen sie beim Kindergarten an. Marlies gab Joanna an der Tür ab, wollte sie eigentlich in den Arm genommen und ihr einen schönen ersten Kindergartentag gewünscht haben, aber sie hatte keine Worte und ihr war auch nicht nach Umarmung. Sie strich Joanna bloß über die Wange. »Bis nachher.«

Auf dem Rückweg war ihr zum Heulen. So hatte sie auch Joanna alles verdorben und die Freude an dem Täschchen kaputt gemacht.

»Biene Maja«, hatte Joanna gejubelt und das orangefarbene Täschchen, dessen Klappe ganz von dem Maja-Bild eingenommen war, an sich gedrückt. Lisbeth hatte zufrieden gelächelt, Marlies das Täschchen, das sie in der Hand hatte und gerade ein Brot und einen Apfel hineintun wollte, fallen lassen.

»Was ist das?«, hatte sie gefragt und sich beherrschen müssen, die Worte nicht herauszuschreien.

»Hat Bachkriemers Lieselotte für mich bestellt!«, verkündete Lisbeth. Fast triumphierend. Dabei beobachtete sie Joanna, die Alfred, der gerade zur Küche hereinkam, ihr Täschchen hinhielt und wieder »Biene Maja!« rief. Sogar dem Hund hielt sie es vor die Nase.

»Warum hast du das gemacht?«, fragte Marlies und sah ebenfalls zu Alfred und dem Kind. Wenn sie Lisbeth ansähe, war ihr Gefühl, müsse die von ihrem Blick tot umfallen.

Sie habe dem Kind eine Freude machen wollen, sagte Lisbeth.

Warum sie sich dafür nichts anderes überlegt hätte, fragte Marlies.

Wie hätte sie wissen können, dass Marlies schon eine.

Das hätte sie sich ja wohl denken können, wenn Joanna am nächsten Tag in den Kindergarten.

Sie solle sich nicht so haben. Das Kind freue sich immerhin.

Darum ginge es nicht.

Um was ginge es denn dann?

»Ich glaube, ich bringe sie um«, sagte Marlies zu Bärbel und umklammerte ihre Kaffeetasse so, dass die Knöchel weiß wurden. Statt nach Hause war sie zu ihrer Freundin gelaufen.

»Doch nicht wegen eines Kindergartentäschchens«, sagte Bärbel lachend.

»Es ist ja nicht wegen dem Täschchen.«

Zum Muttertag bekam Marlies nun jährlich ein gebasteltes Geschenk. Im ersten Kindergartenjahr ein Herz aus dicker Pappe, von den Kindergärtnerinnen ausgeschnitten, von

Joanna mit dicken Buntstiften wild bekritzelt. Im zweiten ein Herz aus bunten Plastikperlen, mit einem Bügeleisen zusammengeschmolzen. Joanna verriet es Marlies schon vorher, weil sie ganz aufgeregt war wegen des Bügeleisens, das sie selbst hatte benutzen dürfen. Im dritten Jahr, als die Feinmotorik der Kinder schon geschult war, gab es ein Mobile aus Herzen. Selbst ausgeschnitten, selbst bemalt und selbst an den feinen Metallbügeln befestigt. Immer waren es Herzen. Und Marlies war jedes Jahr aufs Neue gerührt. Auch wenn sie dem Muttertag zwiespältig gegenüberstand. Weil er sich wie eine Forderung anfühlte.

Konrad jedenfalls bekam zum Vatertag kein Geschenk. Es gab ja nicht mal einen echten Vatertag. Stattdessen Himmelfahrt, eigentlich ein ganz anderer Feiertag, den die Männer aber nutzten, um mit ihren Kumpels zu verschwinden. Auch Konrad mit seinen Freunden vom Schützenverein, der Freiwilligen Feuerwehr und vom Fußballclub. Die Mitgliedschaften überschnitten sich bei den Männern wie auch bei Konrad vielfältig. Nach einem familienfreien Tag kamen sie abends betrunken nach Hause.

Marlies wusste, in den Augen ihrer Umgebung wurde es Zeit für das nächste Kind. Lisbeth fing wieder an, am Esstisch ihre Verkündigungen zu machen. Bei Nettejosts ist das zweite unterwegs. Bei Schlossers ist das zweite angekommen. Bei Michels das dritte.

Doch Doktor Nau verschrieb ihr längst wieder die Pille. Bei jedem neuen Rezept fragte er allerdings, ob es nicht Zeit für das zweite sei. Was geht dich das an, dachte Marlies dann. Und wer hütet eigentlich deine Kinder, während du hier in der Praxis die Frauen vom Kinderkriegen überzeugst? Wann hast du Feierabend? Sind deine Kinder dann schon im Bett? Und du gibst ihnen, wenn sie gewaschen und satt in ihren Bettchen liegen, noch eben einen Gutenachtkuss? Bevor du zum Ärztestammtisch oder mit Freunden auf ein Bier oder auf was auch immer gehst? Dabei lächelte Marlies Doktor Nau nett an. Aber wenn sie die Praxis durch das Wartezimmer voller Frauen mit dicken Bäuchen wieder verließ, kam sie sich unnatürlich vor. Gab es natürliche und unnatürliche Frauen? Vielleicht fehlte ihr etwas? Ein Hormon? Ein Gen? Das Kinderkriegenwollen-Gen? Das Gernehausfrausein-Gen?

Ist es in Ordnung, nur ein Kind zu wollen?, hatte sie Bärbel schon ein paarmal gefragt. Natürlich, hatte die gesagt. Aber war sie überhaupt die Richtige, um sie so was zu fragen? Bärbel dachte über ein viertes nach. Vielleicht doch endlich ein Mädchen?

Die Mutter hatte »wie viel will Konrad denn?« gefragt, und ihrem Ton war anzuhören gewesen, dass das ausschlaggebend war.

»Wie viel würdest du eigentlich wollen?«, hatte sie Konrad noch am selben Abend gefragt, während sie sich zum Wasserhahn gebeugt hatte, um die kleine Tablette herunterzuschlucken. Mit verschränkten Armen hatte er an der Badezimmertür gelehnt und ihr zugeguckt, eine steile Falte zwischen den Augenbrauen.

»Sieben«, hatte er gesagt, dabei die Arme heruntergenommen. Und scherzhaft hinzugefügt: »Ich würde mich aber auf fünf runterhandeln lassen.«

Marlies, schon ganz dünnhäutig von diesem Thema, war nicht nach Ulken gewesen. Sie war regelrecht über ihn hergefallen. Du hast doch gar keine Zeit! An deinem Leben ändert sich nichts! Egal, wie viel Kinder! Du machst deine Arbeit! Du machst den Hof! Und der Hof ist das, was dich zufrieden macht! Wer fragt eigentlich, was mich zufrieden macht?

Dann war sie in Tränen ausgebrochen. Konrad hatte einen Augenblick erschrocken dagestanden. Als er sie in den Arm nehmen wollte, hatte sie ihn weggestoßen. Die Nacht hatte sie in dem Wohnzimmer, das immer noch keins war, verbracht. Auf Konrads altem Jugendbett. Sie konnte nicht schlafen, weil ihr Ausbruch sie selbst überrascht hatte. Und weil sie sich Konrad gegenüber plötzlich ungerecht fand. Er hatte ihre Verzweiflung abgekriegt, für die er nur zu einem Teil verantwortlich war. Als es schon dämmrig wurde, war sie zurück ins Schlafzimmer geschlichen und hatte sich unter Konrads Decke geschoben. Im dem Augenblick hatte sein Wecker geklingelt. Der Stall wartete.

Bei den Mahlzeiten zählte Lisbeth wieder öfter auf, wo in der Nachbarschaft Kinder unterwegs waren, und beobachtete Marlies dabei. Versuchte ihren Gesichtsausdruck zu deuten, eine Sehnsucht darin zu entdecken. Die Sehnsucht, die sie selbst ein Leben lang gehabt hatte. Auch nachdem Konrad da gewesen war. Hatte man nicht schon gehört, dass nach einem angenommenen Kind plötzlich doch noch eigene kamen? Das gab es. Lisbeth hatte es geglaubt. Und weiter gewartet. Vergeblich.

Marlies' Gesicht verschloss sich, wenn die Rede auf Kinder kam. Wurde abweisend.

»Ich glaub, es kommen keine mehr«, sagte Lisbeth zu Karl.

»Ach, wart mal ab«, sagte Karl. Er war immer optimistisch gewesen. Zwar nicht, was sie beide betraf. Da hatte er immer wieder »hör auf, dich zu quälen« gesagt. Wir haben eins. Es ist doch alles gut. Wir kriegen einen Haufen Enkelkinder, wirst sehen. Ob er damals selbst daran geglaubt hatte oder Lisbeth nur trösten wollte, sie hatte es nicht gewusst. Aber es hatte ihr geholfen. Darauf zu hoffen, dass es mit Konrad weitergehen würde. Dass noch alles möglich war. In der nächsten Generation.

Was waren das nur für junge Frauen heutzutage? Man sah es auch im Fernsehen. Frauen, die Kinder trugen, sie aber nicht bekommen wollten. Und das auf den Straßen herauschrien. Lisbeth graute vor ihnen. Es war nicht nur eine Sünde. Die wussten nicht, was für ein Glück sie hatten, ein Kind bekommen zu können.

Als Joanna sie einmal auf dem Nachhauseweg fragte, wie man Geschwister bekomme, ihr Kindergartenfreund Micha bekomme eins, erinnerte Lisbeth sich an etwas, das ihre eigene Großmutter mit ihr gespielt hatte.

Als Lisbeth das nächste Mal zusammen mit Joanna zu Bachkriemers einkaufen ging, packte sie eine Packung Würfelzucker ein.

»Wofür ist das, Oma?«, fragte Joanna, als sie es neben Lieselottes Kasse legte.

»Erklär ich dir zu Hause«, sagte Lisbeth, strich Joanna über den Kopf und lächelte geheimnisvoll.

Bachkriemers Lieselotte guckte zwischen ihnen beiden hin und her, sagte »Ah!« und lächelte wissend.

Wenn sie nun vom Kindergarten nach Hause liefen, zog Joanna so an ihrer Hand, dass Lisbeth kaum mitkam. »Schnell Oma«, rief sie. »Wir müssen doch nachgucken.«

Schon am Hoftor riss sie sich los, stürmte zur Tür und rannte die Treppe hoch in ihr Kinderzimmer. In den ersten Tagen war sie ganz schnell wieder heruntergekommen und hatte Lisbeth verzagt angesehen. »Er liegt noch da.«

»Du musst ihm Zeit geben«, hatte Lisbeth dann gesagt. »Er muss ihn doch erst mal finden.«

Wenn du dir noch ein Geschwisterchen wünschst, musst du Zucker auf deine Fensterbank legen, hatte Lisbeths Großmutter ihr erklärt, als sie klein gewesen war. Wenn der Storch ihn holt, bringt er dafür noch ein Baby. Genau konnte Lisbeth sich an ihr Gefühl erinnern, das sie gehabt hatte, während sie der Großmutter mit großen Augen zuhörte. Es war gewesen, als hätte die Großmutter sie durch das Schlüsselloch der Tür zu einer zauberischen Welt sehen lassen. Ähnlich dem Gefühl, wenn man am Heiligen Abend heimlich ins Weihnachtszimmer linste, wo all die Wunder vorbereitet wurden. Mit dem Zucker auf der Fensterbank sollte sie selbst ein Wunder bewirken.

Eine ganze Weile hatte sie warten müssen. Und eines Tages war er weg gewesen. Und dann noch mal und noch mal. Sie hatte gejubelt. Und alle hatten ihr anerkennend zugelächelt. Ihr war gewesen, als hätte sie eine Heldentat vollbracht. Doch dann hatte die Großmutter ihr immer wieder erklären müssen, dass der Storch zwar nun wusste, dass sie sich ein Geschwisterchen wünschte, aber sie ihm auch Zeit geben müsse, das passende zu finden. Der Storch hätte sehr viel zu tun. Das hatte das Kind Lisbeth verstanden. Es hatte sich geduldet, war aber auch nicht überrascht, als eines Tages die kleine Schwester da war.

Doch nun, bei dem Spiel mit Joanna, merkte Lisbeth zu spät, was sie da angefangen hatte. Als sie Joannas Kinderzimmerfenster öffnete, um den Zucker wegzunehmen, damit das Kind nun glauben sollte, der Storch hätte ihn gefunden, wurde es ihr schlagartig klar. Die Großmutter konnte mit diesem Wünschespiel erst angefangen haben, als ihre Mutter bereits schwanger gewesen war.

Lisbeth fühlte in diesem Augenblick eine solche Schwäche in den Beinen, dass sie fürchtete umzukippen. Schnell ließ sie sich auf Joannas Bettkante fallen. Wie enttäuscht würde Joanna sein, wenn nicht wütend. Auf die Oma, die ihr Dinge erzählte, die erstunken und erlogen waren. Lisbeth stand auf, öffnete das Fenster und legte die Zuckerstücke wieder zurück.

Joannas Blicke empfand sie mehr und mehr wie früher die Augen des ganzen Hauses. Als alle vergeblich auf das Wunder warteten, dass Bethches Lisbeth schwanger wurde. Die Enttäuschung in Karls Augen. In denen des Vaters. Sogar manchmal in denen der Mutter, wenn sie aus ihren düsteren Umtrieben erwachte. Selbst das Gesinde, hatte Lisbeth manchmal gemeint, sah sie so an. Eine Versagerin. Eine, die die wichtigste Aufgabe einer Frau nicht erfüllte. Die vielen Augen mit diesem speziellen Blick hatten sie verfolgt bis in ihre Träume.

Und nun waren es Joannas Augen, die Lisbeth schlaflose Nächte bereiteten. Es hatte doch nur ein schönes Spiel sein sollen. Oder? Hatte sie nicht doch ein ganz kleines bisschen darauf gehofft, dass es wahr werden könnte? Ganz zufällig? Und dass sie dann dem Kind ein Wunder ermöglicht hätte, so wie sie es erlebt hatte? Dass Wünsche wahr werden konnten? Wenn man sich mit der List auskannte?

Aber weder bei ihr damals hatte es die richtige List gegeben, noch gab es jetzt eine. Sollte sie etwa zu Marlies gehen und ihr sagen, Joanna legt Zucker auf die Fensterbank, weil ich ihr gesagt habe, dann kommen Geschwister? Du musst schwanger werden? Wie stehe ich sonst vor dem Kind da?

Lisbeth musste Joanna erklären, dass das mit dem Zucker nicht immer klappte. Joanna erwies sich als sehr verständig. »Macht nichts, Oma«, sagte sie. »Sei nicht traurig.«

»Warum soll Oma nicht traurig sein?«, fragte Marlies, die gerade von der Arbeit kam.

»Nur so«, sagte Joanna.

Marlies schrieb mit einer Tülle eine große pinkfarbene Sechs auf den Zuckerguss der Torte. Dann steckte sie sechs winzige Halter rundherum und befestigte die kleinen Kerzen darin. Joanna war mit Lisbeth draußen auf dem Hof. Marlies hörte sie lachen und sah aus dem Fenster. Lisbeth deckte den langen Tisch, der draußen aufgebaut war. Joanna warf Luftschlangen darüber.

Sie war ein recht eigensinniges Kind geworden. Das heißt, jeder bei Bethches bezeichnete ihre Eigenschaften anders. Konrad sagte schon mal stur, wenn sie etwas partout nicht wollte. Aber wenn er das, was sie nicht wollte, gut fand, sah er sie wohlwollend an und sagte, Bauern sind von Natur aus dickköpfig.

Lisbeth nannte sie bockbeinig. Zum Beispiel, wenn sie der Meinung war, Joanna dürfe ohne Mütze nicht aus dem Haus, Joanna sich die aber noch auf dem Hof vom Kopf riss, damit Lisbeth es auch sehen konnte. Wenn Lisbeth bockbeinig sagte, klang es trotzdem meistens liebevoll. Sowieso war sie der Meinung, das werde sich im Lauf der Jahre auswachsen.

Karl sagte: Sind Mädchen nicht so?, und Alfred sagte meistens nichts dazu.

Marlies freute sich über jede Eigenwilligkeit von Joanna. Sie selbst war als Kind still gewesen. Still und brav. Joanna wusste, was sie wollte. Das war wichtig im Leben. Wissen, was man will, das konnte man gar nicht früh genug. Marlies meinte, sie habe es noch nie gewusst.

Als der Tisch fertig war, half Joanna Karl Luftballons aufblasen, die er dann am Treppengeländer festband. Alfred kam vorbei, blieb einen Moment stehen und fasste Joanna in die Locken. Joanna duckte sich unter seiner Hand weg. Viele Leute fassten ihr einfach in die Haare und sagten, was hast du bloß für hübsche Locken. Joanna duckte sich schon weg, wenn eine Hand sich ihrem Kopf bloß näherte. Viel später würde sie nicht die wuschelnden Hände, sondern ihre Locken verabscheuen. Es sieht so lieb aus. Lieb aussehen war da das Letzte, das sie wollte. Als sie nach Afrika ging, trug sie die Haare raspelkurz.

Marlies wendete sich vom Fenster ab und betrachtete noch einmal ihr Werk. Dann trug sie die Torte nach draußen.

Joanna klatschte in die Hände und rief: »Was soll ich mir denn beim Ausblasen wünschen?« Marlies fasste ihr auch in die Haare und dachte, wenn man nicht weiß, was man sich wünschen soll, ist man wohl wunschlos glücklich.

An ihrem Einschulungstag saß Joanna mit roten Wangen im kleinen Saal des Dorfgemeinschaftshauses. Gleich in der ersten Reihe, vorgebeugt, auf der Kante des Stuhls, weil sie den Ranzen nicht vom Rücken nehmen wollte. Einer von diesen Neuartigen aus Nylon, ganz leicht. Die waren gerade aufgekommen, statt der Ledertornister. Joanna hatte ihn sich aussuchen dürfen. Gelb mit einer feuerroten Reißverschlusstasche.

Am Morgen hatte Marlies einen Augenblick befürchtet, Lisbeth könnte auch einen gekauft haben. Aber die hatte ihre feine Tracht angezogen, saß bei der Feier neben Konrad und wirkte ein wenig eingeschüchtert.

Die Zweit- und Drittklässler sangen. Die Erstklässler wurden auf die Bühne gerufen und bekamen ihre Zuckertüten. Fast so groß wie die Kinder selbst. Joanna umfing ihre mit beiden Armen. Als alle Kinder von der neuen Lehrerin aus dem Saal geführt wurden, konnte sie deswegen Marlies, Konrad und Lisbeth nicht winken. Konrad fuhr sich mit dem Handrücken über die Augen. »Weinst du?«, fragte Marlies und schob ihre Hand in seine.

Als sie aus der Tür des Gemeinschaftshauses traten, waren die Kinder dabei, auf einen Leiterwagen zu klettern. Gezogen wurde er von Michels Traktor. Schon seit Jahren machte das der Franz. Er schmückte den Wagen mit Zweigen und bunten Papierbändern. Und jetzt nahm er jedes einzelne Kind an der Hand und half ihm hinauf. Im anderen Arm hielt er solange die Zuckertüte und reichte sie, wenn das Kind glücklich oben angekommen war, hinterher.

Joanna stand schon oben. Marlies versuchte ihren Blick zu erhaschen, aber sie war intensiv damit beschäftigt, die Zuckertüten der anderen Kinder zu studieren. Immer wieder ging ihr Blick dabei zu ihrer eigenen.

Franz ließ den Traktor an. Einen Moment standen die Kinder in einer Abgaswolke, aber daraus machte sich hier niemand etwas. Vorsichtig fuhr er an und zuckelte los. Ganz Hausen konnte so die Kleinen auf ihrer Fahrt in den neuen Lebensabschnitt erleben, den Ernst des Lebens, wie viele sagten. Die Kinder kicherten und waren ein wenig verlegen, vielleicht, weil sie die ehrfürchtige Stimmung der Erwachsenen spürten.

Marlies, Konrad und Lisbeth gingen, wie auch die anderen Eltern und Großeltern, dem Wagen hinterher. So konnten die Zuschauer gleich sehen, wessen Kinder in die Schule kamen, wenn ihnen die Kindergesichter nicht so geläufig waren. Ach, Bethches Kleine ist auch schon so weit.

»Ich hab die schönste«, sagte Joanna, als sie, wieder zu Hause, in die Küche lief und ungeduldig an dem Band zerrte, das die Zuckertüte verschloss. Dabei riss das Krepppapier und der Ball, der ganz oben auflag, damit die Tüte schön rund abschloss, hüpfte heraus. Der Hund sprang auf und rannte danach. Obwohl alle Erwachsenen gleichzeitig »Aus!« riefen, hatte er ihn zwischen den Zähnen. Konrad versuchte noch, ihm den Ball aus dem Maul zu zerren. Doch der Hund schüttelte knurrend den Kopf und biss umso fester zu. Mit einem Pffft ließ der Ball die Luft entweichen und war platt. Joanna brach in Tränen aus. Alfred, der zu Hause geblieben war und in der Küche auf alle gewartet hatte, strich ihr unbeholfen über die Wangen. Lisbeth wühlte in der Zuckertüte nach Schokolade. »Doch nicht vor dem Essen!«, rief Marlies. Aber da hatte Joanna schon einen Riegel im Mund und das Schluchzen ließ augenblicklich nach.

Als Joanna sich in den Schulalltag eingewöhnt hatte, ging Marlies wieder in die Modeabteilung. Längst brauchte sie dazu nicht mehr Konrads Unterschrift. Aber sie hatte ihn trotzdem gefragt.

Er hatte zugestimmt. Die Antwort war ihr ein wenig resigniert vorgekommen. Vielleicht hatte er das Gefühl, sie setze sich sowieso immer durch. Und das stimmte ja auch. Oder? Marlies hatte ein schlechtes Gewissen. In diesem Augenblick empfand sie sich als klägliche Ehefrau und, das wog fast noch schwerer, auch als klägliche Mutter.

Weil sie froh war, wieder ein paar Stunden vom Hof zu kommen. Weil sie mehr Selbstvertrauen daraus zog, andere Frauen dabei zu beraten, ob der knie- oder der wadenlange Rock vorteilhafter wäre, als aus dem Mutterdasein. Sie wusste nicht einmal, ob sie bis jetzt, ob sie in den vergangenen sechs Jahren eine gute Mutter gewesen war.

Jeden Entwicklungsschritt Joannas hatte sie auch als einen für sich empfunden. Als Joanna selbst den Löffel halten konnte, als sie laufen, als sie sprechen lernte.

Wenn Marlies vormittags nach Lahnfels zur Arbeit fuhr, sang sie auf dem Weg oft lauthals zur Musik aus dem Autoradio. Manchmal sang sie aber auch nicht, sondern dachte darüber nach, ob sie später, wenn Joanna noch ein paar Jahre älter sein würde, eine bessere Mutter wäre. Eine, mit der man über alles reden konnte. Weil man über ganz andere Dinge zu reden hätte, je älter Joanna würde. Wichtigere. Bedeutendere für Joannas Zukunft.

Bärbel gab den Gedanken an eine vierte Schwangerschaft auf. Ein Mädchen konnte ihr schließlich niemand garantieren.

Konrad kaufte weitere Kühe. Deutsche Holstein, die noch mehr Milch gaben. Statt Gras und Heu wurde mehr Kraftfutter verfüttert, weil die Kühe dann noch mehr Milch gaben.

Noch während Lisbeth spülte, holte Joanna die Hefte aus ihrem bunten Ranzen. Eigentlich sollte sie die Schularbeiten in ihrem Zimmer machen. In Ruhe, wie Marlies immer sagte. Aber Joanna machte sie gern am Küchentisch. Lisbeth mochte es, bemühte sich, leise dabei zu sein. Wenn die anderen redeten, legte sie den Finger auf den Mund. Pscht. Das Kind, und sie deutete auf Joanna, macht Schularbeiten.

Als sie klein gewesen war, hatte niemand für Ruhe gesorgt. Mitten im geschäftigen Hin und Her der Küche hatten sie und die Geschwister Hausaufgaben gemacht. Die Eltern hatten nicht einmal danach gesehen. Sie wussten, das besorgte schon der Lehrer. Da brauchten sie sich gar nicht einmischen. Die Aufgaben gut zu machen, sich zu konzentrieren, war schwer gewesen. Geholfen hatte die Angst vor dem Lehrer. Vor seinem Stock oder dem Lineal, das auf die Finger niederging. Oder auf den Po, wenn die Strafe härter sein musste.

Aufstehen, hinsetzen, guten Tag, Herr Lehrer, jawohl, Herr Lehrer, die Köpfe beugen, die Köpfe heben. Ein einziges Kommandiertwerden war die Schule gewesen. Lisbeth erinnerte sich nicht gern daran.

Heutzutage war das viel besser, hatten es die Kinder besser. Manchmal setzte sie sich neben Joanna und sah zu, wie sie die Buchstaben aneinanderhängte. Dabei erinnerte sie sich an die Schrift, die sie selbst noch gelernt hatte. Wo das s in der Wortmitte anders geschrieben wurde als das am Ende, wo das e dem n so ähnlich sah, und das i wie ein c aussah, bloß mit Punkt. »Lernt ihr auch Verse zu den Buchstaben?«, hatte sie Joanna gefragt. Und ihr den Spruch zum i aufgesagt, den man ihr beigebracht hatte. »Rauf, runter, rauf, Pünktchen obendrauf.« Rhythmisch, zackig hatte es geklungen.

Die Schrift, die Joanna schrieb, die alle schrieben, hatte Lisbeth erst viel später gelernt. Und kam sich bis heute unbeholfen dabei vor. Noch immer schlich sich ab und zu ein Buchstabe der alten Schrift in ein Wort. Und manchmal hielt sie mitten beim Schreiben eines Worts inne, weil ihr weder der alte noch der neue Buchstabe einfiel.

Wenn Joanna mal einen falschen Buchstaben schrieb, kam ihr Tintenkiller zum Einsatz. Flüchtigkeitsfehler, sagte sie dann. Guck, Oma, weg! Weggekillt! Stolz zeigte sie Lisbeth die leere Stelle auf dem Blatt Papier. Lisbeth hatte den Eindruck, sie schriebe manchmal absichtlich was Falsches, nur um dieses Wort und diesen Stift benutzen zu können.

Marlies schimpfte. Joanna solle langsam machen, nachdenken, nicht so vorschnell drauflosschreiben. Sie habe ja einen Tintenkiller-Verbrauch, der gehe auf keine Kuhhaut. Letztens hatte Lisbeth ihr einen von Bachkriemers mitgebracht. Musste Marlies nicht mitbekommen.

Lisbeth erinnerte sich an den Schwamm, der es einem Schulkind damals ebenfalls leicht gemacht hatte, Fehler zu entfernen. Nicht vom Papier, sondern von der Schiefertafel. Aber er war längst nicht so gezielt zu handhaben gewesen wie dieser Tintenkiller. Schnell hatte man aus Versehen das ganze Wort ausgewischt. Oder gleich einen ganzen Satz.

Überhaupt hatte der Schwamm dafür gesorgt, dass nichts von dem blieb, das man mit Anstrengung vollbracht hatte. Kein Buchstabe, der einem besonders gut gelungen war. Das V, das W oder das Y. So schwer waren die zu schreiben gewesen, mit ihren Schleifen zuerst in die eine und dann noch einen Schlenker in die andere Richtung. Mit ihren Windungen und Zacken. Lisbeth erinnerte sich, wie glücklich sie gewesen war, als sie ihr immer besser gerieten. Doch nichts von Dauer hatte man als Schulkind erzeugen können. Auch keine Rechenaufgabe, auf deren Lösung man besonders stolz gewesen war. Nichts, das man sich am nächsten Tag, oder in der darauffolgenden Woche, oder gar nach einem Jahr, noch einmal hätte angucken können. Immer musste alles für die nächste Aufgabe ausgewischt und ausgelöscht werden.

Vielleicht hatte das das Gefühl erzeugt, dass Schularbeit flüchtig war. Dass das, was wirklich wichtig war, was man im Leben brauchte, nicht in der Schule zu lernen war, sondern von Vater und Mutter und von der Natur.

Nie hatte Lisbeth die Köpfe von Vater oder Mutter oder von den Großeltern über einem Buch erlebt. Sowieso waren

Bibel und Gesangbuch die einzigen Bücher gewesen, die es im Haus gegeben hatte. Als der Lehrer ihr mal ein Buch geliehen und sie sich darin festgelesen hatte, wurde sie geschimpft. Ob sie nichts Besseres zu tun habe. Eine Zeitverschwendung sei das. Damals mussten die Hände tätig sein. Nicht der Kopf. Kopfmenschen waren der Pfarrer und der Lehrer. Bei Bethches hatte es diese Art Kopfmenschen nie gegeben. Die Studierten. Das war nicht vorgesehen. Und nie wäre jemand auf eine solche Idee gekommen.

Heute musste ein Bauer in gewisser Weise ein Kopfmensch sein. Nicht vorstellen können hätte man es sich zu der damaligen Zeit, dass ein Landwirt mal so viel schreiben und rechnen und lesen müsste, wie Konrad es heute tat. Während Lisbeth und Karl alles von ihren Eltern und die wiederum von deren Eltern gelernt hatten, hatte Konrad eine richtige Ausbildung gemacht. Eine Lehre. Zum Landwirt. So nannte man einen Bauern heutzutage. Und sogar noch seinen Meister hatte er draufgesetzt. Sein Meisterbrief hing in einem schönen Rahmen an der Wand in der Küche. Lisbeth erinnerte sich noch gut, wie er über seinen Büchern gesessen hatte. Und wie stolz, aber auch eingeschüchtert sie ihn beim Lernen beobachtet hatte. So viel Wissen in seinem Kopf, von dem sie gar keine Ahnung mehr hatte.

»Fertig.« Joanna schlug ihr Heft zu und riss Lisbeth aus ihren Gedanken.

»Gell, du machst auch mal deinen Meister«, sagte Lisbeth und sah Joanna zu, wie sie ihre Hefte zurück in den Ranzen schob. Für jedes Lernfach hatte sie eins. Jedes steckte in einem Umschlag in einer anderen Farbe. Und zu jedem Fach gab es auch mindestens ein Buch. Für die Schiefertafel und den Griffelkasten war nicht einmal eine Tasche nötig gewesen. Joanna schloss ihren Ranzen und trug ihn in den Flur zur Garderobe, wo sie ihn morgen früh wieder nehmen und aufsetzen würde. Eine Tasche voller Wissen, von Jahr zu Jahr würde es mehr werden. Nach und nach würde alles in ihren Kopf wandern.

»Was ist ein Meister?«, fragte Joanna, als sie zurückkam.

»Jemand, der ganz viel weiß«, sagte Lisbeth. »So wie dein Papa.«

»Weiß er mehr als du?«, fragte Joanna.

Lisbeth nickte.

»Warum?«

»Er ist ganz viel zur Schule gegangen.«

»Du nicht?«

Lisbeth schüttelte den Kopf.

»Wolltest du nicht?«

Lisbeth strich Joanna über den Kopf. »Ich gehe jetzt in den Garten. Kommst du mit?«

»Au ja«, rief Joanna. »Was machen wir?«

»Gucken, ob die Brombeeren schon reif sind.«

Marlies saß da, die Hände rechts und links neben dem Teller, auf dem ein Brot auf seinen Belag wartete. Sie musste etwas sagen. Aber der passende Moment dafür schien nicht zu kommen.

Joanna rief: »Wer stellt mir eine Malnehm-Aufgabe!«

Lisbeth stellte ihr prompt eine.

»Nicht mit achtzehn, Oma«, rief Joanna empört. »Das ist zu schwer.«

Konrad bat Marlies um die Butter, sah dabei aber Karl an,

mit dem er darüber sprach, wie lange die Kartoffeln noch in der Erde bleiben sollten und außerdem über irgendwas mit der Molkerei.

Alfred war dem Hund auf die Pfote getreten, der sich gauzend beschwerte.

Lisbeth stellte Joanna eine Aufgabe mit neun.

Marlies war von Frau Heinze zu einem Gespräch gebeten worden. »Ich brauche eine Vertreterin.« Aber die müsse mehr arbeiten als bloß halbtags.

Frau Heinze war Marlies' neue Chefin. Der alte Abteilungsleiter war in Rente. Seitdem wehte ein neuer Wind. Die älteren Kolleginnen beschwerten sich. Die fragt so viel. Das muss die doch selbst wissen.

Marlies mochte es, wenn Frau Heinze fragte. Was meinen Sie, wie viel von diesen Blusen bestellt werden sollten? Glauben Sie, die Neonfarben werden gut angenommen? Wenn Sie eine Idee für unsere Abteilung haben, kommen Sie einfach zu mir.

Marlies nannte eine Anzahl für die Blusenbestellung, sagte Ja auf die Frage zu den Neonfarben und Ideen hatte sie nicht bloß eine. Dieser Kleiderständer stünde hier besser, finde ich. Hier fehlt noch ein Spiegel. Wenn wir die Sachen mehr farblich sortieren würden? Früher hatte sie die alle für sich behalten, weil es niemanden interessiert hatte. Die neue Chefin sagte, das probieren wir. Es gab Lob, etwas, was der alte Abteilungsleiter für vollkommen überflüssig gehalten hatte. Sie haben ein gutes Auge. Die Kundinnen mögen Sie, das merkt man.

Marlies fühlte sich ganz neu. Morgens war sie beschwingt, mittags tat es ihr beinahe leid, wenn sie Feierabend hatte. Sie hatte sich zwei Paar Schuhe und ein neues Parfüm gekauft.

Konrad hatte geschnuppert, als sie es zum ersten Mal aufgesprüht hatte. Riecht gut. Sogar Alfred hatte die Nase gehoben, als sie Tschüss in die Küche gerufen hatte, und anerkennend genickt.

Die Chefin hatte sie zuletzt sogar mit nach Düsseldorf zur Messe genommen. Vollkommen erschöpft, aber glücklich wie ein kleines Kind, das zum ersten Mal einen großen Freizeitpark oder einen Erlebniszoo besuchen durfte, war Marlies abends nach Hause gekommen.

Dennoch hatte Marlies Frau Heinze zweifelnd angesehen, als die von der Vertreterin sprach. »Ich weiß nicht.«

»Ihr Mann?«

Marlies hatte den Kopf geschüttelt.

»Zu viel zu tun zu Hause?«

»Das ließe sich vielleicht organisieren«, sagte Marlies mit Zweifel in der Stimme.

»Überlegen Sie es sich«, sagte Frau Heinze.

Und seitdem überlegte Marlies. Die Gedanken drehten sich in ihrem Kopf wie ein Karussell. Sie zogen an ihr vorbei. Sie sah sie von vorn, von der Seite, von hinten. Sie verschwanden aus ihrem Blickfeld, nur um bei der nächsten Umdrehung wieder aufzutauchen.

Marlies überlegte, ob sie Lisbeth damit nicht endgültig das Feld überließe. Der Hof, ein Ort, wo ihre Meinung überhaupt nicht mehr gefragt wäre.

Und Konrad? Würde er wieder bloß resigniert gucken, aber nichts sagen? So was wie: Ich brauche dich doch hier? Wünschte sie sich das? Was würde sie machen, sollte er das sagen?

Und an Joanna musste sie denken. Bald kam sie in die

vierte Klasse. Die vierte Klasse war wichtig. Weil sie darüber entschied, wie es weiterging. Da musste man doch die Schulaufgaben überwachen, zusammen für Klassenarbeiten lernen. Oder?

Sie sprach mit Bärbel darüber. Bärbel sagte: »Ich wünschte, ich stände vor so einer Frage.« Dabei sah sie sich in ihrer Küche um. Betrachtete den klebrigen Tisch, die auf dem Boden verstreuten Spielsachen, das Spülbecken voller Geschirr. Der Mittlere und der Kleine stritten gerade um einen Plastikbagger. Der Kleine versuchte ihn festzuhalten, der Mittlere erwies sich natürlich als stärker, riss aber bei dem Kampf die Baggerschaufel ab. Beide brachen in lautes Geheul aus. Der Kleine, weil er keinen Bagger mehr hatte, der Mittlere, weil er zwar jetzt den Bagger hatte, aber der kaputt war. Zum ersten Mal hatte Marlies das Gefühl, Bärbels Antwort sei keine Koketterie. Sie schien erschöpft zu sein. In Bärbels Küche kam Marlies sich mit ihrem Problem töricht vor.

Lisbeth räumte bereits den Tisch ab. Marlies' Brot hatte noch immer keinen Belag. »Isst du noch?«, fragte Lisbeth und nahm den Teller vor der Antwort weg. Joanna tobte mit dem Hund zur Küchentür hinaus, Konrad und Karl gingen ihr hinterher, bloß langsamer. Alfred sah Marlies von der Seite an, ein paar Fragen in den Augen, die er aber nicht stellte. Vielleicht, weil er nicht wusste, ob er dazu berechtigt war.

Zwei Tage später ging Marlies zur Abteilungsleiterin und sagte: »Ich kann es nicht.«

»Schade«, sagte Frau Heinze und sah sie lange an. »Ich dachte, das wäre was für Sie.«

Marlies fragte sich, ob sie es irgendwann bereuen würde.

Alle gehen in die Realschule«, sagte Joanna und sah dabei zu Lisbeth, die ihr lächelnd zunickte, als könne sie das bestätigen. Regen prasselte an die Fensterscheiben. Ein kräftiger Aprilschauer ging nieder. Befriedigt sahen Karl und Konrad nach draußen. Gerade recht. Am Morgen hatten sie den Sommerweizen gesät.

Marlies kümmerte der Regen wenig. Mit zusammengezogenen Brauen sah sie zu Joanna. Fängt sie schon wieder an, dachte sie und sagte: »Das stimmt doch gar nicht.«

»Aber Franzi und Dani und Steffi und Micha!«, rief Joanna. Ihre Stimme klang wacklig. Sie schien mit den Tränen zu kämpfen. Alfred legte ihr tröstend die Hand auf die Schulter. Sie schüttelte sie ab.

»Daher weht der Wind«, sagte Marlies, als sei Joannas Entgegnung ganz neu. Dabei wusste sie schon lange, woher der Wind wehte. »Sag doch auch mal was«, sagte sie zu Konrad. Doch Konrad sagte, was er seit Wochen an dieser Stelle sagte: »Was hast du bloß gegen die Realschule.«

»Warum bloß hast du so wenig Ehrgeiz mit deiner Tochter«, antwortete sie und richtete ihre zusammengezogenen Brauen nun auf ihn.

Lisbeth, Karl und Alfred hörten auf zu essen und sahen zu Marlies und Konrad wie auf die Hauptdarsteller eines Theaterstücks, bei dem es in diesem Augenblick spannend wurde.

»Ich will doch einfach nur, dass es Joanna gut geht«, sagte Konrad.

Das wolle sie auch, sagte Marlies.

Warum sie dann versuche, Joanna etwas aufzuzwingen.

Sie zwinge nichts auf.

Doch. Bloß merke sie es nicht.

Es sei kein Zwang. Nur gebe es Entscheidungen im Leben eines Kindes, die es selbst nicht absehen könne.

Meistens mischte sich irgendwann Lisbeth ein. »Realschule ist doch was«, sagte sie. »Zumal für ein Mädchen.«

»Die Zeiten haben sich geändert«, fuhr sie Lisbeth an. »Auch für Mädchen.«

Aber das wisse sie doch, sagte Lisbeth. Und sie sei fürs Lernen. Ihr Blick ging zu Konrads Meisterbrief.

Warum sie dann glaube, dass Mädchen keine höhere Schulbildung bräuchten?, fragte Marlies mit schriller Stimme.

So habe Lisbeth das aber doch gar nicht gesagt, mischte Karl sich ein

Lisbeth schüttelte den Kopf über Marlies' Furor. Sie führe sich ja auf, als ginge es um Leben und Tod.

Ein neuer Schauer prasselte an die Fenster. Es hörte sich an, als ob jemand eine Handvoll kleiner Steinchen an die Scheiben werfen würde. Joanna hatte ihr weinerliches Gesicht aufgegeben und guckte aufmerksam zwischen Lisbeth und Marlies hin und her.

Seit Wochen zog sich das schon hin. Die Zeit fing an zu drängen. Die Entscheidung musste fallen. Marlies wollte, dass Joanna aufs Gymnasium ging. Joanna wollte nicht.

»Gymnasium«, hatte auch die Klassenlehrerin zu Konrad und Marlies beim letzten Elternabend gesagt. Auf dem Nachhauseweg hatte Marlies Konrads Arm gedrückt. Sie hätte den ganzen Weg hüpfen können wie ein kleines Kind. Gymnasium. Die unterste Sprosse einer Leiter besteigen.

Marlies hätte sie gern erklommen. Sie hatte kein Bild davon, wo sie heute wäre, wenn. Aber sie verband das verschwommene Bild einer ganz anderen Marlies damit. Einer mit mehr Selbstbewusstsein. So ein Selbstbewusstsein, wie manche dieser Kundinnen es hatten. Wie die sprachen. Welche Körperhaltung die hatten. Und eine Art, höflich Bitte zu sagen, mit einer Sicherheit, der man anmerkte, sie wussten, niemand würde sie ihnen verweigern. Und niemals hatten die eine Lisbeth, eine Schwiegermutter, deren sie sich ständig erwehren mussten.

»Gell, ich muss nicht aufs Gymnasium«, sagte Joanna zu Lisbeth, während sie ihr half, die Bestecke einzusammeln. Lisbeth strich Joanna über die Haare.

Nach den Sommerferien fuhr Joanna mit dem Bus nach Lahnfels zur Schule. Fast vier Wochen lang saß sie früh morgens mit verschlossenem Gesicht am Tisch und aß nichts. Marlies hatte ein schlechtes Gewissen, wenn sie Joanna hinterhersah, wie sie mit ihrer neuen Schultasche über den Hof schlich und sich dabei immer wieder umdrehte, als könne jemand kommen, der sie zurückholte. Das Schulbrot brachte sie wieder mit nach Hause.

»Ganz krank sieht sie schon aus«, sagte Lisbeth und guckte Joanna besorgt an, wenn sie mittags wiederkam. Konrad sah Marlies an und sein Blick sagte, wir hätten sie doch lieber nicht.

Nach fünf Wochen war die Brotdose mittags leer und es fielen zum ersten Mal ein paar Namen. Eine Steffi gab es offenbar in der neuen Klasse auch.

Marlies atmete auf. Sie wollte doch nur das Beste für Joanna.

Lisbeth saß am Küchentisch und fuhr mit der Rückseite eines Bleistifts zwischen den Zahlen hin und her, dabei bewegte sie lautlos die Lippen. Alfred saß daneben und beobachtete die Bewegungen des Stifts. »Alles in Ordnung?«, fragte er. »Sch«, machte Lisbeth. Ihr Bleistift hielt nur ganz kurz an, sie sah nicht auf.

Die Molkerei-Abrechnung erforderte ganze Konzentration. Sie fühlte sich verantwortlich. Und sie freute sich, dass Konrad das immer noch ihr überließ. Mach nur, sagte er. Ein bisschen weniger Schreibtischarbeit für mich.

Seit je holte die Lahnfelser Molkerei die Milch vom Bethches-Hof ab. Früher war ein Teil als Käse, als Dickmilch und als Molke zurückgekommen. Die Molke war an die Schweine verfüttert worden. Heute gab es nur noch Geld, der Bethches-Hof lieferte viel mehr Milch, und die Abrechnungen waren viel komplizierter.

Drei Preise standen darauf. Ein Grundpreis, ein Durchschnittspreis und der, den man ausgezahlt bekam. Im Frühjahr war es weniger, in der zweiten Jahreshälfte mehr. Außerdem veränderte der Fettgehalt den Milchpreis. Darüber hinaus gab es Prämien. Eine dafür, dass man mehr Milch geliefert hatte, eine für die langjährige Treue zur Molkerei. Die ist verdient, dachte Lisbeth jedes Mal. Außerdem konnte man Punkte sammeln, die man am Jahresende ausbezahlt bekam.

Lisbeth seufzte, als sie den Bleistift zur Seite legte. In dem Seufzer lag neben der Erleichterung über die bewältigte Aufgabe eine tiefe Befriedigung. Konrads Plan war aufgegangen. Von einem Hof, auf dem es alle Arten Tiere und sämtliche Feldfrüchte gab, waren Bethches zu Milchbauern geworden. Und es lohnte sich. Ein gutes, sicheres Einkommen, Monat für Monat ausgezahlt. Kein Gewitter, kein Hagel konnte von einem Moment zum anderen alles zerstören und den Geldbeutel schmal werden lassen.

Und obwohl viel mehr Kühe im Stall standen, war die Arbeit mit ihnen kaum noch der Rede wert. Jedenfalls in Lisbeths Augen. Machten alles die Maschinen. Na ja, nicht alles. Noch immer hieß es früh aufstehen. Die Euter wurden immer noch mit der Hand gewaschen und angemolken, bevor das Melkzeug angehängt werden konnte.

»Weißt du noch früher?«, sagte sie zu Alfred.

Von Kuh zu Kuh waren die Knechte und Mägde gegangen mit ihren Melkschemeln. Sie hatten den Schwanz mit einem Strick an deren Bein gebunden, bevor sie sich unter den Bauch der Kuh setzten. Einen peitschenden Kuhschwanz abzubekommen war gefährlich.

Sechs Kühe in der Stunde. Nur ein geübter Melker schaffte das. Gute Melker waren sehr angesehen.

Jetzt trug man die Melkzeuge von Kuh zu Kuh, setzte ihnen die vier Becher an die gesäuberten Zitzen und den Rest machte die Maschine. Manchmal ging Lisbeth in den Stall, bloß um dabei zuzusehen, wie die Milch durch die Schläuche automatisch in die Kannen floss. Immer noch erschien es ihr wie ein Wunder.

So konnte es immer weitergehen. Konrad hatte erst gestern beim Abendessen davon gesprochen, fünf weitere Kühe zu kaufen. Eine Rasse, die angeblich noch mehr Milch gab. Lisbeth war einverstanden. Wenn es nur den Hof voranbrachte. Und wenn das heutzutage die Milch war, dann war es eben die Milch.

Die Küchentür wurde aufgerissen und Joanna stürmte herein. Am Tisch blieb sie abrupt stehen und sah auf die Blätter mit den Zahlen und den Bleistift, der danebenlag. »Machst du Aufgaben, Oma?«, fragte sie grinsend.

»Aber nur so lange, bis du mal übernimmst«, sagte Lisbeth.

»Und wenn nicht?«, fragte Joanna.

Lisbeth sah sie lächelnd an. Joanna machte gern Scherze.

Die geborene Bäuerin war sie. Daran bestand überhaupt kein Zweifel. Von klein auf hatte man das sehen können.

Joanna schnitt sich eine Scheibe Brot ab und beschmierte sie dick mit Butter. »Gibt's noch mehr Himbeermarmelade?« Sie kratzte den Rest aus einem Glas.

»In der Speisekammer«, sagte Lisbeth und beobachtete Joanna, wie sie ein neues Glas aus der Kammer hinter der Küche holte. »Aber es gibt gleich Abend.«

»Nur ein Brot«, sagte Joanna. »Nachher ess ich dann weiter.«

»Weißt du noch, wie gerne du mit deiner Mama Traktor gefahren bist, als du klein warst?«

»Mach ich ja immer noch gern«, sagte Joanna mit vollem Mund.

Konrad ließ Joanna den Traktor nun schon mal selbst fahren. Auf dem Acker, wenn niemand es sah. Aber auch davon abgesehen fuhr Joanna gerne mit aufs Feld, wenn ihr die Schule Zeit ließ. Kann ich mit?

Und wenn sie nicht mitkonnte, lief sie spätestens auf den Hof, wenn Konrad und Marlies wiederkamen. Half beim Abhängen der Maschinen, beim Korn auf die Scheune blasen. Sie ging mit in den Stall, scheute sich nicht davor, zur Mistgabel zu greifen. Das jüngste Kälbchen hieß Joanna, weil sie bei der Geburt dabei gewesen war und es hinterher mit Stroh trocken gerieben hatte.

Sorgfältig heftete Lisbeth die Milchabrechnung in den Ordner.

Kaum zwei Jahre später musste die Milch plötzlich weniger werden.

»Weniger?« Lisbeth sah Konrad verständnislos an. »Aber die Milch ist doch da.«

»Wir dürfen aber nur noch eine bestimmte Menge an die Molkerei liefern«, sagte Konrad. Schon seit ein paar Wochen war Lisbeth aufgefallen, dass er stiller war als sonst. Auch blasser. Er arbeitet zu viel, hatte sie gedacht und ihm beim Essen einen Extraschlag auf den Teller getan. Damit er bei Kräften bliebe.

Konrad sprach von Milchseen und Butterbergen. Von EG und Brüssel und von Quoten und Lizenzen. Von all dem hatte Lisbeth schon mal gehört. Das eine oder andere kannte sie aus der Zeitung oder den Fernsehnachrichten. Aber nie hatte sie es mit ihrem Hof in Verbindung gebracht. Diese EG und dieses Brüssel waren weit weg. Was hatten Männer in Anzügen und mit wichtigen Gesichtern mit Bauern zu tun, die jeden Tag im Stall standen?

Lisbeth sah hilfesuchend zu Alfred. Und von Alfred zu Karl. Alfred sah auf sein Brett und das Wurstbrot, das er sich zum zweiten Frühstück geschmiert hatte. Ach, er verstand ja von diesen modernen Dingen noch viel weniger als sie. Aber auch Karl war mit Essen beschäftigt und damit, dem Hund ein Stück Wurstpelle unter den Tisch zu schmuggeln. Lisbeth begriff, dass es was Ernstes war und sie auch nichts zu sagen wussten.

Dass diese EG sehr wohl was mit dem Bethches-Hof zu tun hatte, erklärte Konrad ihr, als sie zwischen Frühstück und Mittag zu ihm in den Stall ging. Weil eine große Unruhe sie befallen hatte. In den ganzen Jahren hatte sie Konrad nie so bedrückt erlebt. Ach was. Nicht ein einziges Mal. Immer war er optimistisch gewesen, machte Pläne, hatte Ideen.

Konrad stützte sich auf die Gabel, mit der er Heu vor den Kühen verteilt hatte, die ihre Hälse durch die Gitterstäbe streckten, und erklärte ihr, dass sie so viel Geld für die Milch bekommen hätten, weil die EG einen Großteil gekauft und gelagert hatte und nun nicht mehr wusste, wohin damit. Nicht einmal die Weihnachtsbutter-Aktion hätte genützt.

Lisbeth horchte auf. Weihnachtsbutter? Auch sie hatte welche gekauft. Weil sie so preiswert gewesen war. Prima für die Menge an Butter, die man für die Weihnachtsplätzchen benötigte. Jetzt wurde ihr klar, dass sie damit an einer Notaktion zur Rettung der Milchpreise teilgenommen hatte.

Lisbeth fühlte sich plötzlich ganz schwach und ließ sich auf einem umgekehrten Eimer nieder, der herumstand. Ihre Röcke hingen im Dreck, doch sie achtete nicht darauf. Was waren das nur für Zeiten.

Sie sah sich um. Wie anders der Stall gegen früher war. Schon lange standen die Kühe auf blanken steinernen Böden. Kein Stroh, dass ihre Fladen aufnahm. Die fielen in die Spalten, die den rutschigen Boden in regelmäßigem Muster unterbrachen. Stroh gab es nur noch an ein paar wenigen Stellen, wo die Kühe sich zwischendurch mal hinlegen konnten. Aus dem Stall hinaus kamen sie gar nicht mehr.

Lisbeth strich einer Kuh über die Nase. Ein bisschen rau und feucht fühlten sich Kuhnasen an. Früher hatte jede einzelne Kuh einen Namen gehabt. Wenn eine trächtig war oder krank oder seltsame Verhaltensweisen zeigte, wurde von ihr gesprochen wie von einem Familienmitglied. Frieda lässt den Kopf hängen. Selma will nicht recht fressen. Nette wird wohl heute Nacht kalben.

Die Kuh schnaubte behaglich und streckte ihre Zunge nach Lisbeth. Schnell rückte sie ein wenig zur Seite. Die raue Zunge ins Gesicht zu bekommen war ziemlich schmerzhaft und hinterließ Spuren. Das hatte sie schon als Kind erlebt.

»Was machen wir denn nun?«, fragte sie Konrad.

»Was?«, rief Konrad, der mit seiner Gabel weitergegangen war.

»Was wirst du machen?«, rief Lisbeth.

Konrad kam zurück, stützte sich wieder auf seine Gabel und zuckte mit den Schultern. »Kühe verkaufen? Die Milchmenge verpachten?«

Mit großen Augen sah Lisbeth ihn an. »Milch verpachten?«

Das wäre möglich, erklärte Konrad. Die großen Höfe seien sogar ganz scharf darauf, sich auf die Art noch weiter zu vergrößern.

»Aber wir sind doch groß!«, rief Lisbeth.

Konrad stieß ein Lachen aus. »Du hast keine Ahnung, was als groß gilt.« Er sah den langen Gang hinunter, wo sich rechts und links Kuhkopf an Kuhkopf zum Futter reckte, und sagte nach einer ganzen Weile: »Macht dann keine Arbeit mehr, wenn man verpachtet.« Aber es klang nicht froh.

Keine Arbeit war auch nichts, was für Lisbeth verlockend klang. Ein Hof, auf dem nicht gearbeitet wurde. Das war ein Widerspruch in sich. »Und wenn wir so weitermachen?«

»Dann können Strafen kommen.«

»Strafen?« Lisbeths Stimme klang schrill. Dass ihr heute aber auch nichts einfiel, als Konrads Worte wie ein Echo zu wiederholen. Ihre Hilflosigkeit war schrecklich, machte sie zornig. So früh hatte sie Verantwortung gelernt. Und nun, alt und erfahren, saß sie da und wusste keinen Rat für ihren Sohn. »Du müsstest ins Gefängnis?«

Wieder lachte Konrad und es klang diesmal tatsächlich erheitert. »Nein, nein. Natürlich nicht. Es würde bloß Geld kosten.«

»Bloß Geld«, sagte Lisbeth versonnen und fasste wieder nach der Kuhnase. »Kann man das nicht riskieren?«

Konrad zuckte mit den Schultern. »Ich sollte mit Marlies darüber sprechen.«

Die schert sich doch sonst auch nicht um das Fortkommen des Hofs, wäre Lisbeth beinahe herausgerutscht. Aber nur beinahe. Stattdessen fragte sie Konrad, ob er Marlies wirklich mit so was belasten wolle.

Nachdem Konrad eine Nacht darüber geschlafen hatte, sagte er zu Lisbeth, er wolle nicht. Und sie könnten ja wirklich erst mal abwarten, was passiert.

Marlies hatte das Desaster erst mitbekommen, als das Kind bereits im Brunnen lag. Als die Strafen ins Haus standen. Hals über Kopf war sie, mit Joanna, davongerannt. Ziemlich spät am Abend hatten sie zusammen vor der Haustür von Marlies' Eltern gestanden. Hintereinander auf der Treppe. Joanna eine Stufe tiefer als Marlies, als wolle sie sich hinter der Mutter verstecken. Marlies, in der linken Hand einen Koffer, hatte den Finger auf die Klingel gedrückt. Der Himmel hatte den ganzen Tag tiefgrau gehangen. Es war schon seit vier Uhr dunkel. Es hatte geregnet. Nasskalter November.

Bis jemand zur Tür gekommen war, hatte es gedauert. Marlies hatte das Gesicht des Vaters hinter der gelblichen geriffelten Scheibe gesehen, wie er den Kopf hin- und herdrehte bei dem Versuch zu erkennen, wer um die Uhrzeit noch schellte. Als er endlich die Tür öffnete, tropfte ihr das Wasser aus den Haaren. Aus Joannas auch. Wie die sprichwörtlichen nassen Katzen hatten sie dagestanden und den Vater angeguckt.

Der war so überrascht gewesen, dass er kein Wort gesagt, sondern bloß die Tür aufgerissen und erst Marlies, dann Joanna am Arm hereingezogen hatte. »Marlies und Joanna«, hatte er Richtung Wohnzimmer gerufen, wo der Fernseher hörbar lief.

Die Mutter streckte ihren Kopf aus dem Türrahmen. »Ach du liebe Zeit.« Augenblicklich brachte sie Handtücher und suchte hektisch nach Hausschuhen, damit Marlies und Joanna nicht mit nassen Schuhen in die Wohnung liefen.

Eine Viertelstunde später hatte Marlies mit wirr gerubbelten, feuchten Haaren und einem Schnapsglas in der Hand auf dem Sofa gesessen. Dem Fernseher hatten die Eltern den Ton abgedreht, doch er beleuchtete das Zimmer bläulich. Marlies hatte angefangen zu weinen. »Konrad hat mich betrogen.« Die Eltern glaubten, eine andere Frau, aber Marlies sagte, dass das, was er gemacht habe, schlimmer sei als eine andere Frau.

»Uns droht die Pleite«, hatte Konrad gesagt. Weil sie hohe Strafen zahlen müssten. Weil sie sich nicht an die Milchquote gehalten hatten.

»Kein Wort hat er mit mir darüber gesprochen.« Marlies

kippte den Schnaps mit weit zurückgelegtem Kopf hinunter und hielt dem Vater das Glas hin. Er habe sie nicht belasten wollen, hatte Konrad gesagt.

Das war der Moment gewesen, wo sich Marlies' fast schmerzhafte Erstarrung gelöst hatte. Alles hatte gekribbelt. Wie wenn das Blut in einen eingeschlafenen Arm oder ein eingeschlafenes Bein zurückfließt. Sie hatte ihn angeschrien. Ob er das unter Vertrauen verstehe. Ob ihm klar gewesen sei, dass es nicht nur um ihn, um den Hof und um Lisbeth gehe, sondern auch um sie, seine Frau. Und um ihre Ehe. Und um ihre Familie. Und um ihre ganze Zukunft. Er würde alles tun, wenn er die Zeit, die Ereignisse noch mal zurückdrehen könnte, hatte Konrad gesagt.

Jetzt dachte Marlies manchmal darüber nach, wie sich sein Tonfall angehört und wie sein Gesicht dabei ausgesehen hatte. Sie erinnerte sich nicht, weil sie da schon den Koffer geholt hatte.

Sie hatte ein paar Kleider hineingeworfen. Nur weg! Bloß wohin? Zu Bärbel? In das kleine Haus mit den drei pubertierenden Jungen? Da war eine aufgelöste Freundin auf der Suche nach Obdach eine Zumutung. Fast automatisch, so kam es Marlies vor, hatte sie das Auto zu den Eltern gelenkt. Joanna, die sie aus ihrem Bett gezerrt hatte, wo sie mit dem Gameboy gespielt hatte, kam nicht dazu, zu protestieren. Sie wusste gar nicht, wie ihr geschah.

Doch sie musste mit. Darüber gab es kein Nachdenken. Marlies entschied es wie ein Automat. So wie sie entschieden hatte, ihren Koffer vom Dachboden zu holen und ein paar Sachen hineinzuwerfen.

Joanna dalassen hätte sich für sie angefühlt, als ließe sie einen Arm zurück. Oder gar die Hälfte ihrer selbst.

Marlies lehnte mit einer Decke über den angezogenen Beinen in der Sofaecke, trank Bier und sah auf das weibliche Oberhaupt der Fernsehfamilie, das bei ihr längst Lisbeth hieß, auch wenn die beiden sonst nichts gemein hatten.

Die Mutter saß neben ihr. Der Vater war in die Kneipe gegangen. Das machte er immer öfter und Marlies hatte den Eindruck, er floh vor ihnen, den beiden Frauen. Joanna lag mit ihrem Gameboy auf dem Bett. Auch sie floh vor Mutter und Oma.

Marlies verfolgte die Verstrickungen der Mitglieder der reichen amerikanischen Familie, die um die gemeinsame Firma kämpften, inzwischen so gebannt wie die Mutter, die seit sechs Jahren keine Folge verpasste. Es kam Marlies vor wie das, was sie selbst gerade durchmachte. Bloß dass es bei ihnen nicht um Öl oder Edelsteine ging, sondern um einen Bauernhof. Nicht um Dollar, sondern um Mark. Und auch nicht um Milliarden, aber um ihre Existenz.

Als die Sendung zu Ende und die Firma durch die Schuld des ältesten Sohns verloren war, seufzte die Mutter. »Er ist so ein mieser Typ.« Aber es klang anerkennend.

Marlies schob die Beine unter der Decke hervor und sagte: »Im Fernsehen findet man das alles lustig.«

»Na, lustig finde ich es nicht gerade«, sagte die Mutter empört. Als hätte Marlies ihr Rohheit unterstellt.

»Ich mein ja nur«, sagte Marlies, stand auf und holte sich einen Kognak aus dem Barschrank.

»Du fängst doch nicht an zu trinken?«, sagte die Mutter. »Das kriegt man nicht mehr weg.« Sie nickte mit dem Kopf zum Fernseher hin. Die Schwiegertochter von »Lisbeth« trank auch.

»Quatsch«, sagte Marlies und goss sich ein Glas ein.

Sie sah zur Mutter, die mit dem Finger die letzten Erdnussflipskrümel aus der Schale tupfte. »Warst du niemals so wütend auf Papa, dass du am liebsten abgehauen wärst?«

Die Mutter sah sie an, als suche sie die Antwort in ihrem Gesicht. Wer so lange überlegen muss, wollte niemals weg, dachte Marlies.

Nie hatte sie sich Gedanken über die Beziehung ihrer Eltern gemacht. Als Kind dachte man nicht darüber nach, dass die auch ein Paar waren. Eltern waren Vater und Mutter. Dieses Gefühl änderte sich auch nicht, wenn man erwachsen war.

»Weglaufen nützt doch nichts«, sagte die Mutter.

»Also wolltest du mal?«

»Nein.« Nachdrücklich schüttelte die Mutter den Kopf.

»Weil du nicht wolltest? Oder weil es nichts genützt hätte!«

»Du fragst so kompliziert.«

»Was ist denn daran kompliziert?« Marlies wurde ungeduldig. Gerne hätte sie mit der Mutter ein Gespräch von Frau zu Frau geführt. Darüber, wie die sich als Ehefrau fühlte. Ob sie den Vater noch liebte. Überhaupt je geliebt hatte. Oder was die beiden sonst zusammenhielt. Fragen, die Marlies erst beschäftigten, seit sie wie ein Kind wieder unter dem elterlichen Dach wohnte.

»Eine Frau gehört zu ihrem Mann.«

»Deine Überzeugung?«, fragte Marlies. »Oder sagt man das so?«

»Was sagt man so?«, fragte der Vater, der in diesem Augenblick den Kopf zur Tür hereinstreckte.

»Ach nichts«, antwortete die Mutter.

»Dass eine Frau zu ihrem Mann gehört«, sagte Marlies.

Du musst wieder nach Hause, hatte die Mutter schon am dritten Tag gesagt. Ich kann nicht, hatte Marlies geantwortet. Doch Marlies wusste, mit jedem Tag wurde es schwieriger, die Hürde immer größer. Sie dachte an die Arbeit, die Konrad jetzt alleine machen musste. An Alfred, dem die Situation sicher wehtat. Und wie es Karl wohl ging? Lisbeth war ihr egal, das redete sie sich zumindest ein. Die hatte doch sicher von dieser Milchgeschichte gewusst.

Wie allen begegnen? Nicht nur Konrad. Auch Lisbeth, auch Karl und Alfred. Sie konnte nicht auf den Hof fahren, ins Haus gehen, als käme sie gerade vom Einkaufen zurück.

»Na, das stimmt doch«, sagte der Vater. Marlies meinte, er schwanke leicht. »Ich bin müde«, sagte er. Und zur Mutter: »Kommst du auch?«

»Bestimmt schnarchst du wieder«, sagte die unwillig und machte keine Anstalten aufzustehen.

»Ich schnarche nie«, sagte der Vater und verschwand aus dem Türrahmen. Einen Moment später hörte man ihn auf der Treppe nach oben gehen.

»Er schnarcht immer. Und wenn er was getrunken hat, umso schlimmer.« Wie eine Feststellung sagte sie das. So wie man auch über das Wetter sprach. Es soll Regen geben.

»Konrad auch«, sagte Marlies. »Also, wenn er was getrunken hat.«

Schweigend saßen sie eine Weile da. Die Mutter sah umher, als betrachte sie die Einrichtung eines fremden Zimmers. Marlies drehte das Kognakglas in der Hand und überlegte, was sie die Mutter noch fragen könnte. Oder welche Frage sie stellen müsste, um von der Mutter eine Antwort zu bekommen, die ihr weiterhalf. Irgendwie.

Ob die Mutter darüber nachdachte, wie sie ihr beistehen könnte? Oder mehr darüber, wann Marlies wohl wieder nach Hause ginge? Oder wie sie ihre Tochter dazu bringen könnte? Was wussten Töchter über ihre Mütter?

Aber vielleicht gab es bei der Mutter auch nicht viel mehr zu entdecken als bloß eine Frau, die mit ihrem Leben im Großen und Ganzen zufrieden war. Die drei Kinder auf die Welt gebracht hatte, ihr Haus in Ordnung hielt, Essen für die Familie kochte, inzwischen nur noch für ihren Mann, abends fernsah, sich ab und zu ein neues Kleid und ein paar Schuhe kaufte und sich sonntags mit dem Auto zu einem Ausflug umherfahren ließ. Konnte das sein? Dass man damit zufrieden war? Nicht mehr verlangte? Marlies erschrak über diesen Gedanken. Dürfte sie sich trotzdem recken nach etwas, das mehr war als bloß Mäßigkeit? Doch woher wusste man, was Glück war?

»Ich mach noch mal kurz die Spätnachrichten«, sagte die Mutter in diesem Moment und drückte auf die Fernbedienung.

»Nacht, Mama«, sagte Marlies und stand auf.

Als sie an der Tür des Elternschlafzimmers vorbeiging, hörte sie lautes Schnarchen.

Weihnachten war Marlies wieder zu Hause. Weil die Vorstellung, das Fest mit ihren Eltern zu verbringen, schrecklich gewesen war. Weil die Vorstellung, wie sie Weihnachten auf dem Bethches-Hof ohne sie feierten, noch schrecklicher gewesen war. Egal, ob sie sich ausgemalt hatte, dass alle ganz deprimiert unter dem Baum säßen. Oder dass alle ganz heiter und ohne sie zu vermissen unter dem Baum säßen. Die heitere Szene hatte sich noch ein bisschen scheußlicher angefühlt. Aber sie war auch nach Hause gegangen, weil es einfach nicht so hatte weitergehen können, bei den Eltern. In ihrem ehemaligen Kinderzimmer zu hausen, während Joanna längst gegangen war.

Nachdem sie eines Tages auf Marlies' ehemaligem Jugendbett gekniet und ihre Sachen in die Tasche gestopft hatte, die sie sich von Marlies' Mutter geliehen hatte, und nicht aufzuhalten gewesen war.

»Wart doch noch ein paar Tage, dann gehen wir zusammen zurück«, hatte Marlies gesagt.

»Ein paar Tage?« Joanna war zu ihr herumgefahren, ganz rot im Gesicht. »Das hast du schon ganz am Anfang gesagt!«

Marlies war erschrocken zurückgezuckt. In solch einem Ton hatte Joanna noch nie mit ihr gesprochen. »Aber jetzt mein ich es ernst«, hatte sie fast schüchtern geantwortet.

»Ich auch.« Joanna hatte sich wieder weggedreht und weiter die Tasche gestopft.

Wie sie zurück nach Hausen gekommen war, wusste Marlies nicht. Ob der Vater sie gefahren hatte? Der Vater, der gesagt hatte, das renkt sich alles wieder ein. Der irgendwann wütend auf seinen Schwiegersohn geworden war. Der müsste hier auftauchen und dich holen! So weit kommt's, hatte Marlies gesagt.

Oder hatte einer von Joannas Freunden, von denen die ersten den Führerschein hatten, sie abgeholt? Am Ende sogar Konrad?

Marlies hatte nichts gehört und nichts gesehen. Sie war auf ihr Bett gefallen, als Joanna die Tür zugeknallt hatte, und hatte sich das Kissen über den Kopf gelegt. Das Kissen, das nach Joanna roch.

Erst da hatte der große Jammer sie mit voller Wucht überfallen. Wie ein verlassenes Kind hatte sie sich gefühlt. Als sei nicht sie, sondern Joanna die Mutter, die sich auf und davon gemacht hatte. Dabei war sie doch im Haus ihrer Mutter. War sie nicht genau deswegen hierhergefahren? Um sich wie ein Kind bedauern zu lassen? Als erwachsene Frau? Selbst Mutter?

Aber bedauern für was eigentlich? Dass sie sich nie wehrte? Immer versuchte, es allen recht zu machen, nicht zu viel zu fragen? Dass sie nie Entscheidungen traf? Jedenfalls keine großen. Eigentlich auch keine Entscheidungen, sondern bloß kleine Fluchten und Auswege fand. Das Arbeitengehen Flucht vor Lisbeth. Das Jagen ein Rückzug aus dem Hofalltag. Die Pille ein Ausweg, keine Auswege mehr zu haben.

Irgendwann in der Nacht war Marlies aufgewacht. Sie hatte sich eingebildet, ihre Mutter hätte zwischendurch nach ihr gerufen. Vielleicht zum Abendessen? Essen machen schien für sie das Einzige zu sein, was sie für Marlies, für ihre

Tochter tun konnte. Komm. Essen muss man immer. Egal, was ist. Essen hält Leib und Seele zusammen.

Oder war die Mutter sogar im Zimmer gewesen? Hatte ihr über den Kopf gestrichen? Oder hatte Marlies das geträumt? Ihr Schädel hatte gebrummt. Ihr ganzes Leben schien ihr im Eimer. Das Wiedernachhausegehen war ihr noch viel schwieriger vorgekommen. Eine fast unüberwindbare Hürde.

Jetzt stand Marlies auf der Klappleiter und ließ sich von Lisbeth die Weihnachtsbaumspitze reichen. Der Baum war ganz frisch geschlagen. Konrad und Karl waren vor zwei Tagen in den Wald gefahren und hatten ihn geholt. Ein großer Baum. Breit und bis unter die Zimmerdecke. Bethches-Tradition. Dafür wurden die Sessel an die Wand gerückt und der Esstisch ein Stück zur Sofaecke hin.

Lisbeth war auf den Dachboden gestiegen und hatte die verstaubten, mürben Pappkartons mit dem Baumschmuck heruntergeholt, der noch von ihren Eltern stammte und vielleicht auch schon von deren. Die silbernen und die pastellfarbenen Engel und Weihnachtsmänner und die Pilze mit den roten Köpfen und weißen Punkten darauf und die Tannenzapfen und die Kugeln. Manche mit weißem Glimmer, als wären sie beschneit. Lisbeth stand am Fuß der Leiter und kommandierte. Dies an den Ast. Das an den. Nein, an den daneben. Weiter rechts. Mehr nach vorn. Die Äste, für die man keine Leiter brauchte, schmückte sie selbst. So war es bisher jede Weihnachten gewesen. Doch diesmal fühlte Marlies sich noch fremder, wie ein Gast, den man notgedrungen hereingebeten hatte. Dem man das Gefühl geben wollte, er sei willkommen, aber es gelang nicht so recht.

Marlies hatte keine Vorstellung, wie die Wochen hier ohne sie verlaufen waren. War über sie gesprochen worden? War sie vermisst worden? Konrad, hörst du was von Marlies? Wann kommt sie denn wieder? Wird es nicht Zeit, dass sie wiederkommt? Oder hatten alle so getan, als wäre nichts? Sie einfach totgeschwiegen?

»Gott sei Dank!«, hatte die Mutter gesagt, als Marlies das Bett abgezogen, Staub gewischt und dann ihren Koffer gepackt hatte. Mit verschränkten Armen hatte sie im Türrahmen des Kinderzimmers gestanden und Marlies zugesehen. Marlies hatte nicht gefragt, worin die Erleichterung für die Mutter bestand. Dass alles wieder seine Ordnung hatte? Im Haushalt der Eltern? Oder in Marlies' Leben? Vermutlich hätte sie ohnehin »du fragst so kompliziert« geantwortet.

Am Abend vorher hatte Marlies zu Hause angerufen. Genau hatte sie sich die Zeit dafür überlegt. Auf keinen Fall wollte sie Lisbeth am Apparat haben, der im Flur an der Wand hing. Während des Abendessens, hatte sie sich gedacht. Die Alten sprangen nicht zum Telefon, solange das Essen nicht beendet war. Joanna vielleicht. Doch meistens nicht, weil die Anrufe gar nicht für sie waren. Und wie erhofft, hatte tatsächlich Konrad sich gemeldet. »Ich komme nach Hause«, hatte Marlies gesagt. »Gut«, hatte Konrad geantwortet. Es waren die ersten Worte seit drei Wochen, die sie miteinander sprachen.

Marlies hatte Konrad für einen Moment vor sich gesehen. Im Flur. Ob er öfter dort gestanden hatte? Die Hand über dem Hörer? Den Hörer vielleicht schon in der Hand? Rufe ich sie an? Was sage ich ihr? Doch er hatte nicht angerufen, nichts gesagt. Erst in dem Moment hatte Marlies eine Sehnsucht gespürt. Den Hunger nach einem: Komm wieder nach Hause. Nach einem: Es tut mir so leid.

Nachdem ihr Kinderzimmer wieder in seinen Urzustand versetzt war, hatte Marlies sich in ihr Auto gesetzt. Die Mutter hatte ihr gewinkt. Mit Schwung war sie angefahren. Doch bloß aus Nervosität. Je näher sie Hausen gekommen war, desto langsamer war sie geworden. Irgendwann hatte ein Autofahrer hinter ihr wütend gehupt und sie schließlich, ihr dabei einen Vogel zeigend, überholt. Da hatte der Tacho vierzig Stundenkilometer angezeigt. Vierzig. Auf der Landstraße. Sie war danach kaum schneller gefahren, aber trotzdem hatte sie Hausen bald erreicht. So weit war es nun auch nicht entfernt.

Kurz vor der Hofeinfahrt hielt sie jedoch an. Noch einen Moment stehen. Einfach so am Bordstein. Sie stellte den Motor ab. Ihr Herz klopfte so merkwürdig dumpf und holprig.

Hatte Konrad den anderen Bescheid gesagt? Morgen kommt Marlies wieder? Oder wären sie alle überrascht, wenn sie jetzt das Haus betrat?

Überhaupt, wie sollte sie das eigentlich machen? Einfach zur Haustür rein? Die Treppe hoch? Zuerst den Koffer ins Schlafzimmer tragen? Die Kleider in den Schrank hängen? Wäre dort überhaupt noch Platz? Ihr Platz? Oder hatte Konrad sich darin breitgemacht?

Oder den Koffer im Flur abstellen, die Küchentür öffnen, und dann? Einfach Hallo sagen? So als käme sie von der Arbeit? Musste sie sich nicht erklären? Das konnten sie doch erwarten. Lisbeth und Karl. Und auch Alfred. Oder? Marlies fühlte die Blicke schon auf sich. Alle würden sie ansehen, skeptisch. Oder vielleicht doch auch ein bisschen erfreut? Da ist sie also wieder? Wie schön? Dann ist ja alles wieder in Ordnung?

Marlies' Hand griff mehrmals zum Zündschlüssel, aber sie konnte sich nicht überwinden, das Auto wieder anzulassen. Nicht, um auf den Hof zu fahren. Fahren könnte sie schon. Irgendwohin. Der Straße nach. Aus Hausen wieder hinaus. Zur Landstraße. Und immer weiter. Bis zur Autobahnauffahrt nach Frankfurt. An Frankfurt vorbei, weiter Richtung Süden. Karlsruhe. Stuttgart. Irgendwann käme die Schweizer Grenze. Und nach der Schweiz käme Italien.

Als Neunjährige war sie mit den Eltern mal an der Adria gewesen. Das erste Mal überhaupt hatten sie Urlaub gemacht. Sie erinnerte sich an den endlos breiten Strand, die Hitze, den Sonnenbrand und das salzige Wasser. Einmal hatte sie sich verlaufen. Ewig lange hatte sie nach den Eltern und den Brüdern gesucht. War zwischen den Liegestühlen, den Sonnenschirmen, den bunten Handtüchern, den Sandeimerchen und den Familien herumgelaufen. Irgendwann hatte sie angefangen zu weinen. Niemand beachtete sie, niemand fragte: »Warum weinst du denn? Können wir dir helfen? Irgendein plärrendes Kind lief hier immer herum. Wenn man sich da um jedes kümmern. Als sie die Eltern und die Brüder endlich wiedergefunden hatte, schleckten alle ganz fröhlich ein Eis. Bloß sie bekam keins. Zur Strafe. Sich stundenlang herumtreiben. Wo gibt's denn so was.

Marlies ließ den Motor an und fuhr die paar Meter auf den Hof. Ob sie es drinnen hörten? Pscht. Seid mal still. Ich glaub, ich hab ein Auto gehört.

Sie stieg aus, ging um das Auto herum und nahm ihren Koffer vom Beifahrersitz. Er wog viel schwerer, als es bei seinem Inhalt möglich war. Ihre Beine fühlten sich an wie bleierner Pudding, auch wenn das ein Widerspruch in sich war. Reiß dich zusammen, Marlies. Das ist jetzt deine Strafe. Wer A sagt, muss auch B sagen. Bist ja kein kleines Kind mehr. A war das Weglaufen gewesen, und jetzt war B dran. Das Wiederkommen und sich der Familie stellen. Bevor sie die oberste Stufe erreichte, ging die Tür auf. Konrad stand da. »Ich hab dein Auto gehört.«

Marlies dachte: Und jetzt? Sie fühlte einen absurden Lacher in sich aufsteigen bei der Vorstellung, sie gäbe Konrad einfach die Hand und sage, Guten Abend. Als sei sie ein wildfremder Mensch. Eine Staubsaugervertreterin oder so. In dem Augenblick streckte Konrad die Hand aus, aber um ihr den Koffer abzunehmen. Marlies spürte wie das Lachen in ihrer Kehle zu kippen drohte. Sie räusperte sich. Bloß nicht heulen. Konrad nahm den Koffer, legte ihr den Arm um die Schulter, nicht zu fest, nicht zu locker, und schob sie in die Küche. Marlies hielt die Luft an und hätte am liebsten die Augen zugekniffen.

Karl und Alfred sahen von ihrem Mühlebrett auf und nickten, um gleich wieder auf das Spiel zu gucken. Alfred schien zu gewinnen. Er hatte mehr Steine neben sich liegen als Karl. Lisbeth sah kurz von ihrem Strickwerk auf, nickte und zählte weiter Maschen. Dabei durfte man sich nicht ablenken lassen, sonst fing man glatt wieder von vorn an.

Alle beschäftigt. Die ganze Aufregung umsonst. Marlies hatte sich gleich wieder umgedreht, hatte ihren Koffer ins Schlafzimmer getragen und ihre Sachen wieder in den Schrank gehängt. An denselben Platz, an dem sie vorher auch gehangen hatten. Er war frei geblieben.

Auch am nächsten Morgen hatte niemand etwas zu ihr gesagt. Jedenfalls nichts Persönliches. Und am darauffolgenden auch nicht. Alle gingen beinahe vorsichtig mit ihr um.

Lisbeth trat einen Schritt vom Weihnachtsbaum zurück und begutachtete das Werk. Marlies sah auf sie hinunter und wartete auf ihr Nicken, dann stieg sie von der Leiter und trug sie weg. Es kam ihr ganz merkwürdig vor, dass sie wusste, wo die hinkam. Wo überhaupt alles war. Fremd und doch zu Hause.

Am Abend aßen sie Kartoffelsalat und Würstchen. Von den guten Goldrandtellern und mit dem alten versilberten Besteck, das Lisbeth poliert hatte. Draußen war es neblig und für Weihnachten zu warm. Auf dem Tisch lag eine weiße, gestärkte Damasttischdecke. Am Baum brannten die Kerzen.

Dann holte Karl die Bibel und las die Weihnachtsgeschichte vor. Lisbeth verteilte Gesangbücher und sie sangen *Oh du fröhliche* und *Es ist ein Ros entsprungen*. Die Bescherung verlief verlegen. Aber vielleicht empfand auch nur Marlies es so. Am meisten profitierte Joanna. Sonst gab es oft ein Gemeinschaftsgeschenk, mit Marlies abgesprochen. Diesmal bekam sie von jedem etwas. Von Marlies sogar ein Gameboy-Spiel, etwas, das sie unter anderen Umständen kategorisch abgelehnt hätte zugunsten von Büchern und vielleicht noch einem schönen Pullover.

Auch Lisbeth bekam ein ungewöhnliches Geschenk. Für sie hatte Marlies ein völlig überteuertes Seidentuch gekauft. Andächtig ließ Lisbeth es durch die Hände gleiten. Ob sie es je tragen würde? Marlies hatte schon beim Kauf gedacht, dass es nicht zu ihr passte, es aber trotzdem genommen. Warum, wusste sie selbst nicht.

Marlies bekam gestrickte Handschuhe von Lisbeth, ein Fläschchen Birnenbrand von Karl, ein Laubsäge-Reh von Alfred, der immer Laubsägearbeiten für alle anfertigte. Also hatten sie Weihnachten doch mit ihr gerechnet. Oder? Aber sie hatte ja selbst Geschenke gekauft, ohne sicher zu sein, ob sie sie hier in Bethches Wohnzimmer auch verteilen würde.

Konrad überreichte ihr ein schmales Päckchen. Marlies wickelte ein Etui aus. Darin eine silberne Kette mit tropfenförmigem Anhänger. Schmuck. Etwas, das er noch nie gewagt hatte. Meistens bekam sie was Praktisches. Einen Handstaubsauger oder ein Dampfbügeleisen. Wenn es etwas persönlicher sein sollte, bekam sie Parfüm. Die Fläschchen reihten sich auf der Frisierkommode im Schlafzimmer und nie machte er sich Gedanken darüber, ob sie nicht für eine Weile genug hätte.

Marlies ließ die Kette von ihrem Finger baumeln und stellte sich Konrad in einem der Lahnfelser Schmuckgeschäfte vor, wie er unbeholfen um sich sah, bis sich eine dieser eleganten Verkäuferinnen seiner erbarmte und er sich verlegen beraten ließ. Das hatte ihn Überwindung gekostet. Da war sie sich sicher.

Bloß, was bedeutete das? Ein Friedensangebot? Und was wäre Frieden? Sollte sie die Kette ins Etui zurücklegen und einfach Danke sagen? Oder sie gleich umhängen? Marlies fühlte sich so unsicher wie eine Fünfzehnjährige bei ihrem ersten Treffen mit einem Jungen. Alle sahen sie an und warteten. Weihnachten war keine Zeit für Konflikte und komplizierte Fragen. An Weihnachten verhielt man sich, wie alle es erwarteten. Sie zog die Kette an und alle sagten »ah« und »oh«. Konrad lächelte verlegen. Marlies auch. Diesen Abend mit Anstand hinter sich bringen, dachte sie.

Lisbeth lief geschäftig in die Küche. Zur Nacht gab es noch Kaffee und Kuchen.

Als Marlies später im Schlafzimmer die Kette abnahm, fragte sie Konrad: »Bedeutet es was?«

»Ich versteh nicht?« Konrad fasste, die Arme über den Kopf nehmend, mit beiden Händen umständlich nach seinem Hemdkragen.

»Wieso eine Kette?«, fragte Marlies, während sie sie so sorgfältig auf der Frisierkommode drapierte, als sei es die Auslage des Schmuckgeschäfts.

»Mal was anderes.« Konrads Stimme klang ein wenig gequetscht, weil er sich vornübergebeugt, so wie das nur Männer machten, das Hemd über den Kopf auszog.

Marlies sah ihm zu und für den Bruchteil einer Sekunde, diese winzige Zeitspanne, die der Kopf benötigt, das Gehörte richtig zu entziffern, meinte sie, Konrad hätte »alles wird anders« gesagt.

Am ersten und auch am zweiten Weihnachtsfeiertag war die Stube voll mit den Verwandten. Sie bewunderten den Baum, manche Blicke gingen zu Marlies, aber wenn sie sie zufällig auffing, irrlichterten sie woandershin. Onkel Franz drückte sie so, dass sie meinte, ihr brächen die Rippen, sagte aber nichts.

Marlies fasste öfter nach ihrer Kette, als würde sie Halt suchen.

Lisbeth ließ das Seidentuch noch einmal durch die Finger gleiten. So glatt. So kühl. Einen so feinen Stoff hatte sie noch nie in den Händen gehabt. Sie hatte gar nicht gewusst, dass ein Stoff sich so anfühlen kann. Und diese Farben. Grün, ein pflanzenartiges Muster auf leuchtend orangefarbenem Untergrund. Ganz vorsichtig faltete sie es, musste dabei aufpassen nicht hängen zu bleiben und mit ihren Fingern winzige Fäden zu ziehen. Zu rau waren die für derlei feine Dinge.

An ihrer Kommode öffnete sie die Schublade für Sachen, die wertvoll und deswegen zu schade waren, um sie zu benutzen, oder wertlos, aber zu schade, um sie wegzuwerfen. Sie wollte das Tuch schon hineinlegen. Gleich neben eine versilberte Dose, einen Perlmuttkamm und ein kleines Bilderrähmchen mit gesprungenem Glas. Doch auf einmal hielt sie mitten in der Bewegung inne. Sie zögerte einen Moment und ließ dann das Tuch mit einer winzigen Handbewegung wieder auseinanderrutschen.

Mit einem schnellen Blick sah sie sich im Zimmer um, als könne da jemand stehen, den sie bisher nicht bemerkt hatte, und legte sich dann das Tuch um. Sie ließ die Hände über ihre Schultern gleiten. Dann ging sie mit zögernden Schritten zum Spiegel und sah aufmerksam hinein. Einen sonderbaren Kontrast bildete das Tuch zu ihrer Tracht. Ein Hemd, das man Leibchen nannte, darüber eine Art Weste, der Motzen. Der Überrock aus fast fünf Metern Stoff, dunkel und schwer, am Bund fein gefältelt, darunter zwei Unterröcke. Schon als ganz kleines Mädchen, so etwa mit drei, hatte man ihr eine winzige Version davon angezogen. So war es üblich. Es gab kein Nachdenken darüber. Tracht war nicht bloß traditionelle Kleidung. Sie tragen hieß, einer Ordnung gehorchen und damit Teil einer Gemeinschaft sein. In Lisbeths Leben hatte es nach der Kindertracht die Schultracht, die Konfirmationstracht, die Hochzeitstracht und die Trauertracht gegeben. Trachten, die man im Alltag, und solche, die man nur zu Festen oder zum Kirchgang trug. Aus manchem Festrock wurde später ein Alltagsrock. Wenn er schon abgetragen, aber für die Arbeit noch zu gebrauchen war. Manche Röcke waren jedoch aus solch gutem Stoff, dass sie geschont und noch weitervererbt werden konnten. In Lisbeths Schrank hingen zwei, die noch von ihrer Mutter stammten. Bethches' Wohlstand hatte man an den Bändern und Borten ablesen können. Ein bisschen breiter als bei den ärmeren Bäuerinnen und aus edleren Stoffen. Aus Samt vielleicht, oder besonders reich bestickt, oder beides. Und an den feinen Broschen, mit denen das Brusttuch zusammengesteckt wurde.

Kleine Unterschiede in den Rockfarben oder beim Kopfschmuck hatten sie als ledige Frau und später als verheiratete kenntlich gemacht. Nicht, dass nicht ohnehin alle wussten, in welchem Stand man war. Aber so konnte immer wieder die Einhaltung der ungeschriebenen Gesetze überprüft werden. Geübte Augen kannten all die feinen Zeichen. Heute wusste sie fast niemand mehr.

Lisbeth kreuzte die Arme vor der Brust und fasste nach den Enden des Tuchs. Sie drehte sich weit nach rechts und weit nach links, sodass sie sich über die eigene Schulter ansehen konnte. Und zum ersten Mal in ihrem Leben versuchte sie, sich vorzustellen, etwas anderes als Tracht zu tragen. In ein Kaufhaus zu gehen, in so eins wie das, wo Marlies arbeitete. Zwischen den Kleiderständern umherlaufen. Sich die Farben ansehen, die Stoffe befühlen, überlegen, welches man anprobieren könnte. Lisbeth stand und schaute, blickte gar nicht mehr auf die Trachtenfrau mit dem umgelegten exotischen Tuch, sondern in eine andere Welt.

Bis sie sich das Tuch mit einem ärgerlichen Ruck von den Schultern zog. Welchen Albernheiten gab sie sich denn da plötzlich hin. Und was fiel Marlies eigentlich ein. Was hatte sie sich dabei gedacht. Lächerlich war es, dieses Tuch um Lisbeths Schultern. Wollte Marlies das? Sollte sie sich lächerlich machen? Sich dem Geschwätz aussetzen?

Mit ein paar schnellen Schritten war Lisbeth wieder bei ihrer Kommode, stopfte das Tuch hinein und gab der Schublade einen heftigen Stoß. Mit einem Knall war sie zu. Lisbeth setzte sich auf die Bettkante.

Vor zwei Tagen war Marlies vollkommen überraschend wieder aufgetaucht. Am Abend. Lisbeth hatte gerade die Maschen an der Socke für Karl gezählt. An der Ferse. Da musste man aufpassen, durfte sich nicht vertun. Sonst musste man alles wieder aufziehen. Konrad war plötzlich aufgestanden, anscheinend hatte er Marlies' Auto gehört.

Wie sie dann dagestanden hatten. Marlies im Mantel. Ein bisschen blass, ein bisschen schmaler vielleicht. Konrad, den Arm um Marlies' Schulter. Es hatte Lisbeth daran erinnert, wie der junge Konrad Marlies zum ersten Mal mit nach Hause gebracht hatte. Beide unsicher und auf eine günstige Bewertung der Eltern hoffend. Ja, sie ist willkommen. Du bist willkommen. Bloß war das bald zwanzig Jahre her. Und damals war Sommer gewesen. Und Lisbeths Einverständnis nicht besonders groß.

Nur kurz hatte Lisbeth aufgesehen und schnell wieder auf die vier dünnen Stricknadeln geguckt. Doch an welcher Nadel sie gerade gezählt hatte, wusste sie nicht mehr. Auch nicht die Maschenanzahl. Aber sie ließ sich nichts anmerken, zählte einfach irgendwo weiter. Als Marlies gleich nach oben gegangen war, hatte sie die halb fertige Socke zur Seite gelegt. Sie kam nicht wieder ins Stricken.

Ob sie froh über die Rückkehr ihrer Schwiegertochter war, hatte sie in dem Augenblick auch nicht gewusst. Die Ordnung war wiederhergestellt. Das war gut. Eine Frau gehörte zu ihrem Mann. Scheidung. Immer mehr breitete sich diese Krankheit aus. Wo sollte das denn hinführen? Auf dem Bethches-Hof hatte es nicht vorzukommen. Schon gar nicht in diesen Zeiten.

Wie hatte sie sich geschämt, wenn sie durch Hausen gegangen, wenn sie Michels Käthe oder Nettejosts Magda begegnet war. Obwohl die kein Wort gesagt und nichts gefragt hatten. Allein die mitleidigen Blicke hatten gereicht, um in Lisbeth den Wunsch auszulösen, der Boden möge sich unter ihr auftun und sie für einen Moment verschlingen. Zu Bachkriemers war sie nur kurz vor Feierabend gegangen. Wenn der Laden leer und Lieselotte und Annie schon mehr mit dem Kassensturz als mit ihrer Neugier beschäftigt waren.

Wie würde es nun weitergehen? Beim bloßen Anblick von Marlies hatte Lisbeth das Gefühl gehabt, es breite sich ein Störfeld aus. Das Thema Marlies war gemieden worden. Genauso wie das mit der Milch. Bloß um Konrad hatte Lisbeth sich Sorgen gemacht. Blass und still war er. Stürzte sich in die Arbeit und schlief abends über seinen Fachzeitschriften ein.

Manchmal hatte sie mit Karl geredet. Im Schlafzimmer. Wenn jeder in seinem Bett lag. Das Licht schon aus. Diese Momente, in denen man, die schwere Federdecke bis zum Kinn gezogen, noch einen Moment ins Dunkle guckte und über dies und das nachdachte.

»Glaubst du, sie kommt wieder?«, hatte Lisbeth dann ab und zu gefragt.

»Na sicher«, hatte Karl gesagt.

»Und wenn nicht?«

»Darüber mach dir mal besser gar keine Gedanken.« Er hatte sich zur Seite gedreht und einen Moment später geschnarcht. Das war Karl. Kommt Zeit, kommt Rat.

Während Karl längst schlief, hatte Lisbeth noch eine Weile gegrübelt. Über Marlies. Über die Milch. Und das Geld für die Strafe. Wo das herkommen sollte. Und wo Rat herkommen sollte, wusste sie noch viel weniger.

Lisbeth erhob sich von der Bettkante und warf noch einmal einen Blick auf die Kommode mit der Schublade, in der nun dieses Tuch von Marlies lag. Was passierte bloß gerade auf dem Bethches-Hof? Was passierte gerade mit ihnen allen?

Es war schon fast Ende Januar, als doch noch der Schnee kam. Morgens, wenn Marlies aus dem Fenster sah, konnte sie sehen, wo Konrad schon überall gelaufen war. Seine Fußstapfen bildeten ein Muster auf dem Hof, durchkreuzt und gequert bloß von Hunde- und Katzenpfoten.

Joanna, wenn sie mittags nach Hause kam, erledigte ihre Schularbeiten so schnell wie sonst nie und ging dann zum Schlittenfahren auf einen Hügel in der Umgebung, wo sich alle Kinder und auch die Jugendlichen aus Hausen trafen. Erst in der Dunkelheit kam sie mit roten Wangen wieder. Als sei sie noch ein kleines Kind und nicht längst ein Teenager.

Mehrmals am Tag musste der Gehsteig rund um den Bethches-Hof vom Schnee befreit werden. Karl und Alfred wechselten sich dabei ab, während der Hund aufgeregt bellend um sie herum sprang. Um hinterher wieder mit ihnen in die warme Küche zu trotten. Ansonsten gingen die beiden, wie auch Lisbeth, nur nach draußen, wenn es unbedingt nötig war. Bloß nicht fallen.

Auf dem Hof wurde nur da gefegt, wo man laufen musste. Sofort bildete sich eine neue dünne Schneeschicht auf dem huckeligen Pflaster, die viel glatter war, als wenn man den Schnee liegen gelassen hätte.

Die ganze Welt klang gedämpft. Der Schnee schien Ruhe zu schenken, für einen Moment alles zuzudecken. Marlies empfand das Wetter wie die derzeitigen Verhältnisse auf dem Bethches-Hof. Alle versuchten, so zu tun, als sei nichts. Alles friedlich. Aber es wirkte angestrengt. Zumindest auf Marlies. Erging es den anderen genauso? Sie wusste es nicht. Über kurz oder lang würde der Schnee tauen. Alles würde wieder hervorkommen.

Wenn Marlies abends ganz vorsichtig über den Hof ging, die Füße schiebend, als ob sie Schlittschuhe laufen würde, war es bereits dunkel. Sie hatte es einfach wieder übernommen, die Kannen der Nachbarn zu füllen. Sie hatte nicht gefragt: Soll ich wieder? Aber es hatte sie auch niemand daran gehindert.

Bevor sie die Tür zur Milchkammer öffnete, musste sie ein paarmal fest aufstampfen, damit nicht so viel Schneematsch hineingeschleppt wurde. Hinterher putzen musste man die weißen Fliesen trotzdem. Aber das war immer so. Egal, ob Schnee lag oder nicht.

Als sie heute die Tür hinter sich anlehnte, machte das Kühlaggregat gerade ein Geräusch, als schüttle es sich, wie manchmal der Kühlschrank, bloß lauter. Dann brummte es gleichmäßig weiter. Marlies konnte die Kühe im Stall nebenan hören. Das leise Klirren ihrer Ketten, ihr Schnauben und hier und da ein Muhen. Sie hörte auch die Futtergabel über den Boden kratzen. Konrad verteilte Kraftfutter.

Auf dem Bord links der Tür standen schon ein paar Kannen. Tagsüber, im Vorbeigehen, gebracht, um sie abends gefüllt wieder abzuholen. Es waren aber weniger, seit Marlies wieder da war. Hatte es sich schon herumgesprochen? Bei Bethches stimmt was nicht. Die haben Probleme. Wir müssen die Milch sowieso bald woanders holen, dann suchen wir uns doch gleich einen neuen Hof.

Doch die gelbe von Michels stand da. Das Geld daneben. Anderthalb Liter wie immer. Michels würden ihnen treu bleiben bis zum bitteren Ende. Schon Lisbeth zuliebe. Die orangefarbene von Hartmanns war auch da. Olli kam schon lange nicht mehr zum Milchholen. Er war längst groß. Aber das Kanneschleudern hatte er irgendwann perfekt beherrscht. Nachdem es ein paarmal schiefgegangen und Marlies ihm die Kanne kostenlos neu gefüllt hatte, als er heulend wieder aufgetaucht war.

Während Marlies sinnend die Kannen betrachtete und der Gedanke an den kleinen Olli ihr ein Lächeln ins Gesicht schickte, von dem sie nichts wusste, wurde die Tür aufgedrückt. Nettejosts Magda steckte den Kopf durch den Spalt, an der Hand ein kleines Kind. Es rief sofort: »Kühe gucken«, und Magda fragte: »Dürfen wir?« Marlies nickte. Sie sah den beiden hinterher, wie sie eine Tür weiter gingen, zu der, die in den Stall führte. War das etwa schon ein Urenkelkind, überlegte Marlies, während sie Nettejosts Kanne füllte, und stellte sich vor, wie Magda zu dem Enkel- oder Urenkelkind sagte, guck dir die Kühe gut an. Bald stehen hier nämlich keine mehr.

Als Magda wiederkam, sagte Marlies: »Süß, die Kleine«, und reichte ihr die Milchkanne. »Der Kleine!«, verbesserte Magda und gab ihr eine Mark zwanzig. Sie sah aus, als ob sie noch was sagen wollte, sagte aber nur: »Mach's gut.« Der Kleine verlangte: »Jetzt noch die Katzen«, und die beiden gingen über den Hof davon. Schön dem gefegten Pfad nach, der sich dunkel vom umliegenden Schnee abhob und von der Milchküche zum Hoftor führte. Die Katzen ließen sich nicht blicken und Marlies hörte, wie Magda den Kleinen auf Morgen vertröstete. So wie man das bei Kindern eben machte. Einfach nur, damit sie still waren.

Marlies überlegte, was Magda wohl noch hatte sagen wollen. Oder vielleicht auch fragen. Stimmt es, was die Leute sagen? Es geht bergab mit dem Bethches-Hof? Bist du deswegen davongelaufen? Jedenfalls gut, dass du wieder da bist. Ist doch schon alles schlimm genug für Lisbeth. Aber so offen fragte man ja nicht und redete auch nicht. Man munkelte lieber. Und wartete ab.

Und auch Marlies fragte ja nicht, sondern wartete ab. Mit hochgezogenen Schultern.

Gut, dass du wieder da bist, hatte auch Bärbel gesagt. Abhauen ist doch keine Lösung. Das mit dem Abhauen hatte Bärbel schon zu ihr gesagt, als sie noch bei den Eltern gewesen war. Zwei, drei Mal war sie vorbeigekommen und hatte Marlies besucht. Aber eine andere Lösung hatte sie auch nicht gewusst. Bloß dass Weglaufen keine war. Marlies hatte dazu genickt, aber nichts gesagt. Warum war es so leicht zu wissen, was keine Lösung war, aber so schwer, eine zu finden, die eine war? Die half?

Neulich hatte Marlies Konrad erwischt, wie er Stellenanzeigen las. Sie hätte ihn fragen müssen, was das zu bedeuten hatte. Aber sie tat es nicht. Sie fragte im Augenblick auch nicht, was wird nun mit dieser Milchquote? Wovon soll die Strafe bezahlt werden? Was hast du vor? Einen Kredit aufnehmen?

Sie verhielt sich, wie sich jemand verhält, der ein schlechtes Gewissen hat. Ihr Kopf sagte, es gebe keinen Grund dafür. Im Gegenteil. Sie sei die Hintergangene, die Gelackmeierte. Aber das Gefühl widersprach dauernd und sagte Sachen wie, eine Frau gehört zu ihrem Mann, egal, was passiert. Aber du bist abgehauen.

Auch tat ihr Konrad mehr leid, als dass sie noch wütend auf ihn war. Was hätte es geändert, wenn er mit ihr gesprochen hätte? Da aber widersprach das Gefühl auch und sagte Sachen wie, ein Mann sollte mit seiner Frau reden, egal, was passiert. So oder so, es ging sie doch beide an. Sie brauchten doch einen Plan.

Nach und nach wurden die Kannen abgeholt. Michels Käthe nickte Marlies aufmunternd zu. Das Bord leerte sich.

Als Marlies wieder ins Haus ging, war der Boden der Milchkammer säuberlich geputzt. Und Joanna war mal wieder weg. Wie so oft in letzter Zeit. Marlies fragte reihum. Doch weder Lisbeth noch Karl, Alfred oder Konrad wussten, wo sie war.

Joanna tat, was sie wollte. Kam und ging. Ohne zu fragen. Ohne etwas zu sagen. Zumindest meinte Marlies, vorher hätte sie immer Bescheid gesagt. Ich geh noch mal eben zu Niki, zu Jule. Oder sonst wohin.

Was meinst du, wie das erst mit drei pubertierenden Jungen ist, sagte Bärbel. In ihrer Küche lagen keine Plastikbagger und Spielzeugautos mehr auf dem Fußboden herum, dafür im Flur kreuz und quer x Paar riesige Turnschuhe.

Marlies fragte Konrad, was er zu Joannas Verhalten meine. Über Marlies Ausbruch sprachen sie nicht. Was das betraf, war es ihr recht, dass Konrad kein Mann der vielen Worte war, die Auseinandersetzung nicht suchte. Im Gegenteil. Bei dem Thema fühlte sie sich wie auf Glatteis. Wenn schon die Gedanken hierhin und dahin rutschten, woher sollte sie da erst die Worte nehmen?

Über Joanna zu reden war einfacher. Und besser als gar nicht miteinander zu sprechen. Joanna war für den Augenblick so was wie eine Brücke zwischen ihnen.

»Joanna ist ja kein Baby mehr«, sagte Konrad.

»Aber wir sollten schon wissen, wo sie ist«, sagte Marlies.

»Wo wird sie schon sein. Wir kennen doch alle, mit denen sie befreundet ist.«

»Bist du dir da so sicher?«, fragte Marlies und hätte gern noch eine Weile mit Konrad debattiert. Doch er hatte genickt und damit war ihr der Stoff ausgegangen. Und so große Sorgen machte sie sich auch wieder nicht. Sie litt unter dieser Fremdheit, die Joanna plötzlich ausstrahlte.

Einer nach dem anderen hatte sich ins Bett verabschiedet. Alfred als Erster. Pünktlich um neun wie jeden Abend. Gleich nach der letzten Partie Mühle mit Karl. Meistens gingen die unentschieden aus. Alfred und Karl spielten gleich gut. Heute hatte Alfred jedoch mehrmals hintereinander verloren. Karl hatte es immer wieder geschafft, Zwickmühlen zu bilden. Ratzfatz waren Alfreds Steine weg gewesen. Seufzend hatte er sie zusammengeschoben und Karl für den kommenden Abend Revanche angekündigt.

Karl blätterte dann noch mal durch die Lokalzeitung. Las den einen oder anderen Artikel vor. Vor allem, wenn irgendwas aus Hausen berichtet wurde. Die Anschaffung eines neuen Löschwagens für die Freiwillige Feuerwehr. Die Prämierung einer von Michels Franz' Zuchttauben. Das Jubiläum irgendeines Vereins.

Lisbeth strickte noch ein, zwei Runden, strich dann ihr Strickwerk glatt und legte es in den Korb. Bis zum nächsten Abend.

Konrad hatte eine aufgeschlagene Fachzeitschrift vor sich liegen. Aber Marlies hatte in letzter Zeit öfter beobachtet, dass er gar nicht umblätterte. Heute war er noch vor Karl und Lisbeth nach oben gegangen.

Marlies blieb über ihrer Illustrierten sitzen. Aber auch sie blätterte in letzter Zeit oft nicht weiter. Die Gedanken schweiften ab. Kein Thema konnte sie fesseln. Alles, was sie früher gern gelesen hatte, kam ihr bedeutungslos vor. Das Leben, das gewöhnliche und auch das prominente, schien in einem anderen Universum stattzufinden.

Als sie allein war, schaltete Marlies die helle Deckenlampe

aus, ließ nur ein kleines Wandlämpchen brennen. Sie saß da und starrte Löcher in die schummrige Küche. Der Hund schnarchte leise. Das Wasser im Schiff des alten Herds summte. Hier und da knackte ein Balken. Das alte Haus erwachte in der Stille zu einem ganz eigenen Leben. Machte Geräusche, die man sonst nie hörte, weil sie von der Tagesgeschäftigkeit übertönt wurden.

Als die alte Wanduhr schlug, sah Marlies nicht auf, sondern zählte. Elf. Sie hörte, wie in diesem Moment ein Auto auf den Hof fuhr. Marlies schaltete auch das Wandlämpchen aus und stellte sich ans Fenster. Joannas Schatten huschte vorbei und verschwand durch die Haustür. Marlies hörte sie durch den Flur schleichen. Dann knarrten die Treppenstufen. Marlies konnte die Geräusche genau unterscheiden, wusste, auf welcher Stufe Joanna sich befand. Dann hörte sie deren Zimmertür klappen.

Eigentlich hatte sie sich vorgenommen, Joanna zur Rede zu stellen.

Doch dafür hätte sie Energie gebraucht. Kraft. Für das Klären bedeutender Fragen brauchte man Kraft. Zum Streiten brauchte man Kraft. Aber die hatte sie nicht. Nicht so spät am Abend. Und eigentlich überhaupt nicht.

Marlies ließ den Hund noch mal raus, der nicht so recht wollte, sondern beinahe hinausgeschoben werden musste. Am Misthaufen hob er sein Bein und kam augenblicklich zurück. Marlies schloss die Tür ab und ging selbst über die knarrende Treppe nach oben.

Gleich nach Weihnachten hatte Lisbeth verkündet, dieses Jahr sei die Stube dran. Die müsse dringend tapeziert werden. Wenn erst das Frühjahr komme, und die Arbeit draußen wieder losgehe, sei dazu keine Zeit mehr. Das mit dem Frühjahr und der dann mangelnden Zeit, sagte sie in jedem neuen Jahr. Immer, im Januar, spätestens im Februar, wurde irgendein Zimmer im Haus renoviert.

Dieses Jahr war der Februar schon fast herum und ihr war auch eigentlich gar nicht danach. Wer wusste, was das Jahr brachte? Würde es überhaupt viel Arbeit geben? So viel wie in all den Jahren zuvor? Oder überhaupt keine mehr? Aber sie wollte auch nicht gleich zu Beginn des Jahres von den Regeln abweichen. Es wäre ihr vorgekommen wie ein schlechtes Omen. Regeln gaben Halt.

Karl und Lisbeth fuhren nach Lahnfels und suchten eine Tapete aus. Das heißt, Lisbeth suchte aus, Karl nickte dazu. Er hatte keine Meinung zu Tapeten. Deswegen bemerkte er auch nicht, dass Lisbeth diesmal bei jeder Rolle zuerst nach dem Preisschild suchte.

Sie kauften auch weiße Farbe für die Zimmerdecke. Und Kleister.

Alle Möbelstücke, die leicht genug zum Tragen waren, standen für ein paar Tage im Flur. Die Stühle, der Tisch, eine kleine Kommode. Alles andere war in der Stubenmitte zusammengerückt und mit Plastikfolie abgedeckt worden, damit keine Farbe daraufspritzte, wenn Konrad, einen gefalteten Zeitungshut auf dem Kopf und mit einer auf einen

Besenstiel geklemmten Farbwalze, hin- und herlaufend die Zimmerdecke strich.

Am Tag darauf stand Karl am Tapeziertisch und kleisterte die Bahnen ein.

»Was hast du denn da ausgesucht?«, beklagte er sich bei Lisbeth. Dabei hatte er sich noch nie über etwas beschwert, das Lisbeth ausgesucht hatte. »Die ist ja so dünn, dass sie schon hier auf dem Tisch einreißt.«

»Ach ja?«, sagte Lisbeth. Besorgt sah sie Karl und Konrad zu. Immer hatte sie auf Qualität und nie auf die Mark geguckt. Bethches mussten das auch gar nicht. Bisher jedenfalls.

Karl reichte Konrad, der nun auf der Leiter stand, Bahn für Bahn und rief jedes Mal: »Ganz vorsichtig!«

Dass es so was Minderwertiges überhaupt zu kaufen gibt, dachte Lisbeth. So billig war sie doch nun auch wieder nicht gewesen.

Sorgfältig setzte Konrad jede Tapetenbahn am Rand zur Zimmerdecke an. Karl stand mit in den Nacken gelegtem Kopf am Fuß der Leiter und sah mit sorgenvoller Miene zu, wie er Schritt für Schritt nach unten stieg und dabei mit einer weichen Bürste gleichmäßig über die Tapetenbahn strich. Karl entdeckte jeden Riss und klebte gleich nach.

Lisbeth lief um die beiden herum und achtete darauf, dass die Bahnen trotz allem richtig aneinanderstießen, das Muster sich dabei fügte und sich keine Luftblasen bildeten.

Am darauffolgenden Sonntag, als die Verwandtschaft die Stube zum Kaffeetrinken bevölkerte, wurde die Tapete von allen pflichtschuldigst bewundert. Schönes Muster. Und so sauber tapeziert. Karl strich mit den Fingern an einer Naht entlang, bevor er sich setzte.

Lisbeth schenkte rundum Kaffee ein und versuchte, nicht an dieses billige Werk zu denken, das nun an den Wänden ihrer guten Stube klebte.

Die Sorgen um den Hof wurden immer größer. Konrad saß über den Büchern und rechnete. Was, wenn wir den großen Deutz verkaufen? Einen Teil der Kühe? Sollten wir überhaupt welche behalten? Oder gar keine mehr?

Niemand dachte, dass es noch schlimmeres Unglück geben könnte. Bis zu dem Abend als Karl, über der Zeitung sitzend, etwas sagen wollte. Aber es kam kein normaler Laut mehr aus seinem Mund, bloß noch ein verwaschenes Genuschel. Und sein rechter Arm hing so merkwürdig herunter.

Lisbeth presste die Hände vor den Mund, Konrad rüttelte ihn an der Schulter. »Was ist los mit dir? Ist dir nicht gut?«

Marlies, die einen Moment wie erstarrt dagesessen hatte, sprang auf und rannte zum Telefon. Eine Viertelstunde später stürzten zwei Rettungssanitäter in ihren orangefarbenen Westen herein und rissen ihre Koffer auf. Die Küche wurde plötzlich viel zu klein. Der Hund wurde nach draußen bugsiert. Alle hasteten aufgeregt durcheinander.

Die Sanitäter hingegen verrichteten stoisch ihr Werk. Ruhig und geschickt gingen sie nach einem Plan vor, den nur sie kannten. Leise sprachen sie miteinander, fragten Konrad und Lisbeth zwischendurch, wann das angefangen hätte, ob Karl schon tagsüber anders gewesen wäre als sonst, ob ihnen irgendwas aufgefallen sei. Sie schüttelten die Köpfe. Auch Marlies überlegte, aber sie wurde nicht gefragt und ihr fiel auch nichts ein. Ein ganz normaler Tag. Ein Tag, von dem niemand gedacht hätte, er könne so enden.

Nebenher machten die Sanitäter alles Mögliche mit Karl. Lisbeth, die neben ihm stehen wollte, seine Hand halten, stand im Weg. Konrad legte den Arm um sie und zog sie zur Seite. Die Sanitäter maßen Karls Blutdruck, leuchteten ihm in die Augen, legten ihm eine Kanüle in die Armbeuge und hängten einen Infusionsbeutel daran. Vergeblich nach einer Halterung dafür suchend, sahen sie sich um, winkten Marlies heran und hießen sie den Beutel halten. Sie versuchten, mit Karl zu sprechen. Er lallte, die Augen angstvoll aufgerissen. Einer der beiden Sanitäter telefonierte mit der Leitstelle, in welches Krankenhaus der Patient gebracht werden solle, legte dabei eine Hand auf Karls Schulter und zwinkerte ihm zu, als wollte er sagen, keine Angst, alles wird gut.

Die beiden kamen Marlies vor wie zwei Handwerker, die den von einem Wasserrohrbruch Betroffenen das Gefühl geben wollten, sie würden die Katastrophe noch abwenden, obwohl alles schon unter Wasser stand. Ihr Arm wurde schwer. Doch sie hielt ihn tapfer hoch. Wenn das alles war, was sie im Augenblick für Karl tun konnte, dann wollte sie es so gut wie möglich machen. Sie fing an zu beten. Weil ihr nichts anderes einfiel, das Vaterunser. Karl musste das überleben, wieder gesund werden. Karl, den sie von Anfang an, von diesem ersten Birnenschnaps in Lisbeths Stube an, gemocht hatte. Der ihr ohne Vorurteile begegnet war. Der ihr immer gezeigt hatte, dass er sie gern hatte. Auf eine Art, die keine Worte brauchte. »Ich hab dich auch gern, Karl«, flüsterte Marlies, »sehr gern.«

Auf dem Hof stand der Krankenwagen. Das Blaulicht kreiste flackernd über die Wände der Gebäude rundum und auch über die in der Küche.

Die Sanitäter fuhren dieses Auto jeden Tag. Die Katastrophe war ihr Alltagsgeschäft. Einen Karl, der merkwürdige Laute von sich gab und eine Körperseite nicht mehr bewegen konnte, dazu angstvoll aufgeregte Angehörige, sahen sie ständig. Sicher noch viel Schlimmeres. Für Bethches aber war Ausnahmezustand.

Als die Sanitäter die Trage mit Karl über den Flur schoben, stand plötzlich Joanna da. Erschrocken sah Marlies zu ihr hin. An sie hatte die ganze Zeit niemand gedacht. Sie sah, wie Joanna auf die Szene starrte, verständnislos und doch begreifend, dass etwas aus den Fugen war, in der Hand den Gameboy, der an ihrem herunterhängenden Arm weiter dudelte. Dieses an- und abschwellende Tönegeblubber, das die Familie ständig nervte. Mach das Ding aus, Joanna. Oder stell wenigstens den Ton leise. Jetzt nahm es außer Marlies niemand wahr. Das Spiel ging ohne Joannas flinke Finger weiter. Das Gedudel erstarb, als der Motor des Krankenwagens ansprang. Super Mario hatte wohl gerade eins seiner vielen Leben verloren. Karl hatte nur eins. Das Blaulicht verschwand hinter dem Tor. Der Hof lag wieder im Dunkeln. Marlies machte zwei große Schritte quer über den Flur, der nun wieder frei war. Sie nahm Joanna in den Arm, die weiter erstarrt am Fuß der Treppe stand. Sie fühlte sich an wie eine schlaffe Gliederpuppe. Aus ihrer Kehle kam ein trockenes Schluchzen. Verschwunden die ganze Coolness. Ein kleines Kind, das getröstet werden musste.

Marlies schob sie an den Schultern in die Küche und

drückte sie auf einen Stuhl. Bloß Alfred saß noch dort. Lisbeth war im Krankenwagen mitgefahren, Konrad mit dem Auto hinterher.

Die Decke bis zum Kinn, lag Lisbeth im Bett. Ganz steif, als dürfte sie sich nicht rühren. Als könnte es jemanden stören, wenn sie bloß den kleinen Finger bewegte. Sie lauschte neben sich. Aber da war nichts. Kein Schnarchen. Dem Schnarchen musste man aber auch nicht hinterherlauschen. Doch es war nicht einmal ein lauter Schnaufer zu hören. Nicht das leiseste Atmen. Kein Knarren des Bettrosts. Kein Rascheln der Bettdecke. Die lag genauso glatt zusammengelegt auf dem Bett, wie Lisbeth sie am Morgen hergerichtet hatte. Sonst konnte sie selbst in den dunkelsten Nächten den Hügel sehen, den Karl unter seiner Decke bildete. Er lag zum Fenster hin und es gab immer ein bisschen Gegenlicht, in dem Lisbeth zumindest einen schwachen Umriss von Karl sehen konnte. Seit bald fünfzig Jahren schlief er immer als Erster ein, während Lisbeths Gedanken noch ein wenig kreisten.

Heute wollten sie gar nicht aufhören damit. Lisbeth ging den Tag durch. Den Morgen, der wie immer begonnen hatte. Obwohl Karl zuerst einschlief, stand Lisbeth am Morgen vor ihm auf. Nicht nur, weil sie zum Anziehen viel länger brauchte. Die Röcke. Und das Hemd und das Leibchen mit den vielen Knöpfen und Haken. Die langen Haare, die zum Zopf geflochten und dann zum Dutt gedreht und festgesteckt werden mussten.

Nein, sie stand auch zuerst auf, weil sie früh in der Küche sein wollte. Den Herd anheizen und das Wasser aufsetzen, damit Konrad eine Tasse Kaffee bekam, bevor er in den Stall ging.

War Karl etwas anzumerken gewesen, als sie anderthalb Stunden später alle zusammen gefrühstückt hatten? Das Messer war ihm heruntergefallen, fiel Lisbeth jetzt ein. Aber das bedeutete doch nichts. Oder? Joanna hatte sich träge danach gebückt und es wieder aufgehoben.

Joanna und Marlies waren als Erste vom Tisch aufgestanden. Lisbeth hatte gespült, Karl die Zeitung überflogen. Bis Konrad ihn gerufen hatte. Kommst du? War er müde gewesen? Erschöpft? Dass er nicht von selbst aufgestanden war? Mittags hatte er sich nach dem Essen auf dem Küchensofa ausgestreckt und irgendwann angefangen zu schnarchen. Aber das tat er doch oft. Oder?

Je genauer Lisbeth über den Tag nachdachte, desto unsicherer wurde sie. Hätte sie merken können, dass was nicht stimmte? Hätte sie es merken müssen? Nicht einmal am Abend, als Karl etwas sagen wollte, aber nicht konnte, hatte sie reagieren können.

Marlies war zum Telefon gelaufen. Konrad hatte die Fragen der beiden Männer beantwortet, die plötzlich in der Küche standen und sie vereinnahmten mit ihren großen Taschen, aus denen sie Spritzen und Schläuche und Beutel mit Flüssigkeiten holten. Sie hatte danebengestanden und sich wie in einem dieser Träume gefühlt, wo man weiß, dass man etwas tun müsste, weil etwas Schreckliches geschah, aber man nicht verstand, was. Das Herz klopfte einem, aber man konnte nichts tun.

Aber es war kein Traum gewesen. Karl war auf eine Trage gelegt worden. Konrad hatte seinen Arm um ihre Schultern gelegt und sie durch den Flur hinter der Trage und den beiden Männern in den orangefarbenen Jacken hergeschoben. Wo war Joanna eigentlich die ganze Zeit gewesen?

Konrad hatte ihr auch in den Krankenwagen geholfen, in dem Karl schon lag. Einer der Männer in den leuchtenden Jacken hatte sie in einen Sitz gedrückt. Der andere hatte den Krankenwagen gestartet und das Martinshorn eingeschaltet. Lisbeths Hände waren zu ihren Ohren gefahren, wofür sie sich jetzt schämte. Sich die Ohren zuhalten wie ein Kind, während das Auto nach Lahnfels raste und das Tatütata ihnen den Weg freimachte, damit Karl so schnell wie möglich in die Klinik kam.

Aber in diesem Krankenwagen hatte sie gar nicht das Gefühl gehabt, dass das Karl war, der dort festgeschnallt lag. In der Notaufnahme war sie hinter ihm hergelaufen und dabei ganz außer Atem geraten. Irgendwann war er weg gewesen und sie hatte plötzlich ganz allein in einem grell erleuchteten Flur gestanden. Als sie sich panisch umgesehen hatte und kurz davor war zu rufen, war plötzlich Konrad da gewesen. Er war mit dem Auto hinter dem Krankenwagen hergefahren, erklärte er ihr, hatte aber noch einen Parkplatz suchen und sie dann finden müssen. Er schob seine Hand unter ihren Arm und sie liefen wieder durch endlose Gänge. Lisbeth verlor jedes Zeitgefühl. Dann saßen sie noch eine Weile auf Stühlen in einem Flur, bis eine Frau in einem weißen Kittel sagte, sie sollten jetzt besser nach Hause fahren. Sie sagte noch einiges mehr, aber das war der einzige Satz, den Lisbeth verstanden hatte. Fahren Sie nach Hause.

Nun war sie zu Hause. Lag in ihrem Bett wie jede Nacht. Aber es fühlte sich nicht an wie jede Nacht. Lisbeth starrte an die Decke, empfand die Stille im Zimmer bedrängend.

Karl lag irgendwo in diesem riesigen Gebäude mit den erleuchteten Fenstern. Lisbeth hatte kein Bild davon, wie Karl in einem Krankenhausbett aussehen müsste. Nie hatte er etwas Ernsthaftes gehabt. Kaum einmal hatte er wegen einer Krankheit in seinem eigenen Bett liegen müssen.

Egal, was sie hatten durchstehen müssen, sie hatten einander gehabt, sich auf den anderen verlassen können. Mehr als auf jeden anderen Menschen in ihrem Leben. Warum bloß glaubte man, das ginge immer so weiter? Obwohl man Krankheit und Tod kannte?

Als Lisbeth aufwachte, lag sie noch genauso da wie am Abend. Sie musste eingeschlafen sein. Aber sie musste nicht neben sich fassen, um zu merken, dass Karl nicht da war. Es war ihr erster Gedanke.

Mit ihrer Einkaufstasche ging Lisbeth über den Stationsflur. Die Schwestern und Pfleger kannten sie schon, grüßten freundlich. Die Ärzte, wenn sie denn einem von ihnen begegnete, gingen achtlos an ihr vorbei. Lisbeth fürchtete sich vor ihnen. Weil sie das Gefühl hatte, Karls Leben liege in deren Hand, sie seien die, die bestimmten: Er wird sterben, oder: Er wird gesund.

Vor dem Tod selbst hatte Lisbeth bis jetzt keine Angst gehabt. Sie kannte ihn, war ihm in ihrem Leben regelmäßig begegnet. Von den vielen kranken Tieren oder den tot geborenen Kälbern, Schafen und Ziegen ganz abgesehen, hatte sie als Kind schon die Großeltern sterben sehen. Sie hatte bei den beiden Alten auf der Bettkante gesessen, hatte ihnen Tee, einen von der Mutter gekochten Pudding oder einen selbst gepflückten Blumenstrauß gebracht. Hatte ihnen über die Stirn gewischt und ihnen die Hand gehalten. Hatte gesehen, wie sie immer weniger geworden waren, wahrgenommen, wie sich der Geruch im Zimmer verändert hatte. Sie war dabei gewesen, als sie, umstanden von der Familie, ihren letzten Atemzug taten, als sie aufgebahrt in der Stube gelegen hatten, wo das Gesinde und auch die Nachbarn von ihnen Abschied genommen hatten. Die bleichen, eingefallenen Gesichter mit den wie scharfe Schnäbel hervorstehenden Nasen hatten nichts mehr mit den Großeltern zu tun gehabt. Stück für Stück hatte der Tod sie schon vorher mitgenommen. Das war sein Werk gewesen und Lisbeth hatte dabei zugesehen.

Die Brüder waren weit weg gestorben. Deren Tod war auf eine ganz andere Weise in ihr junges Erwachsenenleben eingebrochen. Aber sie hatte ihn klaglos angenommen.

Auch ihren Vater hatte sie sterben sehen und die Mutter. Beide zu Hause auf dem Hof. In ihren Betten. Versorgt von ihr und als es Zeit war.

Für Karl war es noch nicht Zeit. Karl war ein Teil ihres Lebens, ein Stück von ihr. Wenn er ging, war sie nur noch halb. Und es lag nur noch wenig eigene Lebenszeit vor ihr.

Vorsichtig öffnete Lisbeth die Tür des Krankenzimmers und lugte hinein. Karl drehte erst den Kopf, als sie schon neben seinem Bett stand. Die Fremdheit, die sie jedes Mal überfiel, überspielte Lisbeth mit dem Auspacken ihrer Tasche. Karls Augen verfolgten, was alles zum Vorschein kam, auch Wurst und Brot. Das Krankenhausbrot, wie Lisbeth es nannte, erschien ihr viel zu labbrig, als dass davon ein Mann wieder zu Kräften kommen könnte. Manchmal hatte sie auch einen Henkelmann dabei, in dem sie vom Mittagessen mitbrachte.

Konrad hatte sie hergefahren, Franz, der noch kommen würde, nahm sie wieder mit nach Hausen.

Mühsam aß Karl. Oft musste Lisbeth helfen, ihm zwischendurch den Mund abwischen. Dabei erzählte sie ihm vom Alltag auf dem Hof. Der Garten ist umgegraben. Joanna lernt viel. Die Hühner legen seit einer Woche nicht gut. Karl konnte nur nicken oder den Kopf schütteln. Manchmal versuchte er auch, etwas zu sagen, aber Lisbeth verstand ihn nicht.

Und oft saugten sich seine Augen an ihrem Gesicht fest, als könnte er sich auf die Art verständlich machen, mit seinem Blick das ausdrücken, was Mund und Zunge nicht mehr fertigbrachten.

Lisbeth wurde jedes Mal das Herz eng. Sie strich Karl über die Wangen und über die Hände. Über die, die schlaff dalag, und über die, die sich unruhig über die Decke bewegte. Sie wusste, was er ihr in diesen Momenten sagen wollte. In den letzten Wochen hatte er immer wieder davon angefangen. Wir müssen es Konrad sagen. Und Marlies. Hat Joanna nicht auch ein Recht, davon zu wissen? Als hätte er gewusst, dass seine Zeit knapp geworden war.

Lisbeth hatte sich gewehrt. Wozu? Was ändert sich? Er ist unser Sohn. Seit mehr als vierzig Jahren. Wir sind seine Eltern. Ich will nicht darüber sprechen.

Wovor hast du Angst, hatte Karl dann gefragt.

Ich hab keine Angst, hatte Lisbeth ihm geantwortet.

Es war keine Angst. Bloß das Wissen, dass man über manche Dinge besser nicht sprach. Weil alles gut war, wie es war. Es Konrad sagen käme ihr vor, wie ein Haus einreißen, bloß weil man vor Jahren irgendwo eine Tür falsch eingebaut hatte. Was der Standfestigkeit des Hauses nichts anhaben konnte, was niemanden störte, woran alle sich so gewöhnt hatten, dass es niemandem mehr auffiel. Und auch eigentlich noch nie sonderlich aufgefallen war. Wenn überhaupt, hatte es immer nur sie selbst bedrängt. Und deswegen ging es auch nur sie etwas an.

Ob Konrad es als siebtes Kind von Käthe besser gehabt hätte? Bestimmt nicht! Etwas Besseres als auf dem Bethches-Hof groß zu werden, hätte er kaum treffen können.

Manchmal, nur ganz selten, widersprach eine Stimme in ihr. Das sei vielleicht ein etwas einseitiger Standpunkt. Lisbeth konnte sie jedes Mal schnell zum Schweigen bringen. Nein. Eine ordentliche Familie zerstörte man nicht mit unbedachten Kundmachungen. Ein gutes, solides und schönes Haus riss man nicht ohne Not ein.

Es klopfte. Franz stand in der Krankenzimmertür. Er, der sonst immer so lärmend auftrat, ein Zimmer, sobald er es betrat, ganz ausfüllte, kam auf leisen Sohlen herein, zog sich vorsichtig einen Stuhl an Karls Bett und saß dann still da. Betrachtete seinen Bruder, wie man einen fremden Menschen anguckt, grübelnd, ob man ihn nicht doch von irgendwoher kennt.

Lisbeth saß auf der anderen Seite des Betts, beobachtete die beiden.

Heute starrte Karl Franz an, so lange, bis der seinen Blick erwiderte und sich zu ihm beugte. Karl bewegte die Lippen und Franz guckte verzweifelt darauf. Mit seinem gesunden Arm krallte Karl Franz' Arm und sah ihn fast drohend an.

Was machen sie da, dachte Lisbeth und hatte plötzlich eine Befürchtung.

In diesem Moment legte Franz seine Hand auf Karls, die

sich noch immer in seinen Jackenärmel verkrallt hatte, und nickte. Karl stieß einen lauten Seufzer aus und ließ los.

Dass die Kühe abgeholt wurden, bekam Karl nicht mehr mit. Und Lisbeth ging solange auf den Friedhof. Sowieso ging sie täglich dorthin. Heute aber blieb sie viel länger.

Sie sah die Kränze nach, zog hier und da eine verwelkte Blume heraus. Dabei sprach sie mit Karl. »Weißt du noch«, sagte sie, »als wir im Keller saßen und die Kartoffeln entkeimt haben? Ich habe geglaubt, du weinst, als sie die Schweine aus dem Stall geholt haben.«

Der Kranz vom Männergesangverein sah übel aus. Schade. Gerbera hielten nicht lang. Das wusste man doch eigentlich. Sie zog alle Blüten heraus. Wegtragen konnte sie den Kranz nicht. Das musste Konrad machen.

Wir haben beide geweint, gell, Karl? Aber mutlos waren wir nicht. Wir waren sicher, es ist richtig. Konrad macht das schon. Und jetzt?

Lisbeth bückte sich erneut und richtete auch die Kranzschleifen neu. Ruhe in Frieden. Letzter Gruß. In ehrendem Gedenken. Deine Kameraden von der Freiwilligen Feuerwehr. Aufrichtige Anteilnahme. In Dankbarkeit. Dein Bruder Franz. Gold auf Weiß. Das Weiß nun schon ein bisschen angeschmuddelt von der Erde.

Franz' Schultern waren so geschüttelt worden. Während der Pfarrer gesprochen hatte. Und noch mehr, als er am Grab gestanden und drei Handvoll Erde auf den Sarg geworfen hatte. Man hatte Angst haben müssen, dass er in die Grube fällt. Auf Karls Sarg. Beim Beerdigungskaffee hatte er so lange Schnaps getrunken, bis er wieder ein wenig lachen konnte. Mein großer Bruder. Macht er sich einfach davon. So wie damals. Nur, dass er da zu dir auf deinen Hof wollte, Lisbeth. Und ich unseren geerbt habe. Prost, Lisbeth. Trink einen mit mir. Prost, Karl, hatte Lisbeth gesagt. Aber keinen Schnaps dazu getrunken.

Eine große Beerdigung war es gewesen. Die alten Hausener waren alle gekommen. Soweit sie noch laufen konnten. Von den Jüngeren aus jedem Haus mindestens einer. Ewig hatten sie am Grab gestanden, Konrad, Marlies, Joanna und sie. Hatten sich die Hände schütteln lassen. Mein Beileid. Meine Anteilnahme. Es tut mir so leid, Lisbeth.

Lisbeth hatte genickt, Danke gesagt und: Du kommst doch zum Kaffee. Die Beine taten ihr weh und irgendwann auch die Hand. Dann hatte sie gemerkt, dass Joanna nicht mehr da war.

Hemmungslos geweint hatte Joanna, schon während der ganzen Beerdigung.

Sie ist nach Hause, flüsterte Konrad Lisbeth zu. Joanna tauchte auch beim Beerdigungskaffee nicht auf. Sie ließ sich an diesem Tag überhaupt nicht mehr sehen. Karl, ihr Opa, der erste Mensch, der aus ihrem Leben verschwand. Lisbeth konnte sie verstehen, fand es aber nicht richtig. Die Beerdigungszeremonie musste man durchstehen. Das gehörte sich so. Für die ganze Trauerfamilie.

Selbst Alfred, der nicht zur Familie und doch dazugehörte, stand bei ihnen und ließ sich die Hand schütteln. Er hatte einen dunklen Anzug an, der ihm viel zu weit war. Vor Jahrzehnten war Alfred noch kräftig gewesen. Jetzt schlabberte der Anzug. Doch wozu einen neuen anschaffen, wenn der alte noch gut, bloß zu weit war.

Lisbeth richtete sich auf, stemmte dabei beide Hände in den unteren Rücken, und ließ einen letzten Blick über den Erdhügel schweifen. Alles wieder ordentlich. Die Schleifen glatt und so gezogen, dass man die Aufschriften gut lesen konnte. Das tat sie selbst gern. Und sie wusste, dass auch mancher aus dem Dorf nach dem Gießen hier noch eben vorbeigehen, auf den Schleifen lesen und die Kränze begutachten würde. Um zu Hause zu erzählen, dass der von der Feuerwehr besonders schön und der von der Verwandtschaft aus Hessbach, dem Nachbardorf, vielleicht ein bisschen mickrig war.

Ein Hof ohne Kühe, Karl, sagte Lisbeth. Wie gut, dass du das nicht mehr erleben musst.

Wie ein Gespann Pferde, oder vielleicht eher wie ein Gespann Ochsen?, egal, wie ein gut zusammen gehendes Gespann Pferde oder Ochsen oder Kühe hatten Karl und sie all die Jahre den Hof betrieben. Pferde waren schneller im Gehen, aber Kühe waren genauso stark.

Unser Hof ohne Kühe. Das ist doch unbegreiflich, oder? Ein Bauer, der seine Kühe hergeben muss, weil die zu viel Milch geben. Zu wenig wäre schlimm. Früher, da waren wir doch froh, wenn unsere Kühe ordentlich Milch gaben. Und haben uns Gedanken gemacht, wenn es nicht so war. Haben überlegt, ob die Kuh ordentlich frisst. Ob wir sie anders füttern müssten. Ihr vielleicht mehr Heu geben. Oder haben uns Sorgen gemacht, ob sie krank ist. Ob wir den Tierdoktor holen sollen. Das war teuer, wenn der kommen musste. Aber wir haben es gemacht, gell? Weil eine Kuh, die nicht richtig Milch gab, noch teurer war.

Konrad kann nichts dafür, Karl. Er wollte alles richtig machen. Aber es richtig machen, scheint in diesen Zeiten immer schwerer zu werden. Fast unmöglich. Wir haben es auch nicht richtig verstanden, Karl. Ich nicht. Und du auch nicht. Sonst hätten wir Konrad doch anders geraten. Hätten ihm gesagt, dass das mit der Milchquote nur schiefgehen kann. So viel sitzt er am Schreibtisch. Welcher Bauer hat denn früher am Schreibtisch gesessen. Ach was, er hat überhaupt keinen Schreibtisch gehabt. Für das bisschen, was schriftlich zu machen war, hat eine Ecke vom Küchentisch genügt.

Lisbeth seufzte. Es klang fast wie ein Schluchzer. Sie stand immer noch da. Nach Hause wollte sie noch nicht. Ganz in der Nähe plätscherte es in diesem Moment. Schäfers Dorle. Sie goss zwei Gräber weiter, Lisbeth hatte sie nicht kommen sehen. Dorle war schon seit drei Jahren Witwe.

Es gab viele Witwen in Hausen. Die Frauen waren zäher als ihre Männer. Oft hatten sie die ein paar Jahre gepflegt. Auch Lisbeth hatte sich darauf eingerichtet, Karl zu pflegen. Falls er nicht wieder auf die Beine käme. Und das hatte sich schnell abgezeichnet. Aber dann hatte er sich davongemacht. Sie allein gelassen. Als sie alle schon gedacht hatten, es gehe aufwärts mit ihm. Wenigstens ein winziges bisschen. Dann war der Anruf aus der Klinik gekommen. Nachts, allein, war er gestorben. Lisbeth hoffte und wünschte, im Schlaf.

Witwe. Dass diese Bezeichnung nun auch sie betraf, hatte sie noch nicht richtig begriffen. Daran änderten auch dieser Erdhügel und ihre Besuche hier nichts.

»So eine schöne Beerdigung, Lisbeth«, sagte Schäfers Dorle.

»Schade, dass die Kränze bei dem trockenen Wetter nicht lange halten, gell?« Lisbeth nickte. Es hatte noch keinen Tag geregnet seitdem und die Temperaturen waren fast noch hochsommerlich für September.

Sie konnte nicht mehr stehen, ging zu einer der Bänke an der Friedhofsmauer und ließ sich darauf nieder. Dorle hob grüßend die Gießkanne und ging. Quietschend schloss sich die eiserne Pforte hinter ihr.

Lisbeth ließ die Augen über den Friedhof schweifen. Jedes Grab kannte sie. So wie sie jedes Haus kannte. Sie wusste, wer die Blumen im eigenen Garten zog, wer mit der jahreszeitlichen Bepflanzung immer bei den Ersten und wer nachlässig mit dem Gießen war. Genau wie auf den Höfen konnte man sehen, wem es wichtig war, alles in der Reih' zu haben. Wer sich nichts nachsagen lassen wollte.

Irgendwo brummte ein Rasenmäher. Eine Amsel pickte in der frisch gehackten Erde von Schreinerleus Grab. Im Efeu, der den großen Gedenkstein für die Weltkriegssoldaten umrankte, summten Bienen und Hummeln um die Wette.

Ja, eine schöne Beerdigung war's, Karl. Da hat das Dorle recht.

Hinterher war das ganze Dorfgemeinschaftshaus voll gewesen. Kein einziger freier Platz an den langen Tischreihen, die von den Nachbarn am Vorabend aufgestellt und von den Frauen gedeckt worden waren. Es gab Streuselkuchen mit und ohne Apfel und Bienenstich. Die Nachbarinnen kochten Kaffee in riesigen Kannen. Es wurde über Karl geredet. Ein prima Kerl. Ein guter Nachbar. So ein Unglück, das mit seinem Schlag. Aber auch über das Wetter und über die Ernte und den neuen Traktor. So eine Beerdigung war auch ein geselliges Ereignis. Wann traf sich denn sonst praktisch das ganze Dorf? Außer noch bei der Kirmes? Später gab es noch Schnaps, aber da waren die meisten schon gegangen.

Eine Wespe setzte sich auf Lisbeths Schürze, und sie wedelte mit der Hand, um sie zu verscheuchen. Mit der rechten, an der sie ihren Trauring trug. Die Sonne ließ ihn bei der Bewegung für einen Sekundenbruchteil aufblitzen. Die Wespe flog sirrend davon und Lisbeth legte die Hände in den Schoß. Die linke auf die rechte, an der eigentlich nun zwei Ringe sitzen sollten.

Karls war nicht dabei gewesen, als sie die Tüte mit seinen Sachen, die sie ihr im Krankenhaus gegeben hatten, zu Hause ausgeräumt hatte. Für einen Moment war Lisbeth in Panik verfallen, hatte alles mehrfach durchwühlt. Bis ihr einfiel, dass Karl ihn ja bloß sonntags getragen hatte. Und Sonntag war nicht gewesen, als er in die Klinik gekommen war. Und selbst wenn, hätte sie nicht gewusst, ob er ihn angehabt hatte oder nicht. Manchmal vergaß er nämlich auch, ihn anzustecken, und es fiel ihm erst abends, wenn sie ins Bett gingen, ein. Ist er mir wieder durchgegangen, sagte er dann verschmitzt und streckte ihr die schmucklose Hand hin.

Sie fand seinen Ring schließlich in seiner Nachttischschublade. Auf seinen Stofftaschentüchern, den guten weißen, von denen er auch nur sonntags eins einsteckte. Für den Alltag gab es die dunkelkarierten. Die lagen nicht in der Nachttischschublade, sondern im Schrank bei den Alltagshosen.

Lisbeth hatte sich auf die Kante von Karls Bett gesetzt, den Ring zwischen ihren Fingern gedreht und war mit der Kuppe des Zeigefingers innen entlanggefahren, ob die Gravur zu fühlen war. Lesen konnte sie es ohne Brille nicht. Aber sie wusste ja, was dort stand. Elisabeth. Und das Datum ihrer Hochzeit. So wie in ihrem Karl und das Datum stand. Sie schloss die Faust um Karls Ring. Ab jetzt würde sie ihn tragen. Ab jetzt würde sie beide tragen. Das machte man als Witwe doch so.

Da er größer war als ihrer, Männerringe waren ja immer größer, würde sie ihn hinter ihren stecken. Damit ihrer Karls Ring Halt geben würde. Das machten Witwen doch so.

Lisbeth öffnete die Faust, legte Karls Ring neben sich auf die Bettdecke und fasste nach ihrem. Noch nie hatte sie ihn abgenommen. Seit der Hochzeit trug sie ihn. Alles in ihrem Leben und jede Arbeit hatte er mitgemacht. Garten, Backen, Schlachten, Wäsche. Er gehörte zum Ringfinger ihrer rechten Hand wie die Haut, die Knochen, der Fingernagel. Bloß immer dünner war er im Lauf der Jahre geworden.

Nun zog und drehte sie an ihm, spuckte sogar darauf, aber er bewegte sich nicht über ihren Finger. Nur drehen ließ er sich. Sie ging ins Bad und ließ kaltes Wasser darüberlaufen, machte Seife dran. Nichts half. Wie verwachsen war er mit ihrem Finger. Sie hielt die Hand hoch und spreizte die Finger. Zum ersten Mal fiel ihr auf, wie tief der Ring einschnitt. Ihre Finger waren viel dicker als früher, viel dicker als damals. Müsste sie das nicht längst gespürt haben? Müsste ihr der Ring nicht wehtun? Aber sie spürte es nicht. Und er tat auch nicht weh.

Dann schiebe ich Karls eben kurzerhand über meinen Ring drüber, dachte sie, und ging zurück ins Schlafzimmer. Karls war so groß, dass das gar kein Problem war. Aber genau deswegen hielt er auch nicht, sondern rutschte Lisbeth sofort wieder herunter. Dabei fiel er auf den Boden und kullerte davon. Ächzend ging Lisbeth auf die Knie, aber er war so unters Bett gerollt, dass sie einen Besen holen musste, um ihn wieder hervorzukehren.

Sie schob sich wieder auf die Bettkante, putzte mit ihrer Schürze den Staub ab und ließ ihn noch einen Moment auf ihrer Handfläche liegen. Dann legte sie ihn zurück auf Karls Sonntagstaschentücher und schob seine Nachttischschublade sanft zu.

Trag ihn an einer Kette, Oma, hatte Joanna gesagt. Lass ihn doch umarbeiten, hatte Marlies gesagt. Aber beides wäre Lisbeth albern vorgekommen. Sentimental. Auch wenn sie dieses Wort nie benutzen würde, es gar nicht zu ihrem Wortschatz gehörte. Wenn der Ring nicht passte, sollte es nicht sein. Er würde im Nachtschrank bleiben. Sie wusste ja, dass er dort war. Ab und zu würde sie ihn vielleicht herausnehmen. So wie sie nachts manchmal neben sich fasste, obwohl sie wusste, dass da nie mehr jemand liegen würde.

Lisbeth hob die Hand über die Augen. Die Sonne stand so tief, dass sie geblendet wurde. Sie hatte jedes Zeitgefühl verloren. Waren die Kühe wohl schon weg? Hatten Konrad und Marlies den Stall ausgefegt? Alles entfernt, was noch an die Kühe erinnern könnte?

Lisbeth merkte plötzlich, dass sie fröstelte. Die Wärme hatte deutlich nachgelassen. Die Grabsteine warfen lange Schatten. Sie musste nach Hause. Doch nach Hause hatte plötzlich einen ganz bitteren Klang, fühlte sich nicht mehr warm, sicher und richtig an. Nicht mehr wie der Bethches-Hof. Sie musste zurück auf einen Hof mit leeren Kuhställen. Und da war noch Karls leerer Stuhl in der Küche, sein leerer

Stuhl in der Stube, die leere Betthälfte. Es war zu viel Leere auf einmal.

Bis auf das gleichmäßige Scharren der beiden Besen war es still. Die Kühe waren weg. Und morgen würde jemand für die Melkanlage kommen. Auch die weg. Der große Deutz war längst verkauft. Aber der Erlös hatte nicht lange gereicht.

Marlies fegte den langen Gang vom einen Ende her, Konrad vom anderen. Irgendwann würden sie sich in der Mitte treffen. Es sei denn, Konrad entschied sich, in den Ständen, da, wo jetzt keine Kühe mehr waren, weiterzufegen. Ihr den Gang zu überlassen. Es gab rechts einen Stand und einen links. Welchen würde er wählen?

Und was würde sie machen, wenn sie am Ende des Gangs angelangt war? Ihm bei dem Stand helfen, in dem er gerade fegen würde? Oder lieber in dem gegenüber? Immer schön getrennt? Jeder seinen Bereich?

Marlies hielt einen Moment inne, legte ihr Kinn auf die Hand, die den Besen hielt, und ließ ihren Blick über die Schwalbennester schweifen, die sich unter der Decke reihten. Nur noch Konrads Besen scharrte. Die Nester waren leer, die Schwalben schon auf dem Weg nach Afrika. Würden sie im nächsten Frühjahr wiederkommen? Oder würden die Nester verwaisen wie der ganze Stall?

Was sollten die Vögel hier noch. Für die Jungvögel würde die Wärme fehlen, die von den Kuhleibern ausgegangen war. Und keine Mücken, keine Fliegen, magisch angezogen von den Tieren und ihren Ausscheidungen. Ein Schlaraffenland für die Schwalben war das gewesen. Oder würden sie trotzdem ihre Nester wieder beziehen? Und einfach weitermachen? Auch ohne Kühe? Sich anpassen? Die Insekten draußen fangen? In Kauf nehmen, dass es nicht mehr so warm war?

Auch Konrad und sie würden sich anpassen müssen. An einen Hof ohne Kühe. An einen Hof ohne Karl. Marlies nahm das Kinn vom Besenstiel und fegte stoisch weiter. Sie sah nicht zu Konrad. Sie hörte nur irgendwann, dass ihr das Besengeräusch nicht mehr entgegenkam, sondern von links hinten. Konrad hatte ihr den Gang überlassen, war ihr ausgewichen. Oder er hatte gedacht, so sei es sinnvoller? Sie den Gang fertig, er schon mal in einem der Stände?

Als Marlies am Gangende ankam und sich umdrehte, einen Augenblick den Stall betrachtete, der ohne Kühe viel größer wirkte, war da plötzlich ein neues Gefühl. Erleichterung? Befreiung?

So viel Raum. So viel Platz. Kein Muhen, kein Zerren an den Ketten. Keine vollen Euter, die pünktliches Melken verlangten. Zwanzig Jahre hatten die Tiere ihres und Konrads Leben diktiert, ihnen den Lebensrhythmus vorgegeben.

In Marlies' Kopf tauchten Bilder auf. Ganz fern und klein. Sand. Sonnenschirme. Sie und Konrad, Hand in Hand vor Schaufenstern in Lahnfels. Sie nebeneinander, vielleicht sogar ein bisschen aneinandergelehnt, in Kinosesseln. Bloß Schemen waren es. Phantome, von denen man noch nicht weiß, ob sie sich, wenn man näher kommt, als ganz was anderes entpuppen. Als Trugbilder.

Marlies' Besen nahm unwillkürlich Schwung auf. Als

hinge die Umsetzung solcher Bilder in die Wirklichkeit von der Geschwindigkeit ab, mit der sie hier fertig würden.

War das, was alle als Katastrophe ansahen, vielleicht auch eine Chance? War Landwirtschaft im Grunde nicht eine sehr harte Art, seinen Lebensunterhalt zu verdienen?

Würden sie es schaffen, aus der erzwungenen, aber neu gewonnenen Freiheit etwas zu machen? Sie zu füllen? Mit Lebensfreude? Mit mehr Gemeinsamkeit? Könnte Konrad überhaupt Spaß haben an einem Urlaub im Süden? Am Sitzen in einem Café in Lahnfels am helllichten Nachmittag?

Marlies bückte sich, schob einen der zusammengefegten Dreckhaufen auf eine Schippe und kippte sie in den Schubkarren. Sie wusste nach all den Jahren nicht, an was Konrad Freude hatte außer an der Landwirtschaft.

Das Geißblatt war schon lange verblüht und Lisbeth hatte es kräftig zurückgeschnitten. Sie saß auf der Bank vor dem Haus. Es dämmerte, viel früher schon als noch vor wenigen Wochen.

Sie sah Alfred entgegen, der gerade an dem dunklen Fleck mitten auf dem Hof entlangschlurfte, und dachte, bei diesem Licht könnte man meinen, es sei eine riesige Pfütze. Alfred setzte sich zu ihr und stopfte seine Pfeife. Karls Platz auf der Bank blieb leer. Keiner, der sagte, ich hole uns ein Feierabendbier. Hinter den Stallfenstern blieb es dunkel. Wie leere Augenhöhlen starrten sie aus dem Gemäuer.

Vor ein paar Tagen hatte Konrad mit dem Traktor ein paar Schaufeln voll Erde in die leere Mistkuhle gefüllt. Braune, nackte Erde. Damit die Kuhle auf die gleiche Höhe kam wie der Hof. Damit niemand hineinstolperte. Und überhaupt, wie sieht das denn aus, so ein Loch mittendrin.

Lisbeth hatte Konrad bei seinem Werk beobachtet. Hinter dem Küchenfenster hatte sie gestanden und durch die Gardinen gesehen, gemeint, er fahre eigentümlich ruckartig, ließe den Motor des Traktors öfter unnötig aufheulen. War er zornig? Über das, was er da tun musste? Sein Gesicht konnte Lisbeth nicht sehen. Sie würde ihn auch nicht danach fragen.

Und doch hatte es sie plötzlich auch an den sechzehnjährigen Konrad erinnert, wie er zum ersten Mal Mist gefahren hatte. Damals war diese Fahrweise noch die Ungeschicklichkeit des Führerscheinneulings gewesen. Karl hatte danebengestanden und irgendwelche Kommandos gebrüllt. Lisbeth hatte Konrad lächelnd beobachtet. Auch vom Küchenfenster aus. Bloß geöffnet war es gewesen. An einem Tag im Mai. Das Traktorfahren würde er noch lernen. Das war klar gewesen.

Eine weitere Ladung Erde war von der Schaufel in die Kuhle gefallen, der Motor hatte gebrüllt und Lisbeth war plötzlich von einer ganz neuen Angst befallen worden. Hätte Konrad nicht allen Grund zu gehen? Kein Hof mehr. Kein Ausgleich dafür, dass ihm niemand gesagt hatte, dass seine Mutter tot war. Dass er einen Vater und Geschwister hatte, von denen er nichts wusste. Lisbeth hatte sich vom Fenster abgewendet und auf einen Stuhl fallen lassen. Der Traktor hatte noch eine Weile rumort.

Alfred stieß die erste Rauchwolke aus. In ein paar Tagen würde aus dem dunklen Fleck ein grüner werden. Konrad hatte Gras gesät und zu Lisbeth gesagt, du kannst ja noch

Blumen darauf pflanzen. Ob er sich das wünschte oder ob er sie trösten wollte, war nicht auszumachen. Aber Lisbeth verspürte auch keinerlei Drang. Blumen, da wo ein Misthaufen hingehörte?

Eine ganze Weile saßen Lisbeth und Alfred so nebeneinander. Gesprochen wurde nicht. Nicht mal eine Bemerkung wie: Morgen soll's regnen. Oder: Morgen soll's trocken bleiben. Es war kein unangenehmes Schweigen. Wenn man sich so lange kennt, macht einem eine solche Wortlosigkeit nichts aus.

Die Stille des Hofs dagegen war bedrückend. Kein Laut. Nirgendwo eine Bewegung. Nicht einmal eine Katze schlich umher.

Die schwarze mit dem weißen Lätzchen war schon lange tot. Die beiden getigerten auch. Es gab noch zwei schwarz-weiß gefleckte. Sie waren nur zu unterscheiden, weil eine einen dunklen Fleck an der Nase hatte. Lisbeth konnte sie auch nach Jahren kaum auseinanderhalten. Joanna hatte ihnen Namen gegeben. Thekla und Turka. Nach zwei Figuren aus *Biene Maja*. Sobald sie dazu in der Lage gewesen war, hatten alle Katzen Namen bekommen.

Nun waren die beiden Katzen auch schon wieder alt und Joanna fast erwachsen. Im kommenden Frühjahr fertig mit der Schule in Lahnfels, die Marlies damals durchgesetzt hatte. Bald neunzehn war sie dann schon. So lange Schule. Und es sollte noch weitergehen mit dem Lernen. An der Universität. Jedenfalls wenn es nach Marlies ging. Joanna wollte nicht so recht, war Lisbeths Eindruck.

Manchmal sprachen sie darüber. Wenn sonst niemand dabei war. Lisbeth erzählte Joanna von früher. Dass man mit vierzehn angefangen hatte zu arbeiten. Joanna machte jedes Mal große Augen und fragte: »Wärst du gern länger zur Schule gegangen, Oma?«

Lisbeth konnte darauf nichts sagen. Genauso gut hätte Joanna sie fragen können, wärst du gern zum Mond geflogen. Lisbeth zuckte also die Schultern und fragte: »Möchtest du denn noch weiter lernen?« Dann antwortete Joanna: »Ich weiß nicht. Aber ich weiß auch nicht, was ich stattdessen gern machen würde. Und das muss man doch wissen, oder?«

Solche Fragen hatten sich für Lisbeth nie gestellt. Joanna tat ihr beinahe leid. Aber sie hatte auch keinen Rat für sie. »Früher hättest du den Hof übernommen«, sagte sie dann immer und beobachtete Joannas Gesicht. Ob sich bei dem Gedanken Freude darin zeigen würde. Aber diese Möglichkeit lag wohl für Joanna so fern wie ein Mondflug. Sie lachte jedes Mal, wie man über einen wohlmeinenden Scherz lacht, und sagte: »Ja, damals hatten die Jugendlichen es viel besser als wir heute.« Doch es klang nicht, als ob sie sich wirklich in diese Zeit wünschen würde.

Und selbst wenn, dachte Lisbeth. Das Unglück wäre noch viel größer. Eine Nachfolgerin, aber keinen Hof mehr.

Alfreds Pfeife war schon eine Weile aus. Die Katzen hatten sich nicht blicken lassen, obwohl Lisbeth ein paarmal »Minz, Minz« gerufen hatte. Aber seit keine Schälchen mit frischer Milch mehr vor der Tür des Kuhstalls standen, trieben sie sich abends irgendwo herum. Vielleicht auf benachbarten Höfen. Aus den Schalen mit der Milch aus dem Supermarkt, die nun auf dem Treppenabsatz vor der Haustür standen, tranken sie selten.

Ein leichter Wind kam auf und Lisbeth zog ihr Schultertuch enger um sich. »Mir wird kalt«, sagte sie und stand auf. Alfred klopfte seine Pfeife aus und erhob sich auch.

Kurz vor der Haustür drehte Lisbeth sich noch mal um. Die erdbefüllte Mistkuhle war in der Dunkelheit nicht mehr auszumachen. Eigentlich passt es sogar, das mit den Blumen, dachte sie und drückte die Tür auf. So wie man ein Grab ja auch mit Blumen schmückt. Aber sie spürte auch bei dem Gedanken keinen Ansporn. Obwohl auch andere auf ihren Höfen es längst so hatten.

Da kannst du doch noch schön Blumen drauf pflanzen, sagten auch die Verwandten an einem Sonntag, als das Gras sich schon als zartgrüner Flaum zeigte. Zu den anderen Veränderungen auf dem Hof hatten sie nichts zu sagen gewusst, sondern bloß verlegene Gesichter gemacht und umso eifriger nach nicht landwirtschaftlichem Gesprächsstoff gesucht.

Und wenn die Urenkel kommen, stellt ihr da eine Schaukel und einen Sandkasten auf, setzte Franz hinzu. Seit Karl tot war, war er viel leiser geworden. Manchmal musste man fragen, was hast du gesagt? Er zwinkerte Konrad und Marlies zu. Konrad verzog bloß das Gesicht. Nach einem Lächeln sah es nicht aus. Marlies hob den Deckel der Kaffeekanne, um zu sehen, ob noch was drin war, und tat, als hätte sie es gar nicht gehört. Joanna war nicht da.

Marlies und Konrad hatten nicht mehr Freizeit, sondern noch weniger als früher.

Konrad hatte sich bald eine Arbeit gesucht. Eines Abends hatte er gesagt, nächste Woche gehe ich in die Fabrik. So wie Marlies damals gesagt hatte, ich will wieder arbeiten gehen. Bloß hatte bei ihm das *wieder* gefehlt. Er hatte noch nie woanders gearbeitet als auf seinem Hof.

Doch nun stand er in zwanzig Kilometer Entfernung, von Kopf bis Fuß in einem hitzefesten Anzug, an einem Ofen, aus dem über tausend Grad heißes Eisen floss. In einer glühenden, staubigen und finsteren Halle. Drei Schichten. Es wurde sehr gut bezahlt. Besonders die Nacht. In der wenigen Zeit, die ihm blieb, bestellte er noch ein paar Felder. Und die Schafe waren geblieben.

Marlies' Versuche, mehr gemeinsam zu unternehmen, waren bald im Sand verlaufen. Im Kino war Konrad eingeschlafen, beim Einkaufsbummel war er bloß mitgetrottet wie ein alter, müder Hund. Und als die Urlaubszeit kam, musste er Getreide ernten.

Daraufhin stockte auch Marlies ihre Arbeit auf. Was dazuverdienen. Und was sollte sie auch sonst tun. Vertreterin von Frau Heinze war natürlich längst vergeben. Hätten sie doch, sagte Frau Heinze. Marlies zuckte bedauernd die Schultern. Ja, hätte ich doch, dachte sie. Sie konnte fünfundzwanzig statt fünfzehn Stunden arbeiten. Es wurde lange nicht so gut bezahlt wie Konrads Arbeit. Aber die Arbeit war auch nicht halb so schwer. Und nicht so schmutzig.

Für Lisbeth und Alfred gab es keinen Job. Ein bisschen mehr Arbeit im Haus und auf dem Hof, weil Konrad fehlte. Sie taten, was in ihren Kräften stand. Alle verrichteten ihre

Arbeit so stoisch wie eine Schiffskapelle, die immer weiter spielt, obwohl der Dampfer längst sinkt.

Konrads Platz in der abendlichen Küche blieb jetzt oft leer. Er fehlte Marlies. Nicht so sehr, weil sie bisher tiefgründige Gespräche geführt hätten. Das hatten sie noch nie getan. Weder in der Küche noch sonst wo. Dafür fehlten ihnen die Worte. Und wenn Marlies doch welche einfielen, traute sie sich nicht, sie auszusprechen. Das Innere nach außen kehren lag ihnen nicht. Wo hätten sie es auch lernen sollen.

Immer war es bloß um Alltagskram gegangen. Kannst du morgen. Bei Raiffeisen muss was abgeholt werden. Mit auf den Acker. Bei den Schafen müsste. Das waren handfeste Angelegenheiten. Da musste man weder nach Worten suchen, noch machte man sich lächerlich. Davon abgesehen hatte Konrad meistens gelesen. Manchmal war er auch eingenickt, wenn der Tag anstrengend gewesen war.

Doch jetzt, wenn an seinem Platz niemand saß, war es Marlies, als hätten sich die Kräfte im Familiengefüge verschoben. Als hätte Konrad durch seine pure Anwesenheit zwischen ihr und der Familie einen Schutzschild gebildet, und nun sei sie, ohne diese Nähe zu wollen, dichter an Alfred und Lisbeth herangerückt. Karl war nicht mehr da.

Sie ging jetzt öfter in ihr Wohnzimmer, das immer noch keins war. Legte sich auf Konrads Jugendbett und guckte an die Decke. Oder setzte sich an den Kinderschreibtisch und strich gedankenverloren über die Platte.

Einmal kniete sie sich auf den Boden vor ihre Aussteuerkisten, die seit ihrem Einzug auf dem Bethches-Hof unberührt in der Ecke standen. Sie ließ ihren Blick darübergleiten.

Nichts von all dem hatte sie je benutzt. Nicht das Geschirr, nicht das Besteck, keine Töpfe, keine Tischdecken. Alles war vorhanden gewesen auf dem Bethches-Hof. Und niemand hatte gesagt, möchtest du dein eigenes Kaffeeservice vielleicht gern? Guck, hier im Schrank mache ich ein bisschen Platz dafür. Vielleicht können wir uns ja auch abwechseln. Eine Woche deins, in der darauffolgenden Woche unseres. Aber sie hatte auch nicht gefragt. Sie war auf den Hof gezogen wie ein Bettelmädchen. Hatte nichts eigenes beigesteuert, nicht viel gesagt und wenig verlangt.

Marlies zog einen Karton zu sich heran und öffnete ihn mit einer Spannung, als hätte sie bei einem Versandhaus etwas bestellt, wüsste aber nicht mehr genau, was.

Bettbezüge kamen zum Vorschein. Die allerdings waren im Karton geblieben, weil sie ihr nicht gefallen hatten. Weißer Damast. Oder zartgeblümt. Zum Teil hatte sie die Bezüge schon zu ihrer Konfirmation bekommen. Zeitlos sollte es sein, hatten die Schenker sich wohl gedacht. Zeitlos und von guter Qualität. Was fürs Leben. Aber was war schon fürs Leben?

Riesige hellrote Blumen hatten es sein müssen, als Konrad und sie geheiratet hatten. Blumen, die mit den Blumenmustern der Bettwäsche, die die Mutter im Schrank hatte, gar nichts mehr zu tun hatten. Große, gewagte Formen. Orangebraune Wellen. Gelbe Kreise, die in Abstufungen von Orange bis Braun immer dunkler wurden. Muster, bei denen einem, wenn man zu lange hinsah, fast schwindlig wurde. So wie man das eben damals hatte. Marlies hatte sich diese neue Wäsche gekauft. Die Mutter hatte gejammert. Wo du doch so gute hast. Lisbeth hatte nichts gesagt, aber was sie dachte, hatte man an ihrem Gesichtsausdruck sehen können.

Aber auch die neu angeschaffte Bettwäsche gab es inzwischen nicht mehr. Irgendwann hatte sie diese aufgeregten Muster nicht mehr sehen können. Hatte niemand sie mehr sehen können. Auch nicht diese Farben. Man wollte wieder dezent. Marlies wollte auch wieder dezent. In diese Kiste gegriffen hatte sie deshalb aber auch nicht. Sondern sich wieder neue Bettwäsche gekauft. Nach der Arbeit einen Streifzug durch die Bettenabteilung gemacht. An diese Aussteuerbettwäsche überhaupt nicht mehr gedacht. Und selbst wenn. Sie hätte sie nicht gewollt.

Marlies schob den Karton mit der Bettwäsche zur Seite und öffnete den nächsten. Porzellan. Ein Kaffeeservice. Jedes einzelne Teil sorgfältig in Papier eingeschlagen. Sie wickelte eine Tasse, einen Teller und die Kaffeekanne aus, stellte sie vor sich auf den Boden und musste beim Betrachten fast lachen. Das Service hatten die Mutter und sie gekauft, als sie bereits mit Konrad verlobt gewesen war. Ein Muster ähnlich dem auf der Bettwäsche mit den gelb-braunen Kreisen. Das kannst du schon nächstes Jahr nicht mehr sehen, hatte die Mutter entsetzt prophezeit und zu Zwiebelmuster geraten oder einem anderen blau-weißen Geschirr, das wie eine skandinavische Stadt geheißen hatte. Stockholm? Oslo? Egal. Auf jeden Fall was Neutrales. Was fürs Leben. Nicht solchen modischen Schnickschnack. Doch Marlies wollte modischen Schnickschnack. Das Leben war ihr egal gewesen. Jedenfalls das in zehn, zwanzig oder dreißig Jahren. So weit entfernt, das sie es sich gar nicht hatte vorstellen können. Doch nun war es da, das Leben in zwanzig Jahren. Und sie hockte auf dem Fußboden eines Zimmers, vollgestellt mit Dingen aus ihrem und Konrads jungen Leben, und betrachtete Sachen, die sie als Mädchen geschenkt bekommen hatte. Die damals alle Mädchen geschenkt bekommen hatten. Vorschuss auf ein Leben als Ehefrau, auf ein Leben für eine Familie.

Im nächsten Karton war Besteck. Marlies zog einen der Kästen heraus und fuhr mit der Hand darüber. Grau. Eine Art Lederimitat mit eingeprägtem Schlangenmuster oder was auch immer das für ein Reptil darstellen sollte. Sie stellte den Kasten auf den Fußboden und drückte mit den Daumen gleichzeitig auf die beiden Schließen. Mit einem feinen Klack sprangen sie auf und sie klappte den Deckel hoch. Fein säuberlich hintereinandergesteckt, lagen die Messer und Gabeln und Löffel seitlich auf gelb-goldener Seide. Oder einem Stoff, der aussehen sollte wie Seide.

Das Besteck war klassisch. Chippendale. Was fürs Leben. Das erste Set aus Messer, Gabel, Löffel, Kaffeelöffel und Kuchengabel hatte ihr die Patentante zu ihrem achten Geburtstag geschenkt. Chippendale, hatte sie gesagt, als Marlies es ausgepackt und ratlos angeguckt hatte. Mit einem Sch wie bei Schippe sprach die Tante es aus und machte ein verheißungsvolles Gesicht dazu. Zu jedem Geburtstag hatte sie einen weiteren Satz bekommen. Mit zwanzig hatte sie die zwölf voll. Zur Hochzeit schenkte die Tante noch das Vorlegebesteck. Gemüselöffel, Fleischgabeln und Soßenkelle.

Die Brüder bekamen von ihren Patenonkeln Matchboxautos, eine neue Lokomotive für die elektrische Eisenbahn, Lederfußbälle, Fußballbilder-Sammelalben. Einmal sogar hatte ihr jüngster Bruder von seinem Onkel, der Eintracht-Frankfurt-Fan war, eine Autogrammkarte mit der Originalunterschrift von Jürgen Grabowski bekommen. Den kannten sogar sie und die Mutter. Marlies erinnerte sich an die Ehrfurcht der ganzen Familie, als die Karte reihum von Hand zu Hand ging und ihr Bruder ganz zappelig jedem auf die Finger geguckt hatte, bis sie wieder bei ihm angekommen war. Mach bloß keinen Knick rein, hatte er bei jedem gerufen.

Marlies erinnerte sich an ihre Lust, eine Ecke dieser Karte umzubiegen, als sie sie weitergereicht bekommen hatte. Nur ein ganz kleines bisschen. Gerade weil der Bruder so ein Theater machte. Sie hatte ihn angeguckt, mit Daumen und Zeigefinger an eine Ecke gefasst und eine leichte Bewegung gemacht. Ihr Bruder hatte schon entsetzt die Augen aufgerissen. Alle anderen bemerkten nichts. Aber sie hatte es nicht getan. Kreuzbrav war sie immer gewesen. Und vernünftig. So vernünftig wie jetzt. Sich in die Verhältnisse schicken. Sie beinahe wie Naturereignisse hinnehmen. Nichts zu machen. Zu protestieren, zu sagen, ich will auch Fußbälle, wäre ihr damals nie eingefallen. Und auch jetzt protestierte sie nicht. Sagte nicht, das mache ich so nicht mehr mit, das ist doch kein Leben.

Joanna besaß keine Aussteuer. Bärbel hatte ihr meistens Geld geschenkt. Kauf dir was Schönes. Was Schönes war was zum Spielen und später was zum Anziehen gewesen. Immer hatte Joanna Bärbel gezeigt, was sie erworben hatte. Guck, Tante Bärbel. Und Bärbel hatte genickt und gelächelt: Hauptsache, du hast Freude daran.

Ohne Aussteuer also war Joanna. Aber sie würde ja studieren. Für ein Studentenleben brauchte man nicht viel. Lebte in Wohngemeinschaften mit angeschlagenen Kaffeetassen, die die Vorgänger hinterlassen hatten.

Marlies wickelte das Service wieder ins Papier und legte auch den Besteckkasten in seinen angestammten Karton zurück.

Lisbeth ging mit einem Korb weißer und rosafarbener Apfelblüten zum Friedhof. Im vergangenen Jahr war Joanna zur Apfelblütenzeit davongeflogen. Nun kam sie bald wieder.

Es war Mitte Mai, seit dem Vortag waren die Eisheiligen herum. Nachtfrost hatten sie nicht gebracht, aber man konnte ja nie wissen. Die Kalte Sophie wartete Lisbeth immer ab. Alle machten das so. Nur ein paar ganz Wagemutige riskierten es, dass ihre Apfelblüten oder Geranien oder Pelargonien erfrieren könnten.

»Bald ist sie wieder da«, sagte Lisbeth zu Karl, als sie ihren Korb neben seinem Grab abstellte. »Gott sei Dank, gell?«

Dieses Afrika war ihr suspekt geblieben. Ein Land, in dem das ganze Jahr über Sommer war, in dem es keinen Frost gab, nicht im Winter und erst recht nicht, wenn längst Frühling war. Lisbeth konnte es sich nicht vorstellen. Ein Jahr ohne Rhythmus.

Aber Joannas Karten hatten Lisbeth auch fasziniert. Sehr häufig kamen sie nicht, obwohl die ganze Familie danach gierte.

Wenn einer eine Karte aus dem Briefkasten gezogen hatte, sie schwenkte und »von Joanna« rief, kamen alle angelaufen und versuchten, sich gleichzeitig darüber zu beugen. Die Köpfe stießen aneinander, aber weil man so nicht lesen konnte, las der, der sie gebracht hatte, sie vor. Dann wurde sie auf den alten Küchenherd gelegt, wo man sie im Vorbeigehen immer wieder in die Hand nehmen, sie noch mal selbst lesen, das Bild genau studieren, über die Schrift streichen konnte, als wäre man Joanna auf die Weise ein bisschen näher. Die ersten Karten waren danach an so eine Wand aus Kork gewandert, wo man sie mit einer Nadel anstecken konnte. Aber die war bald voll gewesen. Alle, die danach kamen, wanderten zwischen zwei Mustöpfe, die ihnen Halt gaben.

Lisbeth bückte sich zu den Stiefmütterchen, die in voller Blüte standen und rupfte sie ungerührt aus. Es war das Schicksal der Stiefmütterchen. Kaum zeigten sie ihre ganze Pracht, war es schon vorbei mit ihnen.

»Fast schade drum«, sagte es hinter ihr. Lisbeth fuhr hoch. Golläckers Katrine stand, die Hände auf dem Rücken, direkt hinter ihr.

»Tach, Katrine«, sagte Lisbeth. Und: »Das ist doch jedes Jahr so, nicht?«

Katrine nickte.

»Hast du's schon gemacht?«, fragte Lisbeth und rieb sich Erde von den Fingern.

»Die Annegret bringt mir morgen erst die Apfelblüten aus der Stadt mit«, antwortete Katrine.

»Kommt ja auf einen Tag nicht an«, sagte Lisbeth.

Katrine schüttelte den Kopf und stand da, als wolle sie abwarten, was Lisbeth als Nächstes tat. Aber Lisbeth tat nichts, weil es ihr unangenehm war, wenn jemand so dicht bei ihr stand und ihr auf die Finger guckte. Sie dachte über Gesprächsstoff nach. Soll ich ihr ein bisschen von Joanna erzählen?, überlegte sie. Und dass sie bald wiederkommt? Aber dann geht sie niemals weg und ich kriege mein Grab nicht fertig. Also war Lisbeth still.

Katrine kam auch nicht auf die Idee zu fragen. Zum Glück.

Wo sie doch sonst immer alles schonungslos fragte. Nach ein paar Momenten des Schweigens sagte Katrine: »Ich muss dann mal weiter, mach's gut«, und ging durch das quietschende Eisenpförtchen davon. Vielleicht irgendwohin, wo sie jemand Gepröchigeres finden würde.

»Na, das hat gedauert«, sagte Lisbeth aufatmend zu Karl und entfernte ein letztes Stiefmütterchen. »Und Joanna geht sie ja auch gar nichts an.«

Die Karten hatte Joanna immer an die ganze Familie geschrieben. Aber ab und zu hatte sie auch eine nur an Lisbeth geschickt. Nicht, dass die anderen die nicht zu lesen bekommen hätten. Aber die nahm Lisbeth anschließend mit in ihr Zimmer. Sie lagen auf ihrem Nachtschrank. Abends, bevor sie das Lämpchen ausknipste, betrachtete sie sie oft.

Joanna schrieb, Uganda sei zum großen Teil sehr grün, wo man doch immer denke, in Afrika sei alles braun verbrannt. Von den Frauen schrieb sie, die in Uganda oft die Familien ernährten. Von den vielen Kindern, die sie bekämen. Und stell dir vor, Oma, die müssen von klein an bei der Arbeit helfen und gehen deswegen oft überhaupt nicht zur Schule. Sie lebe direkt bei einer Bauernfamilie, die vor allem Bohnen und Mais anbaue. Bohnen und Mais. Das konnte Lisbeth sich vorstellen. Das Pflügen mit Ochsen auch. So lange war es ja noch gar nicht her, als es auf dem Bethches-Hof ebenso gemacht wurde. Gute Zeiten waren das gewesen, dachte Lisbeth. Viel harte Arbeit, aber gute Zeiten, in denen man sich seiner Sache sicher sein konnte. Dass man das Richtige tat, dass es immer so weitergehen würde.

Nach einer Weile, spätestens wenn eine neue Karte kam, legte Lisbeth die vorherige in die Kommodenschublade für wertvolle Dinge. Das bunte Seidentuch von Marlies war im

Lauf der Zeit in die hinterste Ecke gewandert. Es begegnete Lisbeth bloß noch, wenn sie die Lade auf der Suche nach irgendetwas durchwühlte.

Die Apfelblüten waren in der Erde, immer abwechselnd Rosa und Weiß. Lisbeth goss zwei Kannen Wasser darüber und strich über Karls Stein. Dann nahm sie ihr Körbchen, legte die Hacke und das Schippchen hinein und machte sich auf den Nachhauseweg. Lange bevor sie auch die Apfelblüten wieder herausreißen musste, um die Heide für den Herbst zu pflanzen, wäre Joanna wieder da.

Marlies schob Joannas Schreibtischstuhl vor den Schrank und kletterte auf die wackelige Fläche. Bloß keinen Hausfrauensturz, mahnte sie sich. Und dass der Stuhl nicht davonrollt. Marlies schaffte es, in diesem schwankenden Stand mit dem Staubtuch über den Schrank zu wischen, und kletterte wieder herunter. Aufatmend schwenkte sie das Tuch zum Fenster hinaus. Gut, dass das niemand gesehen hatte.

Gut auch, dass Joanna nicht sah, wie sie ihr Zimmer bearbeitete. Marlies' Freude, die Vorfreude, dass Joanna nun bald wiederkam, schwemmte das schlechte Gewissen, dieses Gefühl, Joanna würde das Eindringen in ihren Raum nicht wollen, einfach weg. Genau wie das Argument, Joanna könne ja schlecht in ein Zimmer wieder einziehen, in dem seit einem Jahr nichts gemacht worden war. Bloß ihre Mutter hatte sich manchmal hineingeschlichen. Hatte sich auf das Bett gelegt, an der Decke und am Kissen gerochen, bis sich Joannas Geruch mehr und mehr verflüchtigt hatte und die Bettwäsche bloß noch ungewaschen roch.

Marlies hatte auch die Kuscheltiere eins nach dem anderen in die Hand genommen. Sie hatte den Plüschhund gestreichelt und das Schaf. Den Bären und das quietschrosafarbene Schwein. Auch an ihnen hatte sie gerochen. Ob noch etwas von dem Duft des kleinen Mädchens an ihnen haftete, das Joanna schon lange nicht mehr war.

Sie hatte die Poster an den Wänden betrachtet. Die mit den Pferden, die hier hingen, seit Joanna klein war. Joanna hatte sie nie abgehängt. Auch nicht, als sie sich längst mehr für Filmstars interessierte. Tom Cruise, Matt Damon und vor allem River Phoenix. Marlies war entsetzt gewesen, dass Joanna so einen kaputten Typen toll fand. Einen winzigen Moment hatte sie sich gefragt, ob die Schule in Lahnfels, die sie für diesen Einfluss verantwortlich machte, nicht doch die falsche Wahl gewesen war. Wegen River Phoenix hatte Joanna sich im Englischunterricht angestrengt. Und als er an seinen Drogen starb, hatte sie sich zwei Tage in ihrem Zimmer eingeschlossen.

Lisbeth hatte den Kopf geschüttelt. Ein Schauspieler. Der hatte doch für das normale Leben überhaupt keine Bedeutung. Marlies konnte sich noch an die Tränen ihrer Mutter beim Tod von James Dean erinnern. Sie hoffte, Joanna suche sich andere Vorbilder. Das River-Phoenix-Poster hing bis heute.

Mit dem Staubtuch fuhr sie darüber, ganz vorsichtig, bloß keinen Riss verursachen. Oder dass es von der Wand fiel.

Gestern war noch mal eine Karte von Joanna gekommen. Als Marlies auf den Hof gefahren war, hatte sie schon aus dem Augenwinkel gesehen, dass etwas aus dem Postkasten guckte. Ihr Herz hatte erwartungsvoll geklopft, als sie zum Tor zurückging, an dessen Pfosten der Briefkasten hing. Sie hatte die Klappe geöffnet, ein paar Umschläge waren ihr in die Hand gerutscht. Dazwischen eine bunte Karte. Sie hatte sich die Briefe unter die Achsel geklemmt. Während sie vorsichtig über das Pflaster zurückstöckelte, las sie die Karte. Sie einen Moment ganz für sich haben, bevor die anderen sich darauf stürzten. Dabei bloß nicht mit den Absätzen hängen bleiben. Der Bethches-Hof war einer der wenigen, wo die alten, huckeligen Basaltsteine nie gegen die modernen ausgetauscht worden waren, die man fast nahtlos zu einem glatten Belag verlegen konnte.

Wie jedes Mal kam sie sich wie eine Verhungernde vor, die endlich etwas zu essen bekam. Und die dann doch kaum satt wurde.

Nachrichten von Joanna hätten viel öfter kommen können. Und nie waren sie lang gewesen. Bloß ein paar Zeilen. Mehr Platz war ja auf einer Postkarte auch gar nicht. Es gehe ihr gut. Die anderen Freiwilligen seien nett. Die Arbeit sei hart, aber befriedigend.

Was hätte Joanna noch schreiben können? So, dass man hier in Hausen eine Vorstellung von ihrem Leben dort bekam? Wie die Luft roch? Wie der Himmel aussah? Die Pflanzen? Die Menschen? Wie sich deren Sprache anhörte? Wie Joanna sich anhörte, wenn sie mit ihnen sprach? Ob ihr Lachen dort anders klang als in Hausen? Hatte sie manchmal Heimweh? Oder überhaupt keins und war froh, in der Ferne zu sein? Wo sie höchstens die Arbeit auf dem Feld ein ganz klein wenig an zu Hause erinnern könnte?

Dass Lisbeth ab und zu eine Extrakarte bekam, hatte Marlies jedes Mal einen Stich versetzt. Dass Joanna nun auf dieser Karte kein Wort davon schrieb, sie freue sich auf zu Hause oder so, versetzte ihr ebenfalls einen Stich.

Aus dem Fenster gebeugt, entfernte Marlies mit einem Handfeger die Spinnweben vom Rahmen. Dann wischte sie die Scheiben und rieb sie mit Zeitung blank, etwas, über das sie längst nicht mehr nachdachte.

Ihre Enttäuschung hatte Marlies hart bekämpft, als Joanna weg gewesen war. Ein Jahr doch bloß. Es würde schnell vergehen. Doch es war nicht schnell vergangen. Zäh waren die Tage und die Wochen dahingeflossen. Noch immer hatte niemand von ihnen sich in dieses neue Leben hineingefunden, das sie sich nicht ausgesucht hatten.

Im Winter war Marlies wieder in den Wald gegangen. Stefan hatte sich gefreut. Ich hatte schon die Befürchtung, du fängst niemals wieder an. Ein paarmal hatte sie einen halbherzigen Versuch gemacht, Konrad mitzunehmen, aber er hatte keine Lust gehabt. Es war ihr recht. Der Hochsitz war dazu da, alles zu vergessen. Auch Konrad.

Mehrere Pullover übereinander und noch einen dicken Anorak, gestrickte Socken, Stiefel, ein paar Decken und heißer Tee. So ausgerüstet hatte sie abwechselnd in den beiden Ansitzen gehockt. In dem über dem kleinen Steinbruch und in dem weiter oben im Wald, von dem aus sie ihren ersten Bock geschossen hatte. Auch Konrads alte Bundeswehrmütze hatte sie wieder getragen, aber die rührte sie nicht mehr, sondern erfüllte sie bloß mit Wehmut.

Marlies hatte die Bewegung der Baumspitzen im Wind beobachtet, den Himmel und den Nebel, auf das Rascheln der kleinen Tiere im Laub gehört und auf das Knacken im Unterholz. Das Wild war überwiegend im Dickicht geblieben. Es hatte im vergangenen Winter so viele Eicheln und Bucheckern gegeben, sie waren den Wildschweinen und den Rehen praktisch ins Maul gefallen. Keine Notwendigkeit, sich auf den Lichtungen zu zeigen. Dafür hatte Marlies eines Abends eine Waldohreule beobachtet. Offenbar hatte sie ihr Revier in Stefans aufgemacht. Auf einer in der Hälfte umgebrochenen Fichte schien sie sogar einen festen Ansitz zu haben. Bald hatte Marlies sich mehr für die Eule interessiert als für Rehe oder Wildschweine. Sie hatte ihren beinahe lautlosen Flug bewundert und ihr flüsternd gratuliert, wenn sie einen guten Fang gemacht hatte. Im Frühjahr hatte die Eule angefangen, so mit den Flügeln zu schlagen, dass es wie Peitschenknallen klang. Ihre Balz hatte begonnen.

Zum Schießen war Marlies wieder öfter in den Verein gegangen, wo sie nach Konrad gefragt worden war. Der lasse sich ja nirgendwo mehr blicken. Sie hatte mit den Schultern gezuckt und »wenig Zeit« gesagt. Die anderen hatten genickt, aber Zweifel im Blick gehabt.

Marlies zog Joannas Bettdecke und das Kissen ab und legte alles ins frisch geputzte Fenster zum Lüften. Nun, wo Joanna wiederkam, fühlte sie sich plötzlich zuversichtlich, als brächte Joanna erfreuliche Zukunftsaussichten für alle mit.

Sie stellte den Staubsauger an und ließ ihn brummend über die Dielen und den bunten Teppich, unters Bett und unter den Schrank fahren. Sie nahm das Bettzeug vom Fensterbrett und überzog es frisch. Als sie mit allem fertig war, ordnete sie noch die Plüschtiere schön nebeneinander und schloss das Fenster. Die Abendsonne schien herein und verfing sich in den Augen des Teddybären. Ganz lebendig sahen die auf einmal aus und man konnte sich gut vorstellen, dass ein kleines Kind ihn als ein echtes Lebewesen ansah. Joannas Lieblingstier war allerdings immer der Hund undefinierbarer Rasse gewesen, dem wegen des intensiven Gebrauchs große Flecken seines Fells fehlten.

Joanna, als sie wiederkam, steckte die ganzen Tiere in einen großen Sack und entsorgte sie. Bis auf den abgegriffenen Hund. Der bekam einen Platz in ihrem Bücherregal und lag dort wie ein alter Schmutzlappen. Joanna nahm auch die Poster von den Wänden und hängte bunte Stoffe auf, die sie aus Afrika mitgebracht hatte. Auf dem Bett verteilte sie bunte Kissen statt der Tiere.

Das Bett wurde in den kommenden Wochen Joannas Zufluchtsort. Für einen nahtlosen Studienbeginn hätte sie sich schon von Afrika aus bewerben müssen, erklärte sie. Und für das Sommersemester sei ja noch lange Zeit. Wenn sie nicht im Bett lag, jobbte sie im Lahnfelser Weltladen. Als Konrad fragte, was sie dort verdiene, sah Joanna ihn bloß mit hochgezogenen Augenbrauen an. In einem Weltladen verdiene man nichts.

Wie in der Zeit, bevor Joanna gegangen war, klopfte Marlies manchmal an ihre Zimmertür und setzte sich auf die Bettkante. Fragte, was Joanna denn nun studieren wolle, ob sie sich für ein Fach entschieden habe. Wie das mit der Bewerbung überhaupt funktioniere. Manchmal auch bloß, was Joanna essen wolle oder ob sie ihr das Bett beziehen solle. Ob sie sich freue, wieder zu Hause zu sein, fragte sie nicht. Und sie kamen sich auch nicht näher.

Marlies hatte das Gefühl, ein vollkommen fremder Mensch sei ins Haus eingezogen. Schon als Joanna wiedergekommen war, war etwas davon zu spüren gewesen. So wie Joanna vor einem Jahr nirgendwohin gebracht werden wollte, so hatte sie auch jetzt nirgendwo abgeholt werden wollen. Nicht einmal ihre genaue Ankunftszeit hatte sie mitgeteilt.

Irgendwann abends hatte sie vor der Tür gestanden. Was heißt vor der Tür. In Hausen stand niemand vor der Haustür. Außer in der Nacht waren die unverschlossen. Man drückte die Klinke. Ging durch den Flur. Klopfte an die Küchen- oder an die Wohnzimmertür. Irgendwer würde einen schon hören. Irgendwo hielt sich immer jemand auf.

Joanna hatte nicht einmal geklopft. Müde und ein wenig abgerissen wirkend, stand sie da, hatte den schweren Rucksack vom Rücken auf den Boden rutschen lassen und verlegen »Hallo« gesagt. Alle waren aufgesprungen, sogar Lisbeth und auch Alfred, der jetzt immer Mühle gegen sich selbst spielte, und hatten Joanna unbeholfen umarmt. Marlies hatte bei der Umarmung den Eindruck, Joanna sei größer als bei der Abfahrt. Aber das konnte ja gar nicht sein. Mit neunzehn wächst man nicht mehr.

Danach hatten sie einen Moment ein wenig ratlos herumgestanden, wie Statisten, die auf die Anweisung eines Regisseurs warten. Und als hätte es tatsächlich eine Regieanweisung gegeben, war auf einmal wieder Leben in alle zurückgekehrt. Konrad hatte Joanna zu einem Stuhl geschoben, Lisbeth hatte ihr einen Pudding gekocht, alle hatten durcheinandergeredet und diese seltsame Situation überdeckt, die entstand, wenn jemand nach einem ganzen Jahr auf einmal wieder da war und man nicht so genau wusste, wie sehr er sich verändert hatte, weswegen man versuchte, so zu tun, als hätte sich nichts verändert, als wäre der Weggang erst gestern gewesen. Bloß Marlies hatte die ganze Szenerie wie aus der Ferne beobachtet. Sie hatte nach Anknüpfungspunkten in Joannas Gesicht, in ihrer ganzen Gestalt gesucht. Schmaler war sie geworden, aber auch irgendwie kräftiger. Die körperliche Arbeit wohl. Die Haare schienen heller zu sein. Und lang und lockig waren sie offenbar wieder geworden. Wie lang, war nicht genau zu erkennen. Joanna trug ein kunstvoll mit den Haaren verschlungenes Tuch um den Kopf.

Irgendwann hatte Joanna bloß noch gegähnt. Du musst ja total müde sein, riefen alle gleichzeitig. Joanna hatte sich, so wie sie war, in das frisch bezogene Bett gelegt und fast vierundzwanzig Stunden geschlafen.

In den kommenden Monaten entwickelte sie sich nach und nach zu der Joanna zurück, die sie vor ihrem Weggang gewesen war. Immer ein wenig übellaunig. Oft verschwand sie und keiner wusste wohin. Hatte sie neue Leute kennengelernt? Knüpfte sie an alte Freundschaften an? Denen muss Joanna doch genauso fremd geworden sein wie mir, dachte Marlies. Oder? Selbst an Weihnachten war sie nur Heilig Abend ein paar Stunden da, beim Jahreswechsel kam sie erst am späten Neujahrsabend wieder.

Für Marlies war es ein deprimierendes Weihnachtsfest, das deprimierendste ihres Lebens, so empfand sie es. An Silvester war sie um neun ins Bett gegangen. Sie fühlte sich betrogen. Um was, hätte sie nicht erklären können. Sie hatte auf eine Joanna gewartet, sich auf eine Joanna gefreut, die es gar nicht mehr gab. Wenn es sie überhaupt je gegeben hat, dachte Marlies manchmal. Eine Tochter, die man kannte. Mit der man sich auskannte. Doch was wusste man schon vom anderen? Es gab jetzt Momente, in denen Marlies überlegte, ob das ganze Miteinander, die Beziehungen, die Familie, die Nähe, die man zu fühlen glaubte, nicht eine einzige Einbildung war. Vielleicht hatte man von allem und jedem ein Bild, einen Film, der bloß im Kopf lief und die klägliche Wirklichkeit verdeckte.

Bei Bärbel am Küchentisch heulte sie bloß noch. Weil sie jedes Mal daran dachte, wie oft sie mit der winzigen Joanna auf dem Schoß dort gesessen hatte, überfordert vom Muttersein und ihr trotzdem, oder gerade deswegen, versprochen hatte, sie würde ihr helfen, sich selbst zu verwirklichen. Frei von den typischen Erwartungen, die an Frauen gestellt werden, frei von Erwartungen, die meistens mehr mit den Erwartenden als mit demjenigen zu tun hatten, der sie erfüllen sollte. Aber konnten Mütter, konnten Eltern das überhaupt? Ihre Kinder ganz freigeben?

»Hör auf damit«, sagte Bärbel kopfschüttelnd. »Du machst dich ja ganz verrückt.« Die beiden Großen von Bärbel hatten ihre Ausbildung beendet und gingen arbeiten, der Kleine studierte Maschinenbau. Rumgelungert hatten sie nie.

»Sie wird ihren Weg schon finden«, sagte Bärbel. Und wenn sie dann noch den Arm um Marlies' Schultern legte und sagte: »Sie hat doch Vorbilder. Sie hat doch euch«, dann musste Marlies noch mehr heulen.

Ob Joanna sich mittlerweile auf einen Studienplatz beworben hatte, geschweige denn für welches Fach, wusste sie nicht.

Doch am Abend eines für Ende März ungewöhnlich warmen und sonnigen Tags – am Rand der Mistkuhle waren überraschend ein paar Schneeglöckchen aufgeblüht, die niemand dorthin gepflanzt hatte – sagte Joanna: »Nächste Woche fängt die Uni an.«

Sie hatte sich in Lahnfels eingeschrieben. Und sie wollte zu Hause wohnen bleiben.

Zischend floss eine Portion Teig von Lisbeths Schöpflöffel in die Pfanne. Alfred und sie hatten Berge von Kartoffeln geschält. Früh am Morgen hatten sie damit angefangen. Gleich nach dem Frühstück. Es ging ja alles nicht mehr so schnell bei ihnen. Die Schalen brachte Alfred nun nicht mehr den Schweinen, sondern trug sie auf den Komposthaufen am Gartenzaun, den Lisbeth dort angelegt hatte. Sie brauchte ja weiterhin Dünger für ihren Garten. Auf dem Rückweg hatte er frische Eier aus dem Hühnerstall mitgebracht.

Nun saßen Joanna und ein paar ihrer Studienfreunde am Tisch. Sie schwatzten und lachten, riefen: »Lecker. Und erst das Apfelmus.« »Macht meine Oma auch selbst«, erklärte Joanna. Dass es keine Kühe mehr gab, bedauerten sie. Schade. Wir hätten im Stall geholfen. Ganz sicher.

Lisbeth stellte einen Teller mit frischen Kartoffelpuffern auf den Tisch und nahm den leer gegessenen gleich wieder mit zum Herd. Nicht zum ersten Mal brachte Joanna junge Leute mit nach Hause. Eine Schar hungriger Mäuler füttern. Lisbeth war glücklich. Sie ließ sich nach den Rezepten fragen, die die Studenten wahrscheinlich nie selbst probieren würden, und erklärte sie trotzdem detailliert. Auch nach ihrer Tracht ließ sie sich fragen. Tatsächlich? Man trägt die Röcke ein Leben lang? Kommt bald wieder, sagte sie, wenn sie sich verabschiedeten. Bring sie ruhig wieder mit, sagte sie zu Joanna, wenn sie eine Weile ausblieben.

Wenn Lisbeth den Tisch abgewischt hatte, holten sie ihre Bücher und ihre Schreibblöcke hervor. Ab da verstand Lisbeth nicht mehr viel von dem, was sie redeten, aber es machte ihr nichts. Sie setzte sich auf das Küchensofa und hörte zu, wie man einem Lied mit einem fremdartigen Text lauscht. Manchmal nickte sie ein. Das war ihr peinlich.

Sie freute sich nicht nur über die jungen Leute an ihrem Küchentisch, sondern auch darüber, dass Joanna beschäftigt war. Diese Monate, in denen sie herumgelungert hatte. Lisbeth hätte das nie laut ausgesprochen. Sie hatte ja kaum gewagt, es zu denken, aber es war doch wahr. Ein junger Mensch, eine Bethches, die stunden- und tagelang untätig war. Lisbeth hatte sich für sie geschämt. Aber auch ein schlechtes Gewissen gehabt. Dass auf dem Hof nichts mehr zu tun war. Nichts, was man Joanna als Tätigkeit hätte anbieten können, wozu man sie hätte nötigen können. Komm, hilf beim Misten, beim Füttern, beim Melken, beim Heu ernten, beim Dreschen. Ein schwer auszuhaltender Zustand war das gewesen.

Marlies kam von der Arbeit und sagte: »Na, hier ist ja was

los.« Lisbeth stellte den Herd erneut an. Sie hatte von dem Teig aufgehoben und bereitete für Marlies ein paar frische Puffer zu. Die jungen Leute schoben ihre Bücher ein wenig zur Seite und machten Marlies Platz.

Was genau Joanna werden wollte, verstand Lisbeth nicht. Aber das machte ihr nichts aus. Die Hauptsache, sie tat etwas, hatte ein Ziel. Der Hof konnte ihr keinen Lebensunterhalt mehr bieten. Der Hof war bloß noch eine leere Hülle.

»Sie finden es romantisch bei uns«, sagte Joanna am Abend.

Neu?«, fragte die Mutter und deutete auf Marlies' Kleid. Marlies schüttelte den Kopf. Sie saß auf dem Wohnzimmersofa bei den Eltern. Auf einen Sprung. Direkt nach der Arbeit.

»Wie läuft eigentlich Joanna in letzter Zeit herum?«, fragte die Mutter übergangslos, nippte an ihrem Kaffee und sah Marlies über den Tassenrand hinweg an.

Das war keine Frage, sondern ein Tadel. Nicht an Joanna gerichtet, sondern an sie. Jetzt fehlt bloß noch »was sollen denn die Nachbarn sagen«, dachte Marlies und schlug unbehaglich die Beine übereinander. Die Strumpfhosen, bei der Arbeit musste sie welche tragen, machten dabei dieses raschelnde Geräusch, wie nur Nylonstrümpfe es machen.

Joanna hatte das Afrika-Outfit, wie Marlies es bei sich nannte, beibehalten. Das, mit dem sie nach Hausen zurückgekommen war. Bunte weite Hosen, T-Shirt, ein Tuch in den Haaren und um die Haare herum kunstvoll verschlungen. Marlies gefiel es. Nicht, weil sie es hübsch fand. Es erschien ihr eigenwillig. Selbstbewusst.

Die Mutter sagte: »Du hast doch immer so hübsch ausgesehen.« Betonung auf du.

Marlies stellte ihre Kaffeetasse, die seit der Frage der Mutter, die keine Frage war, in der Luft geschwebt hatte, auf die Untertasse zurück. »Wie meinst du das denn?«, fragte sie, obwohl sie genau wusste, wie die Mutter das meinte.

»Das kannst du doch nicht schön finden, diesen Gammellook«, antwortete die Mutter und schob sich einen Keks in den Mund. »Warum sagst du nicht Bescheid, bevor du kommst«, hatte sie geklagt, als sie Marlies die Tür geöffnet hatte. »Ich hätte doch was gebacken. Jetzt gibt es wieder nur Kekse.«

Marlies war es egal, ob es Kuchen oder Kekse gab. Die Art, wie die Mutter das Wort Gammellook ausgesprochen hatte, weckte eine Erinnerung in ihr. Gammler hatten die Eltern und das ganze Dorf auch diese Leute aus der Hippiekommune genannt. Gammler galten damals aber nicht nur auf dem Dorf, sondern allgemein als was ganz Übles. Sogar in den Zeitungen und in den Fernsehnachrichten war über sie berichtet worden. Als wären sie eine Bedrohung. Und hinter vorgehaltener Hand wurde gar nicht so leise über Arbeitslager für solche Leute gefaselt.

Marlies war fasziniert gewesen von ihnen. Sich irgendetwas von ihnen abzugucken wäre ihr aber nie in den Sinn gekommen.

Marlies hatte immer hübsch ausgesehen. Es stimmte. Sie wusste es noch. Wie zum Beweis hatte die Mutter ein Fotoalbum hervorgeholt. Sie beugten sich gemeinsam über die Bilder. Marlies betrachtete diese junge Frau mit den toupierten Haaren, dem türkisen Lidschatten und erinnerte sich daran, wie gewagt ihr schon die kurzen Röcke vorgekommen waren. Aber aus der Reihe getanzt war man damit nicht. Aus der Reihe zu tanzen war auch nie ihr Wunsch gewesen.

In den Augen der Mutter meinte sie ein Glänzen wahrzunehmen beim Betrachten der Bilder, und Marlies dachte, wie wichtig ihr das immer gewesen ist. »Guck doch mal hier«, sagte die Mutter und deutete auf ein Foto. Es zeigte Marlies in einem Kostüm, die Haare nur noch über dem Hinterkopf toupiert, damit sie da schön füllig aussahen, sonst schulterlang und seitlich der Wangen nach innen gerollt. Sie saß auf dem Sofa, auf dem sie auch jetzt mit der Mutter über dieses Bild gebeugt saß, davor ein paar Schuhe mit hohen Absätzen, die Beine mit den schuhlosen Füßen seitlich hochgezogen und den Fotografen, ganz sicher der Vater, anlächelnd, eine Mischung aus Stolz und Verlegenheit im Blick. Die Verlegenheit dem noch hochgradig unsicheren Gefühl geschuldet. Irgendwie schon junge Dame. Kostüm und Frisur wie eine Verkleidung, die aus ihr diese junge Dame machte, sie viel älter wirken ließ. Aber innen drin auch noch Kind. Da hatte sie noch bei Haushaltswaren gelernt, aber schon mit der Modeabteilung geliebäugelt.

»Damit hast du mir immer so gut gefallen«, sagte die Mutter. Ob sie das Kostüm oder die Frisur meinte oder beides, sagte sie nicht und Marlies wollte es auch gar nicht wissen. Sie trank ihren längst kalt gewordenen Kaffee aus und spürte einem Gefühl der Enge nach, als steckte sie in einem Kleid, das mehrere Nummern zu klein war.

Die Mutter klappte das Album zu und strich noch einmal über den Einband, bevor sie es zurückstellte.

»Ich muss dann mal wieder«, sagte Marlies und stand auf. An der Autotür drehte sie sich noch mal um und winkte der Mutter, die im Rahmen der Haustür stand und ihr nachsah.

Sie hatte doch gar nicht gewusst, wie brav sie gewesen war. Brav und an dem orientiert, was die Eltern sich für sie gedacht hatten. Vorstellungen, die gar nicht ausgesprochen werden mussten, sondern ohne Worte wirkten.

Schon neulich hatte sie den missbilligenden Blick der Mutter auf Joanna wahrgenommen. Sie hatte sich gefühlt, als hätte sie was falsch gemacht.

Während der Nachhausefahrt registrierte Marlies fast überrascht, dass die Getreidefelder rechts und links der Landstraße schon ihre grüne Farbe verloren und hell wurden. Der Mais stand mannshoch. Seit der Bethches-Hof kein Bauernhof mehr war, hatte sie das Gefühl für das landwirtschaftliche Jahr verloren. Manchmal vermisste Marlies es, sogar die Kühe.

Wenn das Getreide hell wurde, stand der Sommer bevor und Joannas erstes Semester war schon fast zu Ende. Eine Reihe von lapidaren Zetteln, Scheine, wie Joanna sie nannte, belegten den Abschluss. Sie sammelte sie in einem schmalen Hefter.

Marlies' Mutter hatte sich auch nach dem Studienfach erkundigt und groß geguckt, als Joanna Europäische Ethnologie geantwortet hatte. Und noch ein bisschen Soziologie. Die Mutter und auch der Vater hatten nicht gewagt, nachzufragen. Was genau das sei, was sie da studiere. Und was man später damit mache.

Das wollten doch alle wissen. Was macht man damit? Um vielleicht von einer Arbeit zu hören, die sie sich vorstellen konnten. Eine Arbeit, mit der man seinen Lebensunterhalt verdienen konnte. Den Eltern nicht so lange auf der Tasche lag. Sogar Konrad hatte neulich gesagt, hoffentlich liegt sie uns damit nicht auf der Tasche. Marlies hatte den Eltern nicht lange auf der Tasche gelegen. Gleich nach der Schule hatte sie ihre Lehre angefangen. Alle ihre Freunde und Freundinnen hatten das.

Als Marlies zu Hause ankam, saß Joanna mit Studienfreunden in der Küche. Marlies lief zu ihr hin und nahm sie in den Arm. »Mama!«, sagte Joanna peinlich berührt und schob Marlies' Arme von ihren Schultern.

Marlies war es egal. Bei Joannas Anblick, beim Anblick dieser ganzen jungen Leute, der Bücher, der Stifte, die über die Schreibblöcke fuhren, war sie von einem Gefühlsüberschwang übermannt worden. Sie hatte es so gerne gut machen wollen mit Joanna. Besser als ihre Mutter. Sie wünschte sich Joannas Eigenwilligkeit und doch auch mehr Nähe. Konnte es in der Gegensätzlichkeit Nähe überhaupt geben? Hatte sie Gleichartigkeit nicht immer als Bedingung für Nähe angesehen?

Lisbeth fragte sie, ob sie auch Kartoffelpfannkuchen wolle, sie habe von dem Teig aufgehoben. Als Marlies nickte, obwohl sie gar keinen Hunger hatte, setzte Lisbeth die Pfanne auf den Herd. Ob Lisbeth sich auch für Joannas Aufzug schämte? Sie glaubte es nicht. Lisbeth würde etwas sagen. Zu Joanna. Vielleicht war ihr Joannas Art, sich anzuziehen, sogar näher als Marlies' Kleidung, die sie zur Arbeit trug.

Marlies setzte sich ganz an den Rand des Tischs. Joannas Studienfreunde schoben lächelnd die Bücher und Blocks ein wenig zusammen und machten ihr Platz.

Was sie wohl für Eltern haben? Solche, wie damals diese Hippies? Einen Moment erschrak sie, dachte, nie dürften sie diese biederen Fotos von mir zu Gesicht kriegen.

Sie sah zu Joanna, die gerade etwas sagte, und die anderen

hörten ihr aufmerksam zu. Sie wird ihren Weg machen, sagte Marlies sich. Einen besseren als sie. Und dass das doch ein Erfolg wäre. Für Joanna. Aber auch ein bisschen für sie. Weil sie so stolz war. Und froh, dass ihrer Tochter etwas gelang, an das sie nicht einmal gedacht hatte, als sie in deren Alter gewesen war. Sie hatte bloß gedacht, noch ein bisschen Freiheit haben, bevor man heiratet und Kinder kriegt.

Spätabends fiel ihr ein, dass sie einmal doch aus der Reihe getanzt war. Wie viel von Joannas Mitstudenten wohl eine Mutter mit Jagdschein hatten? Joanna hatte eine. Ob sie mal mitkommen würde?, war Marlies letzter Gedanke vor dem Einschlafen.

Aber Joanna wollte nicht. Sie war entsetzt über den Vorschlag. »Ich benutze doch kein Gewehr!« Und: »Erzähl das bloß niemals, wenn meine Kommilitonen da sind!«

Es war schon fast elf, aber die Dämmerung war noch nicht vollständig in die Dunkelheit übergegangen. Der Himmel war wolkenlos. Am Horizont hielt sich ein letzter hellrötlicher Schein, doch es zeigten sich auch schon die ersten Sterne. Bald durfte wieder alles Wild bejagt werden. Die Schonzeit war fast zu Ende.

Marlies war in den Wald gegangen, hatte Lisbeth und Alfred in der Küche zurückgelassen. Konrad war in der Fabrik. Joanna irgendwo. Von dem, was sie tat, bekam Marlies wenig mit. Zu allen möglichen Zeiten sah sie sie vom Hof gehen. Zur Uni. Vielleicht aber auch in ein Lahnfelser Café oder in eine Kneipe. Vielleicht zu einem Arbeitstreffen in irgendeiner Studentenbude.

Nicht wegen des baldigen Endes der Schonzeit saß Marlies im Ansitz. Wer weiß, am Ende würde sie vielleicht nie mehr etwas schießen. Sie hatte ihr Gewehr an die Brüstung gelehnt und es lange betrachtet. Joanna schämte sich also dafür, dass sie zur Jagd ging. Lisbeth hatte sich ebenfalls für Marlies' Jagdschein geschämt. Aber aus anderen Gründen. Und sie hatte sich auch dafür geschämt, dass Marlies arbeiten gegangen war und kein weiteres Kind mehr wollte, während rundum alle ständig aufs Neue Großeltern wurden.

Die Mutter schämte sich für Joannas Kleidung. Für was an ihr sich die Mutter schämte, wusste Marlies nicht so genau. Das mit dem Jagen und mit der Arbeit und mit der Pille hatte sie nicht gerade befürwortet, was noch nicht hieß, dass sie sich auch dafür schämte. Konrad schämte sich dafür, dass er keinen Hof mehr hatte. Für seine bloß ein Kind wollende und arbeiten gehende Frau hatte er sich wohl auch ein bisschen geschämt, aber das spielte schon lange keine Rolle mehr.

Konrad ausgenommen, schämten ihre Familienmitglieder sich offenbar immer für andere, ihretwegen zum Beispiel, nie aber für sich selbst.

Und sie? Marlies? Sie schämte sich für das, was die anderen an ihr zum Schämen fanden. Ihr Gewissen, das waren hauptsächlich die Mutter und Lisbeth. Und jetzt auch noch Joanna.

Jedes Zeitgefühl hatte Marlies beim Nachdenken verloren. Die Dunkelheit war längst da, aber man merkte es hier draußen gar nicht, weil sich die Augen unmerklich und beständig darauf einstellten. Schon immer hatte sie sich gewundert, wie viel man nachts im Wald noch sehen konnte. Sie blickte hinauf zu den Sternen. Jetzt im August war der Nachthimmel über Hausen ein Sternenmeer, unbeeinträchtigt von künstlichem Licht. So weit weg waren sie und leuchteten trotzdem. Viele, obwohl sie nicht einmal mehr vorhanden waren. Warum schämt man sich so viel, dachte sie. Und wer legte überhaupt fest, was zum Schämen war.

Plötzlich stand da eine Ricke. Keine zehn Meter von ihr entfernt. Marlies hatte nichts gehört und nichts gesehen. Aber sie war ja ganz unaufmerksam heute. Die Sinne nicht geschärft, nicht mit Ernsthaftigkeit bei der Sache.

Sie beugte sich vor, riss instinktiv das Gewehr hoch – und schoss. Ohne Nachdenken. Marlies erschrak erst, als sie das Gewehr herunternahm. Ihr Herz raste, die Arme und Beine fühlten sich plötzlich ganz wattig an. Marlies wusste nicht, warum sie das gemacht hatte. Als sie vom Ansitz kletterte, schlotterten ihr die Knie so, dass sie einen Moment Angst hatte, herunterzustürzen. Sie lief zu dem toten Reh, legte sich den Kopf auf den Schoß, streichelte es und murmelte Entschuldigungen. Tränen liefen ihr herunter. Mit den Handrücken beider Hände wischte sie sie weg. Sie musste es Stefan beichten.

Jetzt hatte sie etwas, für das sie sich eindeutig schämen musste. Für das auch Joanna sich berechtigt schämen durfte. Da gab es kein Deuteln. Das war keine Meinung, die man auch ganz andersherum betrachten könnte. Sie, die im Wald sowieso selten schoss, hatte in der Schonzeit ein Reh erlegt. Und in der Schonzeit schoss man niemals.

Marlies beichtete es nicht Stefan, sondern dem vollkommen übermüdeten Konrad, als er von seiner nächtlichen Arbeit zurückkam. Sie holten das Reh aus dem Wald, und es verschwand am nächsten Tag in einem tiefen Loch auf einem frisch abgeernteten Acker von Bethches. Marlies fragte sich, ob Konrad ihr half, damit es kein Gerede gab und er sich nicht für sie schämen müsste, oder aus Zuneigung.

In den Wald ging sie nicht mehr. Und auch nicht in den Verein. Sie meinte, es fehle ihr nicht einmal. Als der alte Hund starb und alle sagten, kein neuer Hund mehr, kaufte sie sich einen ausgelassenen kleinen Terriermischling und machte lange Spaziergänge mit ihm. Ihr erstes eigenes Tier. In ihrer Kindheit hatte es keine gegeben und die auf dem Bethches-Hof hatte sie nie als ihre betrachtet. Nicht einmal das Kälbchen, das sie mit der Flasche aufgezogen hatte, weil die Mutter es verstoßen hatte.

Sie warf Stöckchen, versuchte auch ein bisschen, den Hund zu erziehen, aber nicht sehr konsequent. Sie lernte auf zwei Fingern zu pfeifen und rannte mit ihm, bis sie keine Luft mehr bekam und ihr die Rippen schmerzten. Wenn er mit dem Stöckchen im Maul zu ihr zurückkam und sie treuherzig und auffordernd ansah, fühlte sie sich auf eine Art mit dem Hund verbunden, als wären sie beide Teil einer verschworenen Gemeinschaft.

Lisbeths rechte Hand hielt Joannas rechte fest umschlossen, mit der linken strich sie ihr unaufhörlich über den Unterarm, ohne es wahrzunehmen. Sie saßen am Küchentisch. Lisbeth am Kopf, Joanna an der langen Seite, aber dicht neben ihr. Lisbeth musste an früher denken. Als Joanna noch klein gewesen und frühmorgens manchmal mit ihrem Plüschhund gekommen war. Wie sie Joanna bewacht hatte, bis sie munter wurde. Ganz nah hatte sie sich ihr dabei gefühlt. So wie jetzt. Bloß dass Joanna erwachsen war und sich etwas ganz Unvorhergesehenes in ihr Leben geschlichen hatte.

»Ich muss dir was sagen, Oma.« Alle waren bereits aus dem Haus gewesen. Marlies und Konrad bei der Arbeit, Alfred war zu einem Spaziergang aufgebrochen. Auch Joanna hatte ihre Jacke angehabt und die Tasche mit diesem gestickten Regenbogen-Aufnäher schon über der Schulter. Lisbeth hatte sie zur Haustür begleitet. Das machte sie oft. Als wäre Joanna noch ein kleines Kind. Joanna ließ es sich gefallen. Lisbeth wusste nicht, ob sie es mochte oder es bloß als Marotte der Oma hinnahm.

Lisbeth öffnete ihr die Tür. Manchmal drückte Joanna ihr beim Hinausgehen einen Kuss auf die Wange. Ob sie auch merkte, wie Lisbeth an der Tür stehen blieb und ihr noch einen Moment hinterhersah, wusste Lisbeth nicht. Aber vermutlich dachte Joanna es sich. Immer war sie bewacht und behütet und beobachtet worden. Von Lisbeth genauso wie auch von Marlies.

Heute war Joanna schon aus der Tür gewesen, ihr Fuß hatte schon über der ersten Treppenstufe geschwebt, als sie sich abrupt umgedreht hatte. Lisbeth hatte es an Joannas Stimme gehört und in ihren Augen gesehen, es ging um etwas, das sich nicht auf einem Treppenabsatz sagen ließ. In dem Augenblick glaubte sie auch, schon länger eine Veränderung an Joanna wahrgenommen zu haben. Wie aus dem Augenwinkel. Eine Wahrnehmung, bei der man nicht sicher ist, ob man sie sich nicht einbildet. Und wenn man dann erfährt, man hat sich nichts eingebildet, denkt man, genau das hab ich doch vermutet.

Joanna war zurückgekommen, Lisbeth hatte die Haustür hinter ihr wieder geschlossen. Sie waren zurück in die Küche gegangen. Joanna hatte umständlich die Jacke ausgezogen und über eine Stuhllehne gehängt. Sie hatten sich hingesetzt. Ihre Tasche hatte Joanna auf den Tisch und ihren Arm darüber gelegt, als müsse sie sie beschützen. Lisbeth hatte Joanna einfach nur angeguckt. Nichts gesagt und nichts gefragt. Sie wusste, sie durfte nicht drängen. Joanna musste erst die Worte finden.

Es waren nur drei geworden: »Ich bin schwanger.« Da hatte Lisbeth ihre Hand genommen und hielt sie jetzt schon eine halbe Stunde. Und genauso lange strich sie ihr auch über den Arm. Ein Kind, dachte sie einfach nur. Es kommt ein Kind. In Lisbeth war blanke Freude. Viel größere noch als bei dem Sonntagskaffee, wo Konrad »wir kriegen Nachwuchs« gesagt hatte. Obwohl sie damals so auf ein Enkelkind gewartet hatte. Das hier jetzt erschien ihr vielmehr wie ein vollkommen unerwartetes, aber umso größeres Geschenk. Ein Geschenk des Himmels für den Bethches-Hof. Für sie alle.

Sie dachte nicht, was wird aus dem Studium, was aus Joannas Zukunft. Wer ist der Vater. Wovon sollen sie leben. Sie dachte einfach nur: Ein Kind kommt.

Ganz vorsichtig befreite Joanna ihre Hand und ihren Unterarm, der allmählich rot wurde. Kurz bevor ihre Hände sich trennten, knisterte es. Sie bekamen einen kleinen Schlag und mussten lächeln. Lisbeth behielt das Lächeln, Joannas Gesichtszüge rutschten zur Bedrückung zurück.

»Was soll ich denn machen?«, fragte sie.

»Was denn machen?« Lisbeth blickte Joanna erschrocken

an. Sie wird doch nicht? Lisbeth wusste sehr wohl Bescheid über das, was Frauen seit ein paar Jahren forderten und was vor Kurzem ein Gesetz geworden war.

»Man muss es nicht kriegen«, sagte Joanna prompt.

»Doch!«, rief Lisbeth. »Alles andere wäre Sünde!«

»Ach Oma«, sagte Joanna und Lisbeth wusste nicht, ob es abfällig oder resigniert klang oder beides. Und dann dachte sie plötzlich, du musst Joanna davon erzählen. Dass es nicht selbstverständlich ist, sondern ein Segen, beinahe eine Gnade. Die man annehmen muss, nicht wegwerfen darf. Und wie es ihr ergangen war. Wie erbärmlich, wie unfähig und unvollkommen sie sich gefühlt hatte. Und wie dann Konrad gekommen war. Und dass sie zuerst auch nicht gewusst hatte, ob sie ihn haben will. Und jetzt, ach was, schon seit über vierzig Jahren wusste, es war richtig gewesen, ihn anzunehmen.

»Weißt du«, sagte sie unbeholfen, »es gibt so vieles, das kommt im Leben einfach, und man weiß nicht, warum und wie man sich entscheiden soll. Manchmal muss man den Dingen ihren Lauf lassen. Und es ergibt sich dann alles.« Dann wusste sie nicht so recht weiter und Joanna sah sie so aufmerksam, aber auch verwundert an, als spüre sie, dass da noch was kommen müsste. Etwas Bedeutendes, Überraschendes. Als in diesem Augenblick die Haustür klappte, war Lisbeth erleichtert. Alfred war zurück. Ob ihr der Bus weggefahren sei, fragte er Joanna. Sie murmelte was von »heute später zur Uni« und warf Lisbeth einen bittenden Blick zu. Niemandem was sagen. Und Lisbeth schüttelte unmerklich den Kopf.

Bloß Karl sagte Lisbeth es. Dabei goss sie eine Kanne Wasser über die Heide, die sie vor wenigen Tagen gepflanzt hatte. Der Herbst war da und bald kam der Winter. Dann gab es auf dem Friedhof nichts mehr zu tun und Lisbeth würde die Einzige sein, die ihn trotzdem regelmäßig aufsuchte, um ein paar Worte mit Karl zu sprechen. Heute hatte sie ihm die Neuigkeit bringen müssen. »Stell dir vor, Joanna bekommt ein Kind!« Sie sagte ihm aber auch, Joanna könnte etwas Unbedachtes tun. Etwas Ungeheuerliches. »Sie ist sich nicht sicher, ob sie es kriegen will, Karl.« Sie erzählte ihm von der Möglichkeit, die die jungen Frauen heute hatten. In der Zeitung und auch im Fernsehen hatte sie alles verfolgt. Entsetzt und verständnislos. »Kannst du dir so was vorstellen?« Nein, das konnte Karl nicht. Lisbeth wusste fast immer, was Karl sagen würde. Als sie ihn jetzt sagen hörte, dann erzähl Joanna doch von dir, wunderte sie sich überhaupt nicht. »Ach Karl«, sagte sie. »Es ist so schwer, Worte dafür zu finden. Ich glaub, ich kann's nicht.«

Franz hatte sein Versprechen gegenüber Karl auch noch nicht eingelöst. Lisbeth hatte ihn beschworen. »Das kannst du mir nicht antun.« Franz hatte den Kopf gewiegt. »Irgendwann muss ich. Versprochen ist versprochen.« Jetzt hatte Lisbeth bei den Sonntagskaffeetrinken immer ein bisschen Angst, wenn Franz zum Sprechen ansetzte. Obwohl sie mit ihm ausgemacht hatte, sie würden über das »irgendwann« vorher reden.

»Bestimmt löst sich alles von selbst«, sagte sie zu Karl. »Bestimmt ist Joanna vernünftig.« Sie blieb bei ihm stehen, lehnte sich an seinen Stein und fing ein wenig an zu träumen. Ob sie den Kinderwagen wohl wieder schieben würde? Ob sie sich das trauen würde, da war sie sich nicht sicher. »Was meinst du, Karl? Vielleicht ist es zu gefährlich inzwischen, oder? Wenn er mir umfällt?«

Aber sie könnte auf der Bank vor dem Haus sitzen. Den Kinderwagen daneben. Sie könnte die Hand auf den Griff legen und das Kind schaukeln. Ab und zu könnte sie aufstehen und die kleine Decke glatt ziehen und sich wieder hinsetzen und weiterschaukeln. Irgendwann würde das Kind vielleicht anfangen zu weinen. Dann würde sie Joanna rufen und die würde es aus dem Wagen nehmen und stillen. Wenn es satt war, würde Joanna es wieder bringen und sie würde es weiter schaukeln und Joanna könnte über ihren Büchern sitzen.

»Bestimmt ist Joanna vernünftig«, sagte sie nochmals zu Karl, bevor sie ging. Wie eine Beschwörungsformel. Auf dem Nachhauseweg begegnete ihr Nettejosts Magda. Sie blieben auf einen Schwatz stehen. Viele Sätze begannen mit: Hast du schon gehört? Balzers Liesel hat sich den Oberschenkelhals gebrochen. Bei Schworzes jungen Leuten soll's kriseln. Wo die doch grade erst gebaut haben. Lisbeth hörte heute nur mit halbem Ohr zu. Als Magda sich verabschiedete: »Ich muss dann mal weiter«, blieb Lisbeth noch einen Moment stehen. Genau so werden sie auch bald über uns reden, dachte sie. Hast du schon gehört? Bethches Joanna kriegt ein Kind. Wo die doch noch studiert.

Sollen sie doch, dachte Lisbeth mit einem Mal. Ach was. Das Geschwätz kann mir den Buckel runterrutschen.

Doch noch während sie der davoneilenden Magda hinterhersah, erschrak sie über ihre eigenen Gedanken. Der Satz »was sollen denn die Leute sagen« hatte von Kind an ihr Leben bestimmt. Hatte das ganze Dorfleben geregelt.

War es möglich, sich das Gerede gleichgültig sein zu

lassen? Die Blicke? Konnte man sie erhobenen Hauptes erwidern? Sich nicht kleinmachen darunter? Sich nicht falsch und ausgestoßen fühlen?

Magda war längst verschwunden. Lisbeth setzte sich wieder in Bewegung und dachte trotzig: Die Hauptsache, Joanna bekommt ihr Kind. Alles andere ist vollkommen nebensächlich.

Wie lange weißt du es schon?« Marlies blieb abrupt stehen. Ihre Stimme war kratzig. Sie räusperte sich. In ihrer Kehle drückte etwas. Gleich breche ich in Tränen aus, dachte sie. Völlig daneben, dachte sie, aber ihr war genau so.

Joanna war noch ein paar Schritte weitergelaufen. Der Hund sowieso. Im Augenblick war er überhaupt nicht mehr zu sehen. Joanna sagte sogar noch etwas. So als hätte sie gar nicht wahrgenommen, dass Marlies plötzlich stehen geblieben war. Jetzt drehte sie sich zu ihr um. Ungeduld im Blick, wie Marlies meinte. So wie man ein Kind anguckt, das während des Spazierengehens ständig stehen bleibt, weswegen man ebenfalls ständig stehen bleiben muss, obwohl man doch gern vorankommen würde.

Als Joanna gesagt hatte, ich komme mit, hatte Marlies sich gewundert. Mit der Mutter spazieren gehen. Das hatte sie ewig nicht gemacht. Auch nicht mit Hund, obwohl sie den liebte. Wie ein kleines Kind tollte sie mit ihm auf dem Hof herum, so wie sie es auch mit dem alten Hund gemacht hatte. Als der alte Hund noch jünger gewesen war. In den letzten Jahren hatte er keine Lust mehr gehabt zu toben.

Marlies' neuem Hund warf Joanna Bällchen und rannte mit ihm um die Wette danach. Sie versteckte Hundekekse, ließ ihn über Stöckchen springen, spielte Fangen und Verstecken mit ihm.

»Du wirst Gummistiefel brauchen«, hatte Marlies gesagt und sich gefreut. Warme Jacken hatten sie angezogen und Mützen und Schals. Es war Anfang November, ein neblig grauer Tag, Nieselregen fiel. Ohne Hund würde einen nichts vor die Tür treiben. Vor ein paar Wochen hatte Joannas viertes Semester angefangen. Das letzte im Grundstudium. Lernen für die Zwischenprüfung.

»Wie weit?«, rief Marlies und sah zu Joanna. Ihre von der Feuchtigkeit wild gelockten Haare schauten aus der Mütze und umrahmten das Gesicht, dessen Ausdruck Marlies nicht richtig erkennen konnte. Joanna stand im vagen Gegenlicht, zu weit weg, und überhaupt war es ein Tag, an dem man nicht gut sah, weil es kaum hell wurde.

»Neun!«, rief Joanna. Der Hund tauchte wie aus dem Nichts wieder auf. Aufgeregt sprang er zuerst um Joanna, dann um Marlies herum. Marlies verstand sofort. Neun Wochen. Die Periode zweimal schon ausgeblieben. Ziemlich sicheres Zeichen. Einen dieser Tests wird sie sicherlich auch gemacht haben. So was gab es damals noch nicht. Joanna schwanger. Wie konnte das sein.

Marlies dachte aber auch sofort, noch keine zwölf. Sie muss es nicht kriegen. Es gibt ja jetzt diese Möglichkeit. Noch keine zwölf. Seit ganz Kurzem gab es dieses Gesetz. Keine Strafe mehr. Und man konnte zu einem Arzt gehen. Musste sich nicht weiß wem anvertrauen. Oder nach Holland fahren.

Nach Holland war eins der Lehrmädchen aus der Modeabteilung vor ein paar Jahren gefahren. Nicht einmal ein besonders großes Geheimnis hatte es daraus gemacht. Jedenfalls nicht unter den Kolleginnen. Marlies hatte sich gewundert, woher so ein junges Ding über solche Möglichkeiten Bescheid wusste. Die Mutter hätte es organisiert. Wieso die Mutter das konnte, hatte Marlies nicht gefragt. Niemand hatte etwas gefragt. Sondern sich mit halb verschrecktem, halb wohligem Grusel einen ganz eigenen Reim auf diese Sache gemacht. Marlies hatte eine gewisse Anerkennung empfunden. Dafür, dass man sich so etwas umstandslos herausnahm.

Die Frage, wie lange Joanna es schon wusste, blieb unbeantwortet. Marlies vergaß sie sogar. Sie war mit den wenigen Wochen, die zwischen neun und zwölf lagen, beschäftigt. Bloß drei.

Der Hund brachte ihr einen Stock. Marlies warf ihn. Nicht sehr weit, sie war unkonzentriert. Der Hund rannte trotzdem und auch sie selbst setzte sich wieder in Bewegung. »Wieso hast du denn so lange gewartet?«, fragte sie, als sie mit wenigen Schritten bei Joanna war. Der Hund war auch schon wieder zurück und verlangte einen neuen Stockwurf.

»Es dir zu sagen?«, fragte Joanna und holte schon Luft für eine Erklärung.

»Nein, überhaupt«, fiel Marlies ihr ins Luftholen. »Jetzt hast du bloß noch drei Wochen.« Sie gab Joanna den Stock. »Mach du.«

Joanna nahm ihn und sagte: »Drei Wochen?« Mit einem hörbaren Fragezeichen.

»Um es zu beenden«, sagte Marlies.

Joanna hatte die Hand mit dem Stock schon weit nach hinten und hoch über den Kopf gehoben. Erwartungsvoll starrte der Hund darauf. Jetzt hielt sie mitten in der Bewegung inne. »Es. Zu. Beenden?« Sie betonte jedes Wort. Ihre Stimme troff vor Abscheu. »Das hast du so nicht gesagt«, setzte sie hinzu und warf endlich doch. Der Hund peste davon.

Später, in der Küche, als Marlies den Hund und sich selbst die Haare trocken gerieben hatte, wurde ihre Diskussion immer schriller. Vor allem Marlies wurde schrill. Sie setzten sich nicht, sondern standen sich gegenüber wie zwei Ringerinnen kurz vor Beginn des Kampfs. Dabei kämpften sie ja schon längst. Du willst das Kind doch nicht etwa kriegen. Warum überhaupt und um Gottes willen nimmst du die Pille nicht. Was wird aus deinem Studium. Und aus deiner ganzen Zukunft. Studieren mit Kind. Wie soll das denn gehen. Mit Kind ist doch alles aus, bevor es angefangen hat. Du wirfst deine ganze Zukunft weg.

»Zukunft, Zukunft, Zukunft«, rief Joanna dazwischen. »Welche Zukunft denn überhaupt?«

Ja, aber sie müsse doch Zukunftsvorstellungen haben, sagte Marlies.

Ob sie denn je welche gehabt habe, fragte Joanna.

Das war gemein, dachte Marlies und wusste für einen Moment nicht weiter. Sie ließ sich auf einen Stuhl fallen. Auch Joanna setzte sich. Ans andere Ende des Tischs. Möglichst weit weg.

Wie sie sich das finanziell vorstelle, fragte Marlies nach ein paar Minuten in die Stille, die plötzlich entstanden war und sich wie ein Vakuum anfühlte.

Joanna hob die Schultern.

»Sie hat doch uns«, sagte Lisbeth, die in dem Augenblick in die Küche kam.

Marlies starrte sie an. Hatte sie etwa die ganze Zeit gelauscht, oder was? »Wir nützen ihr doch nichts«, sagte Marlies. »Sie braucht eine eigene Zukunft.«

»Was ist denn eine eigene Zukunft?«, fragte Joanna.

Lisbeth streifte Joanna mit einem zärtlichen Blick. »Wir passen auf das Kind auf, wenn Joanna studieren geht. Wir kriegen es schon groß. So viel kostet ein Kind nun auch wieder nicht.«

Sprachlos sah Marlies zu Lisbeth. Die Erkenntnis und ein scharfer Schmerz kamen erst später. Sie weiß es schon länger, dachte Marlies.

Konrad reagierte mehr wie Lisbeth. Er fragte zwar: »Und? Wie geht's jetzt weiter? Wie stellst du dir das vor?«, aber vor allem freute er sich. »Werde ich also Opa.« Er nahm Joanna in die Arme und hielt sie so lange fest, bis sie sich lächelnd frei machte.

Marlies fühlte sich allein. Wie schon so oft. Mit ihrem Widerstand. Mit ihrer Sorge. Mit ihrer Enttäuschung. Auch kam bloß sie auf die Idee zu fragen, wer eigentlich der Vater sei. »Es ist nicht wichtig«, sagte Joanna.

»Nicht wichtig?«, rief Marlies. »Also auch noch ohne Vater?«

»Was wäre denn mit Vater besser?«, fragte Joanna.

»Er verdient das Geld.«

»Tut er nicht.«

Student also, dachte Marlies, um gleich darauf viel Schlimmeres zu befürchten. Das Wort Gammler fiel ihr ein. Und Gammler war auf einmal auch für sie was ganz Schreckliches. Einer, der herumlungerte, keine Ziele hatte. Hoffentlich ist er nicht drogensüchtig. Marlies dachte an River Phoenix.

Seit Joanna aus Afrika zurück war, hatte sie der Familie niemanden mehr als ihren Freund vorgestellt. Vor Afrika hatte es Timo gegeben. Aus der Klasse über Joanna. Aber ihre lange Abwesenheit hatte diese Beziehung nicht überlebt. Soviel Marlies wusste, jedenfalls.

Einer ihrer Mitstudenten, Christian oder so, lange Haare mit einem Tuch drin, nicht unähnlich dem, wie Joanna es trug, war öfter da gewesen. Marlies hatte gefragt, ob das ihr neuer Freund sei. Joanna hatte bloß gelächelt, wie man über die naive Frage eines Kinds lächelt, aber nicht Ja und nicht Nein gesagt. War er der Vater? Hatte Joanna überhaupt einen festen Freund? Marlies fuhr zusammen. Gab es mehrere Männer in ihrem Leben? Kamen vielleicht sogar mehrere als Vater infrage? Warum denn sonst sollte Joanna so ein Geheimnis daraus machen? Marlies war erschrocken, aber nicht entsetzt über diesen Gedanken, zu fern lag er für sie, auch wenn er ihr eingefallen war. Sie hatte bloß das Gefühl, dem Vater-Geheimnis vielleicht nähergekommen zu sein. Wenn das Lisbeth wüsste, dachte sie, und hatte einen Moment Lust, ihr eine Andeutung zu machen. Dass so etwas ja auch möglich sei. Aber das wäre gemein, diente bloß dem Ausgleich für ihre Verletzung darüber, dass Joanna es Lisbeth zuerst gesagt hatte.

Marlies dachte an Bärbel. Die hatte kein Geheimnis aus dem Vater gemacht, sondern ihn ganz schnell geheiratet. Heiraten müssen, sagten alle. Selbst Bärbel sagte bis heute, wir haben ja heiraten müssen. Das Heiratenmüssen war schlimm gewesen, aber nichts war schlimmer gewesen als eine Schwangere ohne dazugehörigen Mann.

Marlies überlegte, ob sie sich eine Hochzeit wünschte. Joanna im weißen Kleid mit leicht gerundetem Bauch. »Gott sei Dank sind solche Zeiten vorbei«, sagte Bärbel und Marlies merkte, sie konnte es sich auch gar nicht vorstellen. Bei dem Gedanken, dass sie es überhaupt versucht hatte, stellte sie sich Joannas entsetztes Gesicht vor. Mama! »Wirst du also Oma«, hatte Bärbel gegrinst. »Und das noch vor mir.« Aus Spaß hatte sie einen Flunsch gezogen. Ihre drei Jungen hatten alle eine Freundin, ans Heiraten oder Kinderkriegen dachten sie aber wohl noch nicht.

Marlies dachte an ihre eigene Hochzeit und wie selbstverständlich das Heiraten gewesen war. Würde sie heute wieder? Sie wusste es nicht. Wie soll man so was auch wissen.

Joanna hatte die Pille gehabt und auch jetzt noch die Möglichkeit, die Schwangerschaft zu beenden. Bei ihrer Weigerung wirkte sie sehr entschlossen. Marlies fragte sich, ob sie wusste, für was sie sich da entschied.

Marlies' Frage, wann eigentlich hast du es Oma gesagt, ließ Joanna unbeantwortet. Auf die Frage »warum ihr zuerst?« antwortete sie ausführlicher. Sie hätte es Lisbeth gesagt, als sie selbst noch nicht gewusst habe, was sie machen solle. Aber wenigstens sei sie sicher gewesen, dass Lisbeth ihr keine Vorwürfe machen und sie nicht nach dem Studium fragen und nicht mit irgendwelchen Zukunftsaussichten traktieren würde. Damit, dass es Lisbeth peinlich sei, habe sie fest gerechnet. Und sich gewundert, dass sie sich einfach bloß gefreut habe. »Gefreut, Mama. Sie hat sich gefreut. Und ich soll es kriegen. Ich muss, hat sie gesagt. Sie war richtig heftig. Warum freust du dich nicht? Nicht ein winziges bisschen?«

Marlies suchte nach Freude, aber da war nichts. Nicht einmal Zuversicht. Bloß Sorge und Unglück. Bin ich ein Monster?, fragte sie sich. Oder einfach nur realistisch? Und die anderen alle Träumer? Ist es falsch, meiner Tochter Chancen zu wünschen, und nicht so viele Steine im Weg? Ein Kind kann sie doch immer noch kriegen. Später.

Sie wisse gar nicht, ob das Studium das Richtige für sie sei, hatte Joanna auch noch gesagt. Aber dass sie dieses Kind wolle, da sei sie sich inzwischen so sicher wie bei noch nichts in ihrem Leben. Die Bestärkung durch Lisbeth habe ihr das erst gezeigt. Und, sagte sie noch, ich hacke mir doch auch keinen Finger ab.

Aber, hatte Marlies da geantwortet, wenn irgendwo was wachse, was da nicht wachsen solle, schneide man es doch auch weg. Sie erschrak über sich selbst. Das hatte sie so nicht sagen wollen. Es tat ihr sofort leid und außerdem zeichnete sie Joanna gegenüber ein immer schlimmeres Bild von sich. Sie sagte neuerdings Sachen, die man so niemals sagen durfte. Es ging doch um einen kleinen Menschen. Doch das wollte Marlies auch nicht denken. Es war doch noch gar kein kleiner Mensch. Sonst könnte doch niemand einen Abbruch rechtfertigen. Oder sich darauf einlassen. Ein paar Zellen hatten sich da in Joannas Bauch zusammengefunden. Bloß sah Joanna schon das Baby, das Kind. Aber tat das nicht jede Frau? Sogar wenn sie sich für einen Abbruch entschied? Ein Abbruch, damit es nicht zu dem Kind kam, das man sich vorstellte?

Wenn Joanna doch bloß die Pille. Dann hätte sie sich das alles erspart. Und hätte auch Marlies das alles erspart. Die bösen Gedanken. Die Sorgen. Die Auseinandersetzungen mit Joanna, die sie immer weiter auseinandertrieben.

»Ich will doch nur dein Bestes«, sagte Marlies zwischendurch immer wieder verzagt.

»Bist du dir da so sicher?«, fragte Joanna jedes Mal.

Nicht mal du hast mich danach gefragt«, sagte Joanna und nahm angestrengt Masche für Masche auf die kurzen Nadeln auf. Lisbeth brachte ihr das Söckchenstricken bei. »Als gäbe es nicht schon genug«, hatte Marlies mürrisch gesagt und war nach oben gegangen. Konrad war in der Fabrik, Nachtschicht.

»Nach was hab ich dich nicht gefragt?« Lisbeth beugte sich zu Joanna und beobachtete konzentriert deren verkrampfte Finger.

»Nach dem Vater«, sagte Joanna und zeigte mit den Stricknadeln andeutungsweise in Richtung ihres Bauchs.

Das stimmt, dachte Lisbeth erstaunt. Sie hatte nur an das Kind gedacht. Und an Joanna. Nicht einen Moment an einen Vater. Beinahe, als ginge es um die heilige Maria und deren unbefleckte Empfängnis. Lisbeth musste lächeln und rief dann erschrocken: »Halt! Da ist gerade eine runtergefallen. Mittendrin.«

»Mann, ist das schwierig«, knurrte Joanna.

»Wenn du erst mal ein, zwei Reihen hast, wird's leichter.«

»Wenn!«

Joanna begann wieder von vorn, Lisbeth sah ihr weiter

genau zu. Sagte »halt, stopp, das musst du so« und irgendwann »noch eine, dann hast du's«. Dabei überlegte sie, warum Joanna bei dem Thema so stur war. Jedenfalls Marlies gegenüber. »Würdest du es mir denn sagen?«, fragte sie vorsichtig. Joanna schüttelte den Kopf.

»Warum denn nicht?«

»Scht«, machte Joanna und zählte Maschen. Dann murmelte sie: »Es reicht doch, wenn Mama damit nervt.«

»Sie ist deine Mutter«, sagte Lisbeth. »Sie meint es gut.«

»Sagt sie.«

»Es wird stimmen«, sagte Alfred und schob seine Zwickmühle schon wieder zu. »Keine Chance mehr, der Karl«, sagte er seufzend, ließ die verbliebenen Steine vom Spielbrett in die Schachtel rutschen und sammelte auch Karls verlorene rundherum ein. Dann machte er sich auf den Weg in sein Zimmer. »Gute Nacht.« Lisbeth sah ihm nach und dachte plötzlich, Alfred ist ja auch ein vaterloses Kind. »Er ist auch vaterlos«, sagte sie zu Joanna. Joanna strickte die erste Reihe und schien nichts zu hören. Selbst ihr Mund half mit. Sie machte verkniffene Bewegungen mit den Lippen. »Und ein richtig guter Kerl«, sagte sie nach einer Weile und hielt Lisbeth stolz die erste Reihe hin.

Lisbeth nickte und Joanna setzte zur nächsten an. Eins rechts, eins links, das Bündchen zuerst. Lisbeth dachte an Karls »Konrad muss es wissen«.

»Was willst du denn dem Kind später sagen?«, fragte Lisbeth.

»Dass es nicht so wichtig ist?« Joanna senkte für einen Moment das Strickzeug und sah sie an. Ganz ruhig und sicher kam sie Lisbeth dabei vor. »Es hat doch mich. Und dich und Papa und Mama und Alfred und Großonkel Franz und all die anderen, die sonntags ab und zu zum Kaffee kommen.«

Die anderen, die sonntags ab und zu zum Kaffee kamen, es wurden ja immer weniger, weil die Alten gebrechlich oder tot und die Jüngeren mit Kindern und Enkeln beschäftigt waren, »wenn wir die alle mitbrächten, wär das ja viel zu viel für dich, Lisbeth«, die paar also, die noch kamen, hatten sich vornehm zurückgehalten mit weitergehenden Bemerkungen zu Joannas Schwangerschaft. Wirst du also Uroma, Lisbeth. Schade, dass Karl das nicht mehr. Konrad hatten sie auf die Schulter geklopft, wie damals, als er Marlies' Schwangerschaft verkündet hatte, Joanna hatten sie umarmt, Marlies beglückwünscht, was sie sich mit schiefem Lächeln hatte gefallen lassen. Den Birnenbrand hatte Konrad aus der Vitrine geholt. Karl war ja nicht mehr da.

»Hm«, machte Lisbeth zu Joannas Erklärung. Es tat ihr gut, Joanna so reden zu hören. So hatte sie doch selbst immer gedacht. Gut versorgt musste ein Kind sein. Wer das machte, war egal. Ein Zuhause, ein Dach über dem Kopf. Das alles würde Joannas Kind hier auf dem Bethches-Hof haben. Und doch war da ein Zweifel. Dieses Kind, ihr Urenkelchen, tat ihr plötzlich auf eine seltsame Art leid. Würde es nicht doch etwas entbehren?

Als Lisbeth im Bett lag, fasste sie neben sich, dahin, wo schon lange niemand mehr atmete. »Vielleicht«, flüsterte sie, »vielleicht sag ich es ihr, wenn das Kind da ist.« Doch schon bei dieser Ankündigung fing ihr Herz heftig an zu klopfen, und obwohl sie vorher hundemüde gewesen war, konnte sie lange nicht einschlafen. Irgendwann in der Nacht wachte sie aus wirren Träumen auf. Sie hatte Türen schlagen hören, einen überlauten Motor, jemand hatte an ihrem Bett gestanden und sich verabschiedet. Sie hatte nicht erkennen können, wer. Als sie aufwachte, hatte sie nasse Wangen. Sie schob sich unter ihrer Decke hervor, schlüpfte in ihre Pantoffeln und schlich durchs Haus. Lauschte an allen Türen. In der Küche begegnete sie Alfred. »Kannst du auch nicht schlafen?« Lisbeth schüttelte den Kopf. Sie setzten sich an den Tisch.

»Wüsstest du gern, wer dein Vater war?«, fragte sie Alfred nach einer ganzen Weile.

»Ich weiß es doch«, antwortete er.

Lisbeth sah überrascht auf.

»Meine Mutter hat es mir gesagt. Aber es wussten sowieso alle.«

Der Bauer also, dachte Lisbeth.

Sie verfielen wieder in Schweigen.

»Muss man es wissen?«

Alfred sah sie lange grübelnd an. Lisbeth wusste, er hatte verstanden, dass sie nicht bloß von Joanna sprach. Dann hob er die Schultern. »Das kann man nicht sagen, glaub ich.«

Sie saßen noch einen Moment, dann erhob Alfred sich. »Ich geh dann mal wieder.« Lisbeth nickte und blieb sitzen. An der Tür drehte Alfred sich noch mal um. »Aber vielleicht musst du es endlich loswerden.« Lisbeth sah noch auf die geschlossene Küchentür, als Alfreds schlurfende Schritte auf dem Flur längst nicht mehr zu hören waren.

Aber sein Satz, dieser Satz, den er gesagt hatte, bevor er die Tür hinter sich geschlossen hatte, der stand noch in der Luft. Es schien Lisbeth, als schwebe er an der Küchendecke, ähnlich wie diese Fahnen mit einer Werbung, mit einem Spruch darauf, wie sie manchmal von kleinen Motorflugzeugen über den Himmel gezogen wurden. Man legte den Kopf in den Nacken und versuchte die Worte zu entziffern. So kam Lisbeth sich gerade vor. Als versuche sie zu entziffern, was Alfred da gesagt hatte. Noch empfand sie es, als stünde die

Botschaft auf dem Kopf, als wären die Buchstaben falsch herum aufgedruckt und sie müsste sie noch umdrehen, um sie lesen und dann auch verstehen zu können.

Sogar flattern hörte sie das Banner auf einmal. Aber das Geräusch kam nicht von der Zimmerdecke, sondern vom Fenster. Es war ein Spatz, der draußen auf der Fensterbank mit den Flügeln schlug. Es dämmerte längst, war schon fast hell. »Was machst du denn hier«, fragte Konrad, als er von der Nachtschicht kam. »Hast du nicht geschlafen?«

»Ich mach dir Frühstück«, sagte Lisbeth und stand geschäftig auf.

Wo sind eigentlich die Babysachen von mir, Mama?«, fragte Joanna eines Tages.

Marlies musste länger überlegen und sah dabei, wie sich Verdrossenheit in Joannas Gesicht ausbreitete. Schon wieder enttäuscht von mir, dachte Marlies. Und dann fast trotzig: Was erwartet sie? Es ist über zwanzig Jahre her. Die Sachen lagert man doch nicht im Kleiderschrank oder unter dem Bett, damit man sie jederzeit schnell hervorholen kann. Man legt ein paar Strampelhosen und vielleicht noch ein, zwei Spielzeuge in einen Karton, aus Sentimentalität, und bringt ihn auf den Dachboden oder sonst wohin, wo er verstaubt. Mehr ist da nicht.

Das meiste hatte Marlies in der Verwandtschaft verschenkt. An ihre Brüder und Schwägerinnen, an die Cousinen von Konrad. So hatte man das halt gemacht. Vor allem, wenn man sicher wusste, man benötigte keine Babysachen mehr.

Marlies wagte nicht, es Joanna genau so zu erklären. Sie

bewegten sich auf dünnem Eis. Joanna traute ihr nicht, hielt möglichst Abstand. Als hätte Marlies schlechten Einfluss auf ihre Schwangerschaft. Eine unheilvolle Ausstrahlung.

Marlies sagte: »Auf dem Dachboden muss irgendwo noch ein kleiner Karton sein.« Sie betonte das klein, um bei Joanna keine falschen Erwartungen zu wecken, nicht schon wieder ein enttäuschtes Gesicht. Doch Joanna hatte sich schon abgewandt. »Ist ja auch nicht so wichtig.« Aber Marlies spürte, es war wichtig.

Am nächsten Nachmittag stieg sie auf den Dachboden und suchte beinahe verzweifelt zwischen verwurmten Stühlen, Stühlen mit abgebrochenen Beinen, Federballschlägern mit kaputter Bespannung, alten Radios, stockfleckigen Lampenschirmen, Koffern und Spinnweben, groß wie Scheibengardinen, nach dem Karton.

Als sie ihn schließlich fand, hinter einem Sprungrahmen, Teilen eines alten Betts und neben dem großen Karton mit Legosteinen, »die kommen auf den Dachboden, Lego wirft man nicht weg«, hatte Konrad gesagt, stieß sie einen kleinen Schrei aus. Ihr Herz klopfte. Ihr war, als hätte sie einen Schatz gefunden. Sie fuhr mit der Hand darüber, entfernte den gröbsten Staub und trug ihn nach unten. Auch die Legosteine holte sie herunter. Dabei brauchte man die für ein Baby nicht. Mindestens drei müsste das Kind dafür werden. Vielleicht sogar vier. Damit es die Steine nicht verschluckte. Aber Marlies hatte das Gefühl, mit den Legos, mit diesem großen Karton, könne sie etwas gutmachen.

Dabei hatte sie doch gar nichts schlecht gemacht. Sie hatte Joanna nur helfen, sie vor falschen Entscheidungen bewahren wollen. Joanna aber lehnte jede Hilfe ab. Sie empfand es als Angriff auf alles, was sie selbst für wichtig hielt.

Als Marlies mit dem kleinen Karton in der Hand die Klinke der Küchentür herunterdrückte, den Lego-Karton hatte sie bis hierher mit dem Fuß vor sich hergeschoben, standen Lisbeth und Joanna am Tisch. Joanna trug Leggings und darüber ein Hemd von Konrad. Hübsch sieht das aus, dachte Marlies. Lässig. Sie dachte an die Umstandskleider, die sie damals getragen hatte. Mit Rüschen. Die Auswahl war nicht groß gewesen. Nie sonst und auch danach nie wieder hatte sie irgendwas mit Rüschen angezogen.

Der Tisch lag voller Mützchen, Jäckchen, Söckchen und kleiner Handschuhe. Lisbeth hatte offenbar alles hervorgeholt, was sie damals für Joanna gestrickt und gehäkelt hatte. Vieles wie neu, weil Joanna es nie getragen hatte. Weil es so viel gewesen war, dass kein Kind es je hätte tragen können. Oder weil es Marlies nicht gefallen hatte.

Marlies sah zu, wie Joanna ein Kleidungsstück nach dem anderen in die Hand nahm, es hochhielt, die Form und die Farben begutachtete, es mit den Fingern befühlte. Wie sie sagte »das gefällt mir« oder »diese Farben gefallen mir nicht« oder »das sieht ein bisschen merkwürdig aus«. Das, was sie nicht mochte, legte sie zur Seite.

Marlies blieb weiter im Türrahmen stehen. Die beiden bemerkten sie gar nicht. Sie dachte, warum konnte ich das damals nicht so machen? Gefällt mir, gefällt mir nicht. Stattdessen habe ich alles, was von Lisbeth kam, abgelehnt, als wäre es ein Angriff auf meine Fähigkeiten als Mutter.

Joanna begeisterte sich für die Mützchen mit dieser Spitze, die in die Stirn ragte. Cool, Oma, sagte sie. Marlies trat zurück in den Flur und schloss vorsichtig die Tür. Sie kam sich jämmerlich vor.

Cool, sagten auch ein paar Tage später Joannas Studienfreundinnen zu diesen Mützen. Christian setzte sich eine auf. Die rote mit dem grünen Rand. Marlies überlegte, ob das ein Hinweis sein könnte, dass er der Vater sei, fand dann aber, es sei kein ausreichender. Lisbeth rief entsetzt: »Das wird ja ganz weit!«.

Ob es unter den Studienfreunden welche gab, die Joanna auch einen Abbruch nahegelegt hatten? Mensch, willst du das wirklich? Man kann doch heute. Marlies wusste es nicht. Aber selbst wenn, ganz sicher würde Joanna ihrer Mutter gegenüber nichts erwähnen, was Wasser auf deren Mühlen wäre.

Den kleinen Karton mit den paar Babysachen und den großen mit den Legosteinen hatte Marlies ihr ins Zimmer gestellt. Joanna hatte nichts dazu gesagt.

Lisbeth stand bei Bachkriemers vor dem Drehständer mit den Sämereien.

Sie sah sich dabei nicht um. Suchte den Laden nicht mit Blicken ab. Wer war noch da? Mit wem konnte man einen Schwatz halten? Wer könnte mehr darüber wissen, wie es inzwischen um Schworzes junge Leute stand? Schon eine ganze Weile mied sie die Begegnung mit den Leuten, nicht nur bei Bachkriemers.

Konzentriert legte Lisbeth ein Tütchen nach dem anderen in ihren Einkaufskorb. Möhren, Kohlrabi, Zuckererbsen.

Der Garten. Das war jetzt wichtig. Eigentlich hatte sie ihn verkleinern wollen, die Arbeit reduzieren, mit den Kräften haushalten. Doch Joanna musste Gemüse essen. Überhaupt viel Gesundes. Blumenkohl legte Lisbeth noch ins Körbchen. Kopfsalat. Es war zwar noch kalt, Ende Februar, aber alles konnte sie auf der Fensterbank vorziehen. Blumentöpfe mit Erde füllen, die Samen hinein, gießen. Später vereinzeln. Und sowie es warm genug war, in den Garten damit.

Und wenn erst das Kind da war, musste auch das Gemüse essen. Na ja, erst mal würde es gestillt werden. Von der diesjährigen Ernte würde es noch nichts haben. Oder doch? Alles einfrieren. Und irgendwann im nächsten Winter. Feinen Brei aus Möhren und Kartoffeln. Oder Kartoffeln und Kohlrabi. Das hatte schon Konrad als Baby gemocht.

Vor ein paar Tagen hatte Joanna Lisbeth ganz unvermittelt umarmt und »Danke, Oma!« gesagt. Lisbeth war ganz verdattert gewesen. »Dass du mir bei der Entscheidung geholfen hast«, sagte Joanna. Geholfen?, dachte Lisbeth. Aber ich hab doch gar nicht geholfen. Nicht mal mir selbst. Alfreds Satz schwebte noch immer an der Küchendecke. Vielleicht, wenn das Kind da war. Vielleicht, wenn das Kind da ist, sagte sie öfter auf dem Friedhof zu Karl.

»Na, du bist ja früh dran«, sagte Schreinerleus Lene und sah in Lisbeths Korb. Lisbeth zuckte zusammen. Sie hatte gar nicht gemerkt, dass die Lene herangekommen war. Unbehaglich lächelte sie sie an.

In Hausen wurde geredet. Wie Lisbeth es vorhergesehen hatte. Vor allem bei Bachkriemers. Hier traf man sich. Du hast es noch gar nicht gehört? Michels Käthe hatte Lisbeth regelmäßig alles hinterbracht. Nicht aus Bosheit. Im Gegenteil. Nur, damit du Bescheid weißt.

Dass Bachkriemers Lieselotte gesagt hatte, bei der Mutter wundert einen doch gar nichts. Und Golläckers Katrine, wo das noch hinführt mit den Bethches-Frauen? Alles hinter vorgehaltener Hand, aber doch so, dass es gut zu hören war.

Lisbeth dachte oft an damals und dass sie sich nun wieder fast genauso fühlte. So schwer war es ihr immer gewesen, zu Bachkriemers zu gehen. Diese Blicke, die ihren Leib regelmäßig abgetastet hatten. Na? Ist sie endlich? Nein? Immer noch nicht? Na, wenn nach zwei, drei, vier Jahren noch nichts passiert ist, dann wird das wohl nie was.

Und jetzt: Was? Bethches Joanna ist schwanger? Nein, so was. Studentin. Kein Vater für das arme Wurm. Oder? Weißt du vielleicht von jemandem?

Lisbeth guckte, ob in Lenes Augen irgendwas abzulesen war. Was sie darüber dachte. Und ob sie jetzt irgendwas von Lisbeth erwartete. Eine Reaktion, vielleicht zuerst einen kleinen Plausch. Über das Wetter. Und wer gestorben war. Und irgendwann, nach ein bisschen allgemeinem Geplänkel, was über Joanna. Über ihre Schwangerschaft. Und wie das jetzt weitergehen solle. Und wie es Lisbeth damit ginge. Ob sie es empörend fände. Und ob sie sich gebührend dafür schäme.

Bevor Lisbeth mit ihren Überlegungen zu Ende war, sagte Lene: »Ich wart noch ein bisschen mit dem Säen«, und ging weiter zum Kühlregal. Erleichtert sah Lisbeth hinter ihr her.

An der Kasse stand Bachkriemers Erwin. Auch darüber war Lisbeth erleichtert. Männer tratschten nicht so viel. Oder über andere Dinge. Über das mit der Milchquote hatten mehr die Männer geredet. Na, da hat der Konrad sich aber. Dass der Karl das nicht?

Ungerührt nahm Erwin jedes einzelne Tütchen aus dem Korb, tippte den Preis in die Kasse, reichte es dann Lisbeth, die es in ihren Einkaufsbeutel fallen ließ und dachte, hoffentlich ist er fertig, bevor die Lieselotte auftaucht. Aber vielleicht war die ja auch gar nicht da. Normalerweise hätte Lisbeth gefragt: Na, wo ist denn die Lieselotte heute Morgen? Doch sie sagte gar nichts, wie sie schon eine Weile nichts mehr sagte. Jetzt bloß »mach's gut Erwin«, dabei schon mal durch die Ladentür auf den Bachweg hinausguckend, ob da nicht Golläckers Katrine lauerte, aber da war niemand. Auf dem Heimweg, als Lisbeth sich, einen kurzen Gruß murmelnd, an Nettejosts Magda vorbeigedrückt hatte, erinnerte sie sich plötzlich an ihren Vorsatz. Das Geschwätz. Es sollte ihr doch den Buckel runterrutschen.

Das nächste Mal, Lisbeth, sagte sie zu sich selbst. Wenn du das nächste Mal zu Bachkriemers gehst, ziehst du nicht die Schultern ein. Hörst du? Und wie zur Übung reckte sie den Kopf und behielt ihn oben, bis sie in den Hof einbog.

Guckt!« Joanna hielt das quadratische Bildchen hoch. Alle standen auf, versammelten sich hinter ihrem Stuhl und beugten sich darüber, beinahe stießen die Köpfe aneinander. Lisbeth, Konrad und sogar Alfred. So wie sie sich auch immer über die bunten Karten aus Afrika gebeugt hatten. Bloß Marlies blieb sitzen und schob die Krümel auf ihrem Teller zu einem kleinen Häufchen zusammen.

»Man erkennt was«, sagte Konrad ehrfürchtig. Lisbeth nickte, aber es wirkte nicht überzeugt. Alfred guckte ratlos. Joanna half beim Deuten. »Das ist der Kopf.« Mit dem Finger fuhr sie hierhin und dahin. »Die Rippen. Arm. Beinchen.«

Marlies hatte nichts weiter von dem Kind in ihrem Bauch gewusst. Nur die Bilder, die sie sich in ihrem Kopf gemacht hatte. Ultraschall für alle war erst später gekommen, ein paar Jahre nach Joannas Geburt. Es hatte Marlies nicht gefehlt. Etwas, das noch gar nicht da war, konnte einem nicht fehlen.

Nachdem alle gebührend »ah« und »oh« gerufen hatten, »ich verstehe, aha, das ist ja toll«, reckte Joanna ihren Arm über den Tisch zu Marlies. Mit fragendem Blick. Willst du auch?

Marlies nahm das Bild und sah darauf. Erklärungen gab Joanna ihr nicht. Dazu hätte sie aufstehen, um den Tisch herumkommen müssen. Vielleicht hätte auch Marlies aufstehen müssen und um den Tisch herumgehen, sich mit Joanna über das Bild beugen, fragen müssen. Dieser helle Streifen hier, ist das das Ärmchen? Das sogar die Fingerchen?

Ausgiebig betrachtete Marlies das Bildchen. Joanna sollte nicht denken, sie interessiere sich nicht. Sie spürte deren Blick. Ob sie auf eine Frage wartete? Aber Marlies war nicht in der Lage zu fragen. Sie fühlte sich befangen, beinahe gelähmt. Vielleicht, wenn sie mit Joanna allein gewesen wäre. Aber so hörten alle zu, beobachteten sie.

Öfter dachte sie, so wie sie müsse sich auch jemand fühlen, der in ein Land mit einer ganz anderen Kultur kommt. Wo man zwar die Ausdrücke der Gesichter erfasst und auch die Worte begreift, aber immer den Verdacht hat, sich ganz falsch dazu zu verhalten.

Manchmal sagte sie sich, daran bist du selbst schuld. Du ziehst dich ja auch immer mehr zurück. Dann wieder hatte sie das Gefühl, die anderen zögen sich von ihr zurück. Mit Konrad war bloß noch ein Nebeneinander. Die Alltagsfragen deckten alle anderen zu. Wann hast du nächste Woche Schicht? Kannst du bei meinem Auto mal nach dem Öl gucken? Das mit den Alltagsfragen war zwar nicht neu, aber Marlies meinte, sie spüre nun schon lange ein Ausweichen, ein Verstecken dahinter. Bloß den anderen nicht merken lassen, wie es einem ging. Wie zwei Wanderer, die beide wussten, sie hatten sich mächtig verlaufen, aber keiner wollte es aussprechen. Vielleicht, weil jeder die absurde Hoffnung hegte, er täusche sich. Dass man bloß dieses Gefühl hatte, es aber gar nicht stimmte. Und vielleicht war Konrad ja auch gar nicht unglücklich. Was wusste man schon vom anderen.

Marlies reichte Joanna das Bildchen zurück. »Schön«, sagte sie unbeholfen und lächelte angestrengt. Schön, echote es höhnisch in ihrem Kopf. Schön sagte man zu einem Gegenstand, aber doch nicht zu einem Lebewesen, oder? Joanna nahm das Bild, steckte es achtlos in ihre hintere Hosentasche und wandte sich wieder Lisbeth zu, die gerade sagte: »Du kannst mein Schlafzimmer haben, das ist größer als deins.« Joanna wehrte ab. »Nein, nein. Behalt du dein Zimmer.« Und Konrad sagte: »Wir könnten in deinem Zimmer die Wand zu dem daneben durchbrechen.« Marlies dachte, Joanna ist hier so zu Hause wie ich es noch nie gewesen bin.

Aus ihrem Elternzuhause war sie hierher in Konrads gezogen. Nichts Besonderes auf dem Dorf. Viele zogen von ihrem Elternhaus in ein anderes Elternhaus. Meist die Frau in das ihres Mannes. Manchmal auch umgekehrt. Aber viel seltener. Konrads Familie hätte ihre werden sollen, war es aber nie geworden.

Was wäre gewesen, wenn wir was Eigenes gehabt hätten?, überlegte Marlies immer öfter. Und manchmal schlich sich sogar der Gedanke ein: Wenn *ich* was Eigenes gehabt hätte? Nicht gleich geheiratet, sondern erst mal was Eigenes?

Lass uns ein bisschen mit dem Hund gehen«, sagte Joanna eines Tages. Ihre Blicke hatten in den letzten Wochen oft auf Marlies geruht, die sich unbehaglich dabei gefühlt hatte, weil sie nicht wusste, was die bedeuteten. Es erschien ihr, als seien die Rollen vertauscht. Ich bin die Mutter, sagte sie sich öfter. Sie muss mich nicht so angucken, als sei ich ein Kind, um das man sich Sorgen machen muss.

Sie liefen auf Feldwegen, nicht sehr schnell. Joanna war schon ein bisschen kurzatmig. Es war April. Einer dieser Tage, die wie frisch gewaschen wirkten, weil es geregnet hatte, aber die Sonne sofort wieder hervorkam. Wo man hinsah, sattes Grün. Die Apfelbäume blühten. Keine von beiden sagte etwas. Außer vielleicht, guck doch mal wie schön. Diese Apfelblüten. Und die Bienen. Das Schweigen war nicht angenehm, nicht wie zwischen zwei Menschen, die gut miteinander schweigen können.

Der Hund lief immer wieder voraus und kam zurückgerannt, als wolle er sie animieren, schneller zu gehen. Zwischendurch lief er auch mal ein Stück bei Fuß. Mit hängendem Kopf, als sei er enttäuscht.

»Du musst nicht bleiben.« Joanna war unvermittelt stehen geblieben und bückte sich mühsam nach ihrem Schuhbändel.

»Ich versteh nicht.« Marlies blieb ebenfalls stehen und sah

auf Joanna hinunter. Joanna band ihren Schuh neu, Marlies wusste nicht, ob aus Verlegenheit oder ob das Schuhband wirklich locker gewesen war. Schnaufend kam sie aus der Hocke wieder hoch. Marlies fasste sie am Arm, um ihr ein bisschen zu helfen. Als Joanna stand, ließ sie sofort wieder los.

»Wie meinst du das?« Sie standen voreinander.

»So wie ich es gesagt habe: Du musst nicht bleiben«, sagte Joanna.

Mitten auf dem Weg blieben sie wieder stehen. Der Hund umkreiste sie. »Wo denn bleiben?« Marlies verstand immer noch nicht. »Oder nicht bleiben?«

»Auf dem Hof, Mama«, sagte Joanna ungeduldig. Ein Traktor kam den Weg entlang. Sie mussten zur Seite gehen. Fast in den Graben. Wieder hielt Marlies Joanna am Arm. Michels Helmut, der Mann von Geli. Helmut und Geli waren schon zweifache Großeltern. Marlies hob grüßend die Hand. Helmut rief irgendwas, aber er wurde vom Lärm seines Traktors übertönt.

Als er vorüber war, sah Joanna Marlies immer noch ungeduldig an. Offenbar erwartete sie eine Erwiderung. Aber welche?, dachte Marlies. Ihr war, als hätte das, was Joanna gesagt hatte, nichts mit ihr zu tun. Als ginge es nicht um sie, sondern um jemand ganz anderen. Man konnte doch nicht einfach weggehen. Von dem Ort, an dem man seit über zwanzig Jahren wohnte, von den Menschen, mit denen man seit über zwanzig Jahren zusammenlebte. Da gab es Gewohnheiten, Selbstverständlichkeiten, über die man vielleicht nicht glücklich war, aber die man doch nicht komplett infrage stellen durfte. Dieser Ausbruch bei der Sache mit der Milch, der zählte doch nicht.

Oder, Marlies erschrak, verlangte Joanna da gerade was

von ihr? Sollte sie? War das eine Aufforderung? War es das, was sie die ganze Zeit in Joannas Blicken gesehen, aber nicht zu deuten gewusst hatte?

»Sag was, Mama«, rief Joanna. Doch Marlies suchte erst mal nach einem Stock. Für den Hund. Der konnte doch nichts dafür, dass man ihm erst einen Spaziergang anbot, auf den er sich schwanzwedelnd und bellend gefreut hatte, und nun hatte keiner Lust, sich um ihn zu kümmern. Aber eigentlich war es, weil ihr Herz so merkwürdig wummerte. Sie sagte »gleich« und warf den Stock. Ziemlich weit, was sie selbst überraschte. Dann drehte sie sich wieder zu Joanna: »Ich soll gehn?«, und erwartete die Antwort wie einen Schlag auf den Kopf. Ach was, gleich Kopf ab. So war ihr. Deswegen also hatte Joanna mit ihr spazieren gehen wollen. Sie hatte sich gewundert. Wo Joanna das Laufen nicht mehr leichtfiel. Zumal mit dem Hund.

»Das glaubst du nicht ernsthaft«, sagte Joanna, blanken Zorn in den Augen.

Ja, was denn nun, dachte Marlies, und sagte: »Doch!« Dabei fing sie an, schnell zu gehen. Fast zu rennen. Joanna versuchte mitzuhalten, geriet völlig außer Atem. Irgendwann blieb sie stehen. Vorgebeugt, die Hände auf ihre Knie gestützt, nach Luft ringend. Marlies, die ohne sich umzusehen, vorausgelaufen war, merkte plötzlich, wie weit sie Joanna hinter sich gelassen hatte. Sie lief zurück. Oh Gott. Was hab ich getan? Wenn es jetzt losgeht?

»Geht es los?«, rief sie. Joanna schüttelte den Kopf. Sagen konnte sie nichts. Marlies sah sich nach einer Bank um. Aber da war keine. Warum gibt es hier eigentlich keine Bank? Es gibt viel zu wenig Bänke, dachte sie zornig. Als gäbe es bloß Traktoren.

Joanna nahm eine Hand von ihrem Knie und deutete auf die Böschung neben dem Weg. Sie war so steil, dass sie beinahe aufrecht standen, nur eben angelehnt und die Füße in dem kleinen Graben davor, der vom letzten Regen noch ein bisschen matschig war. Sie schwiegen, bis Joanna wieder Luft bekam.

»Das war gefährlich«, sagte Marlies.

»Ach was«, sagte Joanna.

Sie sahen beide zum Himmel. Blau, mit einem Karomuster aus Kondensstreifen, die immer mehr zerfransten und zu zarten Schleiern wurden. Es war ganz still, nur das Summen von Hummeln und Bienen und Fliegen. Irgendwo in der Ferne brummte ein Traktor. Vielleicht Michels Helmut beim Pflügen oder Eggen oder Säen. Marlies hatte nicht darauf geachtet, welches Gerät an seinem Traktor gehangen hatte.

Irgendwann griff Joanna nach Marlies' Hand. Vorsichtig. Sie drückte sie nicht, Marlies drückte auch Joannas Hand nicht. Ganz sacht lagen ihre Hände ineinander und sie schwiegen weiter.

Nach einer Weile deutete Joanna mit der freien Hand auf ein Flugzeug. »Wo es wohl hinfliegt?«

»Hm«, machte Marlies.

»Vielleicht nach Rom«, sagte Joanna.

»Warum nach Rom?«

»Es fliegt nach Süden.«

»Woher weißt du das denn?«

»Na, der Sonne entgegen«, antwortete Joanna.

Der Hund war verschwunden. Sicher war er nach Hause gelaufen. Vor lauter Langeweile.

Rom, wie verführerisch das klingt, dachte Marlies. Und geflogen war sie noch nie.

»Das könntest du auch mal machen«, sagte Joanna.

»Ich kann kein Italienisch«, sagte Marlies.

»Kann man lernen«, sagte Joanna. »Und Rom geht sicher auch so.«

Als sie aufstanden, waren ihre Jacken am Rücken grün und feucht und die Schuhe waren auch feucht. Und matschig. Als sie auf den Hof kamen, lag der Hund in der Hütte und würdigte sie keines Blicks. Lisbeth und Alfred saßen auf der Bank vor dem Haus. Alfred döste. Lisbeth rief erschrocken: »Wie seht ihr denn aus.«

»Wir haben bloß im Gras gelegen«, erklärte Joanna. Lisbeth guckte skeptisch und schüttelte den Kopf. Joanna streichelte ihr im Vorbeigehen über den Arm und sagte: »Es stimmt.«

Hintereinander gingen Joanna und Marlies die Stufen des Treppenaufgangs hinauf. »Niemand will dich loswerden, Mama«, sagte Joanna, als sie die Haustür öffnete und sich dabei zu Marlies umdrehte. »Aber es zwingt dich auch niemand zu bleiben. Du kannst gehen, wohin du willst.«

Dicht hinter ihr betrat Marlies das Haus. Sie sah auf die Grasflecken an Joannas Rücken und fragte: »Sagt Papa das auch?«

»Woher soll ich das wissen?« Erstaunt sah Joanna sie an.

In Marlies war plötzlich der Gedanke aufgetaucht, Konrad könne Joanna vorgeschickt haben. Das sagte sie nicht, sondern: »Außerdem: Jetzt, wo dein Kind kommt?«

»Zur Geburt kannst du ja da sein«, sagte Joanna über die Schulter.

Marlies wusste, dass sie nicht irgendeinen Urlaub meinte. Wohin geht man, fragte sie sich, wenn man gehen kann, wohin man will?

Ich weiß nicht mal, wohin ich will.« Ihre Stimme klang Marlies in den eigenen Ohren vorwurfsvoll. Als gäbe es jemanden, bei dem sie sich darüber beklagen könnte. Dabei gab es niemanden, außer ihr selbst.

»Meinst du Dorf oder Stadt?«, fragte Bärbel. »Lahnfels oder Hausen? Oder ein ganz anderes Dorf?«

»So konkret kann mein Kopf gar nicht denken«, sagte Marlies. »Mir kommt es vielmehr vor, als solle ich mich zwischen Mond und Erde entscheiden.«

Mond oder Erde. Das trifft es, dachte sie im selben Moment, selbst ein wenig überrascht von diesem Vergleich. An die Fernsehbilder der ersten Mondlandung konnte sie sich noch genau erinnern. Fast ausgelernt hatte sie da, kannte Konrad schon eine Weile. Mit der ganzen Familie hatte sie vor dem Fernseher gesessen. Diese Aufregung, die sie gespürt hatte. Aber auch Grusel. Wie trostlos der Mond ausgesehen hatte. Ein Ort, von dem man doch schnell wieder wegwollte. Und was, wenn die Landefähre nicht wieder aufstiege? Was, wenn die Astronauten nicht wieder zur Rakete fliegen oder dort nicht wieder andocken könnten? Marlies hatte für Armstrong und Aldrin gebibbert.

Und das Sofa im Wohnzimmer ihres Elternhauses, das in diesem kleinen Dorf stand, ein Platz, der ihr längst oft eng wurde, war ihr für den Moment als der allerbeste Ort der ganzen Welt erschienen. Als der schützendste, sicherste und schönste.

Sie musste nicht auf den Mond. Sie würde auch keine Heldin sein, wenn sie sich einen anderen Platz als den Bethches-Hof zum Leben suchte. Aber sie hatte Angst. Davor, dass dieser neue Ort sich als Mond entpuppen könnte.

»Ich wüsste auch nicht, wohin«, sagte Bärbel mitten hinein in Marlies' Gedanken.

»Bloß, dass du ja nirgendwo anders hinwillst«, sagte Marlies.

»Hm«, machte Bärbel.

Sie saßen in deren Küche. Es war still im Haus. Längst keine Kinder mehr, die sich um Plastikbagger stritten. Bärbels Mann war bei Klostermuths. Auf ein Bier. Wir hätten auch ausgehen können, dachte Marlies. Aber nicht mal das fällt uns mehr ein. Immer nur sitzen wir in Küchen. »Immer nur sitzen wir in Küchen«, sagte sie zu Bärbel. Bärbel guckte fragend und Marlies sagte: »Ach nichts.«

Sie sah zum Fenster hinaus. Es stand offen. Die feuchte Abendluft schickte einen Schwall Duft irgendwelcher Blüten herein. Marlies hob die Nase. Frühling. Aufbruch. Ich brauche doch bloß ein bisschen Mut. »Vielleicht fehlt mir auch bloß ein bisschen Mut«, sagte sie. Bärbel nickte. »Mut braucht man für so was.«

Für so was, wiederholte Marlies in Gedanken und betrachtete eingehend die Kratzer auf Bärbels Küchentisch, als suche sie nach einem Muster. Worin denn bestand dieses ominöse Sowas? War es der Entschluss? Die Entscheidung, mit den Erwartungen zu brechen? Und mit wessen Erwartungen bloß? Das kannst du doch nicht machen, Kind, hörte sie die Mutter sagen, ihren Tonfall genau in den Ohren. Der Vater würde entsetzt, aber hilflos gucken. Vielleicht noch, Mama hat recht, murmeln. Und dann auf ein Bier gehen, während die Mutter den Fernseher anschalten und sicher sein würde, dass ihre Tochter das sowieso niemals wagen würde. Sie sah Bärbel an und dachte, wenn ich diesen Schritt bloß nicht so allein machen müsste.

»Wir könnten zusammen.« Marlies versuchte, ihrer Stimme einen munteren Ton zu geben, sie nach etwas klingen zu lassen, das sie nicht ernst meinte. »Eine WG. Für Frauen ab fünfundvierzig.« Obwohl sie im selben Moment merkte, wie großartig sie diese Vorstellung fand. Lebenserfahrene Frauen, die sich bloß noch nie gewagt hatten, ihr Leben selbst in die Hand zu nehmen.

Bärbel lachte. Sie ist immer noch rundum zufrieden, dachte Marlies. Wenn erst Enkelkinder kämen, würde sie richtig aufleben. Wieder einen verklebten Küchentisch. Die Kleidung voller Essensflecken. Spielzeug auf dem Fußboden, über das man stolpern konnte. Bärbel würde eine wunderbare Oma werden. Warum war sie nicht so? Zufrieden mit einem ganz gewöhnlichen Leben?

»Warum sind wir eigentlich Freundinnen«, sagte sie. »Hab ich nicht immer nur gejammert?«

Bärbel nahm ihre Hand und drückte sie. Dann sprang sie auf. »Wo hab ich eigentlich?«, fragte sie sich und lief aus der Küche, um nach ein paar Minuten ein bisschen außer Atem wiederzukommen. In der einen Hand eine Flasche Sekt, in der anderen zwei Gläser. »Keller«, rief sie. Und die Flasche schwenkend: »Von den Jungs zum Muttertag.«

»Was feiern wir denn jetzt auf einmal?«, fragte Marlies.

»Ich weiß nicht«, sagte Bärbel und löste die Folie und den Draht vom Korken. »Ist doch auch egal.« Mit einem gehörigen Knall ließ sie den Korken aus dem Flaschenhals ploppen und goss schwungvoll ein. »Wenn du alleine wohnst, kann ich immer sagen, ich bin bei dir, wenn ich mal hier rauswill.«

»Du willst mal hier raus?«

»Was glaubst du denn«, sagte Bärbel.

Sie stießen ihre Gläser aneinander. Marlies empfand es wie einen Auftrag. Such dir eine Wohnung. Und dann komm ich dich besuchen. Sicher würden sie auch in der Küche sitzen. Aber es wäre Marlies'. Ihre erste eigene Küche. Mit fast fünfzig. Sie trank ihr Glas in einem Zug aus und hielt es Bärbel zum Nachfüllen hin. Sie sah sie auf einmal vor sich, ihre Küche. Und im Kühlschrank immer eine Flasche Sekt. Falls Bärbel käme.

Lisbeth hob den Kopf und lauschte. Wohnung? Hatte Marlies gerade Wohnung gesagt? Vorsichtig und leise ging sie zur Küchentür und legte von innen das Ohr dagegen. Doch dass Marlies in diesem Moment noch was von besichtigen sagte, war gar nicht mehr nötig. Schon auf dem Weg zur Tür hatte sie plötzlich verstanden.

Über der Zeitung hatte sie Marlies ein paarmal sitzen sehen. Ein Blatt Papier daneben und einen Stift in der Hand. Was macht sie denn da?, hatte sie sich gefragt und hinterher die Zeitung durchgeblättert, was so interessant für Marlies sein könnte. Der Artikel über den Schützenverein? Mit Foto? Stefan, in dessen Revier Marlies gejagt hatte, wie er dem neuen Schützenkönig die Kette umhängte? Die Anzeige des Kaufhauses, in dem sie arbeitete? Das schrieb man sich doch aber nicht auf. Lisbeth hatte sich keinen Reim machen können.

Vorsichtig öffnete sie jetzt die Küchentür und streckte den Kopf hinaus. Marlies sagte gerade: »Vielen Dank«, legte auf und schob sich einen Zettel in die Hosentasche.

Einen Moment standen sie sich so gegenüber, Marlies neben dem Telefon und Lisbeth im Spalt der Küchentür, und sahen sich an. Eine Wohnung sucht sie also, dachte Lisbeth. Marlies sah aus, als dächte sie darüber nach, was sie sagen könnte, aber sie wirkte nicht wie ertappt. Lisbeth registrierte verwundert die innere Ruhe, die sie behielt. Kein Zorn. Ihr Herz schlug nicht schneller. Beinahe, als hätte sie nichts anderes erwartet. Als hätte es so kommen müssen.

Endlich sagte Marlies: »Ich muss« und zeigte Richtung Haustür. Was sie musste, sagte sie nicht. Und sie ging auch gar nicht zur Haustür, sondern nach oben. Einen Augenblick später hörte Lisbeth die Tür zu Konrads und Marlies' Wohnzimmer klappen, das nie ein Wohnzimmer geworden war. Sie ging zurück in die Küche und ließ sich auf das Sofa fallen. Marlies würde den Hof also verlassen.

Ein leises Bedauern stieg unvermittelt in Lisbeth auf. Hätten sie ein besseres Verhältnis haben können? Mit einer Schwiegertochter kam doch eine Tochter ins Haus. Ein weiteres Kind. Hätten sie sich zugetaner sein können? Aber sie wusste noch immer nicht, was sie anders hätte machen sollen.

Die ältere Generation machte die Vorgaben, die eingesessene sowieso. Die junge hatte sich anzupassen, dabei sich das eine oder andere durchaus zu erkämpfen. Angepasst hatte Marlies sich, wenigstens ein bisschen, aber gekämpft hatte sie nicht. Überhaupt nicht und schon gar nicht gegen Lisbeth. Das eine oder andere hatte sie sich herausgenommen, ihren Zorn und ihre Scham darüber konnte Lisbeth sofort wieder spüren, aber einen Platz auf dem Bethches-Hof, den hatte sie sich nicht erkämpft. Hatte sie nicht gewollt? Sich nicht getraut? Lisbeth verstand es nicht, würde es nie verstehen.

Mit Joanna fühlte sich alles ganz anders an. Mit ihnen beiden, das würde gut gehen. Sicher war Lisbeth sich da. Auch wenn das, was da gerade mit ihrer Enkelin ins Haus kam, alles andere als den Sitten entsprach. Keine Hochzeit, ja nicht einmal einen Mann an ihrer Seite. Mit Karl hatte sie auch darüber gesprochen. Als die Stiefmütterchen auf dem Friedhof angefangen hatten zu blühen. Die Zeiten ändern sich, hatte er gesagt. Und sie hatte genickt. Ja, die Zeiten änderten sich. Und dieses Kind, das niemand bestellt hatte, das war sowieso Fügung. Und für so was durften die Regeln schon mal ausgesetzt werden. Ach, und überhaupt. Mit den Regeln würde sie Joanna höchstens vertreiben. Nein, das wollte sie auf keinen Fall. Das konnte niemand wollen.

Beim Abendbrot waren Alfred und sie allein.

Danach setzten sie sich vors Haus auf die Bank. Konrad war in der Fabrik, Joanna in Lahnfels. Eine Abendveranstaltung, hatte sie gesagt und Marlies hatte sich nicht blicken lassen.

»Sie zieht aus«, sagte Lisbeth zu Alfred. Alfred nickte bloß. Hatte er nicht verstanden? Alfred hörte immer schwerer. Aber Lisbeth mochte ihren Satz nicht wiederholen. Und sie mochte auch nicht fragen, ob Alfred sie verstanden hatte. Stattdessen zog sie eine der orange-gelben Blüten des Geißblatts zu sich heran und hielt die Nase darüber. Es fing gerade an zu blühen und verströmte schon seinen Duft. Bevor Lisbeth die Blüte wieder losließ, betrachtete sie sie noch einen Moment. So genau wie sie noch nie eine ihrer Blumen betrachtet hatte. Selbstverständlich waren sie ihr immer erschienen, wie alles hier auf dem Hof. Und wenn einem etwas selbstverständlich erschien, glaubte man auch, es gut zu kennen, nichts weiter darüber wissen zu müssen.

Lisbeth verlor sich ganz in den Anblick der Blüte, in ihre Form und auch in ihre Farbe, fand sie ganz außergewöhnlich. Und plötzlich erinnerte die sie an das Muster auf dem Tuch von Marlies. Und an die Farben. Dieses Tuch aus dem wunderbaren Stoff. Aus Marlies' Welt. Dieser Welt, die sie schon wahrgenommen hatte, als Konrad Marlies an diesem Sonntag vor über zwanzig Jahren vorgestellt hatte. Und geahnt, es würde mit ihnen beiden nicht so einfach werden.

Niemals würde sie es tragen können, dieses Tuch. Nicht zu ihrer Tracht. Und die Tracht, die würde sie tragen, solange sie atmete.

Später am Abend, bevor sie ins Bett ging, holte sie das Tuch aus der Kommode hervor. Aus der hintersten Ecke. Sie musste die Schublade so weit herausziehen, dass sie drohte, herunterzufallen. Sie hielt das Tuch hoch und sah sich suchend in ihrem Zimmer um. Vielleicht an die Wand? Sie hielt es an die Tapete. Joanna hatte auch Tücher aufgehängt, als sie aus Afrika wiedergekommen war. Doch Lisbeth schüttelte den Kopf. Das passte zu Joanna, aber nicht zu ihr. Nicht an diese Wände, nicht in dieses Zimmer.

Lisbeth drehte sich suchend weiter. Ein Kissen vielleicht? Bevor sie sich ins Bett legte, breitete sie das Tuch über ihr Kopfkissen. Vorsichtig legte sie ihren Kopf darauf und lag ganz still. Aber nach einer Weile, als sie sich gern auf die Seite gedreht hätte, dachte sie, ich werde es zerknüllen. Es ist zu schade. So etwas benutzte man nicht. Vorsichtig zog sie es unter ihrem Kopf hervor und schob es auf Karls Seite. Ein Paradekissen, dachte sie, bevor sie einschlief, eins, das man nach dem Bettenmachen zur Zierde auf das benutzte legte, das könnte ich daraus machen. Vielleicht.

Sie träumte von Pflanzen, so schön und bunt und duftend. Aber wenn sie nach ihnen greifen wollte, wurden sie dunkel und hässlich und stachen ihr in die Finger.

Am Morgen nahm sie das Tuch und legte es wieder in die Schublade. Sorgfältig zusammengelegt und ganz nach vorn. Jedes Mal, wenn sie die Lade aufzöge, würde sie es sehen.

Gestern hatte auch Lisbeth es mitbekommen. Sie hatte gerade auflegen wollen, den Hörer aber noch in der Hand gehabt, da hatte Lisbeth aus der Küchentür geguckt. Auf Marlies hatte es gewirkt, als ob sie schon eine Weile dahintergestanden hätte. Gelauscht, hatte sie gedacht, und Lisbeth angeguckt. Unangenehm war es Marlies gewesen, aber erschrocken war sie nicht.

Dass Lisbeth in der Küche sein könnte, während sie im Flur telefoniert hatte, war ihr eigenartigerweise gar nicht in den Sinn gekommen. Fast war es ihr recht gewesen, von Lisbeth ertappt worden zu sein. Musste sie keine Erklärungen mehr abgeben.

Sie hatten sich gegenübergestanden. Lisbeth hatte nichts gesagt. Marlies auch nicht. Bloß auf die Uhr hätte sie gern geguckt. Ob erst ein paar Sekunden vergangen waren oder schon Minuten. Irgendwann war ihr doch unbehaglich geworden. Nicht wegen des Telefonats, sondern weil sie nichts zu sagen wusste. Sie hatte »ich muss« gesagt und war sich bescheuert dabei vorgekommen. Auch dass sie auf die Haustür gezeigt hatte, aber dann die Treppe hoch nach oben gegangen war. Lächerlich. Zum Lachen war ihr aber nicht gewesen. Sie hatte die Tür ihres Wohnzimmers, das nun endgültig keins mehr werden würde, hinter sich geschlossen, sich auf Konrads Jugendbett geworfen und einer Mischung aus Erleichterung und Wehmut nachgefühlt. Selbst Lisbeth gegenüber.

Hätten wir ein besseres Verhältnis haben können?, hatte Marlies überlegt und den Blick über ihre Aussteuerkisten gleiten lassen. Ihr war aber nichts eingefallen, was sie hätte anders machen sollen. All die Jahre hatte sie sich angestrengt, aber es war nichts herausgekommen dabei. Was auch. Sie wusste nicht einmal, was sie sich gewünscht hätte, was sie sich hätte wünschen sollen, was man sich wünschen durfte. Liebe? Ein großes Wort. Zuneigung? Oder bloß Anerkennung? Fast hatte Marlies gemeint, Lisbeth hätte erleichtert geguckt, als sie da im Rahmen der Küchentür gestanden hatte.

Konrad war nicht erleichtert gewesen, als sie ihm gesagt hatte, sie würde sich eine Wohnung suchen. Traurig hatte er gewirkt. Oder doch befreit? Was wusste man schon vom anderen. »Es hat so kommen müssen, oder?«, hatte er gesagt. »Ich weiß nicht«, hatte Marlies geantwortet, und erst viel später war ihr eingefallen, er könne denken, es sei wegen der Milchquote. Das musste sie ihm noch sagen. Es war nicht deswegen. Es war. Marlies wusste es doch selbst nicht. Die Milchquotensache schien ihr Lichtjahre zurückzuliegen. Sie hatten sich auseinandergelebt. Vielleicht waren sie sich aber auch nie wirklich nah gewesen, sondern hatten sich bloß nebeneinander eingerichtet. Konrad hatte trotz allem ein Zuhause. Marlies hatte keins mehr.

Bei der allerersten Wohnungsanzeige, auf die sie reagierte, hatte sie sich so leise am Telefon gemeldet, dass der Vermieter fast aufgelegt hätte. Er dachte, es sei ein Telefonstreich.

Und die erste Wohnung, die sie sich angesehen hatte, war ihr wie verbotenes Terrain erschienen. Oder wie einer dieser luxuriösen Läden, in die man ganz zaghaft eintritt, neugierig, obwohl man sich dort nie etwas würde kaufen können. Hoffend, dass einem das nicht jeder schon von Weitem ansah. Bloß mal gucken. Dabei war diese erste Wohnung ein hässliches dunkles Loch gewesen, in das sie niemals hätte einziehen wollen.

Von Anruf zu Anruf war ihre Stimme jedoch fester geworden. Guten Tag. Hier spricht. Ich möchte mir die Wohnung gern angucken. Auch ihr Händedruck wurde fester und die Haltung selbstbewusster. Sogar eine Wohnung, von der sie von vornherein wusste, sie war zu teuer, guckte sie sich an. Als Übung. Aber auch, weil es anfing, ihr Spaß zu machen. Aufrecht gehen. Ein bisschen überheblich gucken. Wenigstens bei denen, die sie von oben bis unten taxierten. Na? Ist die für meine Wohnung gut genug? Ein paarmal wurde sie nach ihrem Mann gefragt. Auch bei Wohnungen, die so winzig waren, dass gar kein Platz für zwei gewesen wäre.

Lahnfels hatte sie schnell ausgeschlossen. Zu teuer. Oder das Auto verkaufen. Aber das wollte sie nicht. Sie musste doch Joanna und das Kind besuchen. Auf dem Bethches-Hof.

»Ich kann doch nicht einfach so auf den Hof kommen«, hatte Marlies gesagt. Joanna aber hatte keinen ihrer Einwände gelten lassen. Kein: Lisbeth wird es nicht wollen. Ich gehöre doch dann nicht mehr dazu. Das wird sicher ganz peinlich.

Sie bestehe darauf, hatte Joanna gesagt. Und das könne sie. Sie sei die Zukunft des Bethches-Hofs, die Erbin. Und ihr Kind bereits ihr eigener Nachfolger. Und die Erben und die Nachfolger hätten irgendwann das Sagen. Das hätte sie von Lisbeth gelernt.

Auch wenn Joanna ein wenig ironisch gesprochen hatte, musste Marlies lächeln. Joanna und Lisbeth. Die beiden konnten gut miteinander. Aber, hatte sie im selben Moment gedacht, ohne mich gäbe es Joanna gar nicht. Keine umstürzende Erkenntnis, doch es gab ihr für einen Augenblick das Gefühl, nicht vollkommen bedeutungslos und bald spurlos vom Bethches-Hof verschwunden zu sein.

Lisbeth ging den Bachweg entlang, die Blicke der Bachkriemer-Frauen im Rücken und die von Golläckers Katrine, die ihr entgegenkam, im Gesicht.

»Marlies zieht aus?«, hatte Bachkriemers Lieselotte beim Kassieren wie beiläufig gefragt. Aber so was war nie beiläufig. Es hätte der Auftakt für Lisbeth zu einer langen Erklärung sein sollen. Aber Lisbeth erklärte nichts. Sie nickte bloß, packte den Einkauf in ihren Beutel und reichte Lieselotte das Geld. Die hielt es einen Moment in der Hand und sah Lisbeth an, als fehle noch was, als sei der Betrag nicht ausreichend.

Aber Lisbeth wusste, er war ausreichend, sie bekam sogar noch etwas zurück. Sie zog nur die Augenbrauen hoch, und Bachkriemers Lieselotte sagte endlich: »Ach so, ja«, tippte hektisch auf der Kasse herum, holte umständlich das Wechselgeld aus der klingelnd aufspringenden Schublade und reichte es Lisbeth. »Mach's gut«, sagte Lisbeth und Lieselotte sagte auch: »Mach's gut.« Aber Lisbeth hörte die Begierde nach Antworten in Lieselottes »Mach's gut«. Wie ist das bloß gekommen bei euch? Wie wird das bloß in Zukunft bei euch? Mit festen Schritten verließ sie den Laden.

Katrine war bereits stehen geblieben, noch ein paar Meter entfernt, aber schon in der Erwartung, Lisbeth würde ihren Schritt verlangsamen und bei ihr innehalten.

Aber Lisbeth hielt nicht an, ging auch nicht langsamer, sondern mit einem »Tach, Katrine« einfach an ihr vorbei. In diesem kurzen Moment sah sie die gleiche Begierde in Katrines Augen. Die gleichen Fragen. Wie ist das bloß gekommen bei euch? Wie wird das bloß in Zukunft bei euch? Sie sah aber auch aus dem Augenwinkel noch den Wechsel in verblüffte Ungläubigkeit darüber, dass sie sich diesen Fragen nicht stellte. Gleich hier auf der Straße. Lisbeth ging einfach weiter, ließ die Blicke hinter sich, bog nicht gleich in die Mühlgasse ein, sondern erst beim Gartenweg ab, bloß nicht wirken, als flüchte sie vor diesem Blick.

Als sie auf den Hof einbog, fuhr Marlies gerade durch das Tor. Als Lisbeth sich auf den Weg zu Bachkriemers gemacht hatte, war sie dabei gewesen, Kisten in ihr Auto zu tragen. Marlies nahm Lisbeth gar nicht wahr. Sie hatte das Fenster heruntergekurbelt und beugte sich hinaus, guckte zurück auf den Hof, wo Joanna stand und ihr winkte. Marlies streckte den Arm aus dem Fenster und winkte auch. Lisbeth ging zu

Joanna und stellte sich neben sie. Sollte sie auch? Winken? Doch bis Lisbeth sich dazu entschlossen hatte und die Hand endlich hob, bog Marlies' Auto bereits von der Brunnenstraße nach rechts ab.

Sie hatte Mühe gehabt, die Kisten in ihrem kleinen Auto unterzubringen. Als sie die letzte mit Gewalt auf den Rücksitz gedrückt hatte, mit ganzem Körpereinsatz, hatte es darin gescheppert. Hoffentlich war nichts zu Bruch gegangen. Ihre Aussteuer. Das Geschirr. Die Bettwäsche. Die weiße Damast, die könnte sie färben, hatte Marlies sich überlegt.

Marlies hatte auch an der Tür mächtig drücken, sich dagegenwerfen müssen, bis die endlich einrastete. Dann hatte sie sich zu Joanna umgedreht, die mit ihr beim Auto gestanden hatte, und hatte sie, so gut das noch ging bei deren dickem Bauch, gedrückt. »Danke«, hatte sie ihr ins Ohr geflüstert. »Für was?«, hatte Joanna gefragt und Marlies hatte sie statt einer Antwort noch einen Moment festgehalten.

Dann war sie in ihr Auto gestiegen, der Fahrersitz weit vorne, sie klemmte regelrecht hinter dem Steuer. Der Hund hatte bereits auf dem Beifahrersitz gehockt. So zu fahren war wahrscheinlich mächtig verboten, aber es war Marlies vollkommen egal.

Sie kurbelte ihr Fenster herunter. Joanna steckte den Kopf herein und fragte: »Soll ich dir winken?« Ihrem Ton war anzuhören, sie meinte es nicht ernst.

»Auf jeden Fall!«, rief Marlies, auf ihren Ton eingehend.

»Es ist aber gar nicht sehr weit«, gab Joanna zu bedenken. »Nicht Afrika.«

»Trotzdem«, sagte Marlies und dachte, es ist sehr weit. Fast bis zum Mond. Bloß schöner und wärmer und mit Luft zum Atmen.

Anderthalb Zimmer würde sie haben, über einer Garage, zwei Dörfer weiter, bloß fünf Kilometer von Hausen entfernt. Mit Küchenzeile und einem winzigen Bad. Eigener Eingang. Das hatte den Ausschlag gegeben. Ein Schlüssel für eine Tür, die nur sie öffnen würde und auch schließen. Und dass sie den Hund mitbringen durfte. Die Vermieter waren nicht viel älter als sie. In der Wohnung hatte die Tochter gelebt, die mit dem Studium fertig war und nun wegzog.

Sie hinterließ Marlies eine Bettcouch und ein paar angeschlagene Tassen im Geschirrschrank der Küchenzeile. Beim Besichtigen hatte Marlies sich jung gefühlt. Fast, als wäre sie nun eine Studentin. Dabei wurde sie gerade Großmutter. In der letzten Zeit hatte sich Marlies öfter gefühlt, als gäbe es zwei Ausgaben von ihr.

An drei Abenden in der Woche, direkt wenn sie aus Lahnfels käme, aus der Modeabteilung, würde sie an der Kasse im örtlichen Supermarkt arbeiten. Der Lohn ergab nicht ganz die Miete. Ob das alles richtig war, wusste sie immer noch nicht. Konnte man in ihrem Alter noch mal was ganz Neues beginnen? War es überhaupt eine Frage des Alters? War nicht vielleicht jedes geeignet? Denn was war in ihren jungen Jahren besser gewesen, um was Neues anzufangen. So etwas Entscheidendes wie Heiraten und Kinderkriegen. Sie war nicht darauf vorbereitet gewesen. So wenig wie auf das, was jetzt vor ihr lag. Es war bloß ein Anfang. Von was, wusste sie nicht. Aber es war vielleicht auch gar nicht wichtig.

Marlies drehte den Zündschlüssel, legte den ersten Gang ein und rollte langsam an. Als sie aus dem Tor fuhr, beugte sie sich aus dem Fenster und sah zurück auf den Hof, zu Joanna, die dort stand und wie wild winkte. Sie streckte den Arm aus und winkte zurück. Dann zog sie den Kopf zurück, ihren Arm ließ sie weiter winken. Im Außenspiegel, in den Rückspiegel konnte sie wegen der Kisten nicht gucken, sah sie plötzlich Lisbeth neben Joanna stehen. Gerade noch nahm Marlies wahr, wie Lisbeth die Hand zum Winken hob, da bog sie von der Brunnenstraße ab und einen Augenblick später fuhr sie aus Hausen hinaus.

Sie standen noch einen Moment nebeneinander, Lisbeth und Joanna, und sahen die Brunnenstraße hinauf. Zu der Ecke, an der Marlies' Auto gerade verschwunden war. Lisbeth stieß einen Seufzer aus und wusste selbst nicht, was er bedeutete. »Du musst dich setzen«, sagte Joanna besorgt. Lisbeth ging zur Bank, ließ sich darauf nieder und stellte die Einkaufstasche zu ihren Füßen. Joanna setzte sich zu ihr und legte die Arme über ihren Bauch. Sie sahen sich nicht an, sondern ließen beide ihre Blicke über den Hof schweifen.

Lisbeth betrachtete alles, wie sie es noch nie betrachtet hatte. Als sähe sie es zum ersten Mal. Die Sockel aus dem schwarzen Basalt der Gegend. Das Fachwerk. Dunkelgraue Balken mit weiß ausgeputzten Gefachen. Die Scheune mit dem riesigen Tor. Auch sie aus Basalt und Fachwerk. So wie auch die Ställe rechts der Scheune. Alles war miteinander verbunden. Wie ein Hufeisen.

Es ist ein wunderbarer Hof, dachte Lisbeth. Trotz leerer

Ställe. Vielleicht, ihre Blicke gingen zur Hofmitte, dahin, wo der Mist jetzt schon eine Weile fehlte, vielleicht mache ich das doch noch schön. Robuste Blumen müssten es sein. Und auf keinen Fall giftig. Geeignet dafür, dass ein Kind dort spielt. In zwei, drei Jahren dann ein Sandkasten. Und noch ein wenig später eine Schaukel. Franz hatte recht gehabt. Ein Platz zum Spielen für Urenkel. Er hatte es längst vor Lisbeth gesehen. Es ging immer irgendwie weiter. Sie und Karl hatten doch damals dafür gesorgt, dass es weiterging.

Unvermittelt nahm Joanna Lisbeths Hand und legte sie sich auf ihren Bauch. An ihrer Handfläche spürte Lisbeth ein zartes Stupsen. Es kam ihr vor wie ein, na los, worauf wartest du. Lisbeth seufzte und wusste, was der Seufzer bedeutete. Vielleicht hatte dieses kleine Ding da in Joannas Bauch, das noch nichts von der Welt wusste, gerade deswegen recht. Sie ließ ihre Hand auf Joannas Bauch liegen und sagte nach einer Weile und nach ein paar weiteren Seufzern: »Ich glaube, ich muss dir was erzählen.«

ICH DANKE

Vanessa Gutenkunst, meiner großartigen Agentin, die dieses Buch von den ersten Gedanken an begleitet hat, Bianca Dombrowa für ihren Enthusiasmus, mit dem sie es nicht nur ins Verlagsprogramm aufgenommen, sondern meinem Empfinden nach auch in ihr Herz geschlossen hat, Esther Böminghaus für ihr einfühlsames Lektorat.

Meinen Freundinnen und Freunden, dass ich mit ihnen die Freude über das Erscheinen dieses Romans teilen kann.

Meinem Mann und meinen beiden wunderbaren Töchtern, denen ich dieses Buch widmen möchte.